MINGUO TONGSU XIAOSHUO
DIANCANG WENKU

民国通俗小说典藏文库·张恨水卷

风雪之夜·赵玉玲本纪

张恨水◎著

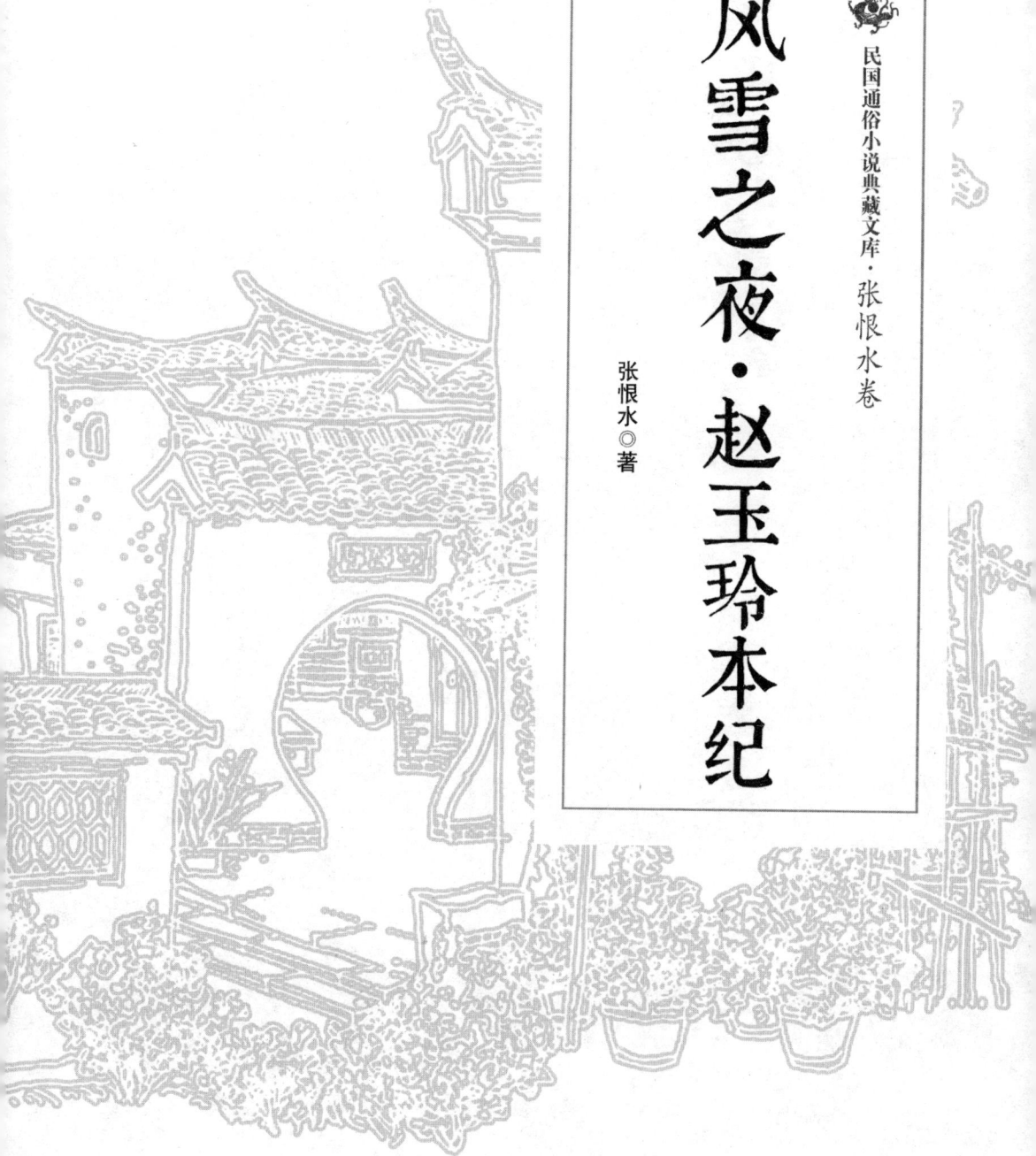

中国文史出版社

小说大家张恨水（代序）

张赣生

民国通俗小说家中最享盛名者就是张恨水。在抗日战争前后的二十多年间，他的名字真是家喻户晓、妇孺皆知，即使不识字、没读过他的作品的人，也大都知道有位张恨水，就像从来不看戏的人也知道有位梅兰芳一样。

张恨水（1895—1967），本名心远，安徽潜山人。他的祖、父两辈均为清代武官。其父光绪年间供职江西，张恨水便是诞生于江西广信。他七岁入塾读书，十一岁时随父由南昌赴新城，在船上发现了一本《残唐演义》，感到很有趣，由此开始读小说，同时又对《千家诗》十分喜爱，读得"莫名其妙的有味"。十三岁时在江西新淦，恰逢塾师赴省城考拔贡，临行给学生们出了十个论文题，张氏后来回忆起这件事时说："我用小铜炉焚好一炉香，就做起斗方小名士来。这个毒是《聊斋》和《红楼梦》给我的。《野叟曝言》也给了我一些影响。那时，我桌上就有一本残本《聊斋》，是套色木版精印的，批注很多。我在这批注上懂了许多典故，又懂了许多形容笔法。例如形容一个很健美的女子，我知道'荷粉露垂，杏花烟润'是绝好的笔法。我那书桌上，除了这部残本《聊斋》外，还有《唐诗别裁》《袁王纲鉴》《东莱博议》。上两部是我自选的，下两部是父亲要我看的。这几部书，看起来很简单，现在我仔细一想，简直就代表了我所取的文学路径。"

宣统年间，张恨水转入学堂，接受新式教育，并从上海出版的报纸上获得了一些新知识，开阔了眼界。随后又转入甲种农业学校，除了学习英文、数、理、化之外，他在假期又读了许多林琴南译的小说，懂得了不少描写手法，特别是西方小说的那种心理描写。民国元年，张氏的父亲患急症去世，家庭经济状况随之陷入困境，转年他在亲友资助下考入陈其美主持的蒙藏垦殖学校，到苏州就读。民国二年，讨袁失败，垦殖学校解散，张恨水又返回原籍。当时一般乡间人功利心重，对这样一个无所成就的青年很看不起，甚至当面嘲讽，这对他的自尊心是很大的刺激。因之，张氏在二十岁时又离家外出投奔亲友，先到南昌，不久又到汉口投奔一位搞文明戏的族兄，并开始为一个本家办的小报义务写些小稿，就在此时他取了"恨水"为笔名。过了几个月，经他的族兄介绍加入文明进化团。初始不会演戏，帮着写写说明书之类，后随剧团到各处巡回演出，日久自通，居然也能演小生，还演过《卖油郎独占花魁》的主角。剧团的工作不足以维持生活，脱离剧团后又经几度坎坷，经朋友介绍去芜湖担任《皖江报》总编辑。那年他二十四岁，正是雄心勃勃的年纪，一面自撰长篇《南国相思谱》在《皖江报》连载，一面又为上海的《民国日报》撰中篇章回小说《小说迷魂游地府记》，后为姚民哀收入《小说之霸王》。

1919 年，五四运动吸引了张恨水。他按捺不住"野马尘埃的心"，终于辞去《皖江报》的职务，变卖了行李，又借了十元钱，动身赴京。初到北京，帮一位驻京记者处理新闻稿，赚些钱维持生活，后又到《益世报》当助理编辑。待到 1923 年，局面渐渐打开，除担任"世界通讯社"总编辑外，还为上海的《申报》和《新闻报》写北京通讯。1924 年，张氏应成舍我之邀加入《世界晚报》，并撰写长篇连载小说《春明外史》。这部小说博得了读者的欢迎，张氏也由此成名。1926 年，张氏又发表了他的另一部更重要的作品《金粉世家》，从而进一步扩大了他的影响。但真正把张氏声望推至高峰的是《啼笑因缘》。1929 年，上海的新闻记者团到北京访问，经钱芥尘介绍，张恨水得与严独鹤相识，严即约张撰写长篇小说。

后来张氏回忆这件事的过程时说："友人钱芥尘先生，介绍我认识《新闻报》的严独鹤先生，他并在独鹤先生面前极力推许我的小说。那时，《上海画报》（三日刊）曾转载了我的《天上人间》，独鹤先生若对我有认识，也就是这篇小说而已。他倒是没有什么考虑，就约我写一篇，而且愿意带一部分稿子走。……在那几年间，上海洋场章回小说走着两条路子，一条是肉感的，一条是武侠而神怪的。《啼笑因缘》完全和这两种不同。又除了新文艺外，那些长篇运用的对话并不是纯粹白话。而《啼笑因缘》是以国语姿态出现的，这也不同。在这小说发表起初的几天，有人看了很觉眼生，也有人觉得描写过于琐碎，但并没有人主张不向下看。载过两回之后，所有读《新闻报》的人都感到了兴趣。独鹤先生特意写信告诉我，请我加油。不过报社方面根据一贯的作风，怕我这里面没有豪侠人物，会对读者减少吸引力，再三请我写两位侠客。我对于技击这类事本来也有祖传的家话（我祖父和父亲，都有极高的技击能力），但我自己不懂，而且也觉得是当时的一种滥调，我只是勉强地将关寿峰、关秀姑两人写了一些近乎传说的武侠行动……对于该书的批评，有的认为还是章回旧套，还是加以否定。有的认为章回小说到这里有些变了，还可以注意。大致地说，主张文艺革新的人，对此还认为不值一笑。温和一点的人，对该书只是就文论文，褒贬都有。至于爱好章回小说的人，自是予以同情的多。但不管怎么样，这书惹起了文坛上很大的注意，那却是事实。并有人说，如果《啼笑因缘》可以存在，那是被扬弃了的章回小说又要返魂。我真没有料到这书会引起这样大的反应……不过这些批评无论好坏，全给该书做了义务广告。《啼笑因缘》的销数，直到现在，还超过我其他作品的销数。除了国内、南洋各处私人盗印翻版的不算，我所能估计的，该书前后已超过二十版。第一版是一万部，第二版是一万五千部。以后各版有四五千部的，也有两三千部的。因为书销得这样多，所以人家说起张恨水，就联想到《啼笑因缘》。"

不论张氏本人怎样看，《啼笑因缘》是他最有影响的作品，这一点毫无疑问，可以随便举出几件事来证明。《啼笑因缘》发表后，被上海明星公司拍成六集影片，由当时最著名的电影明星胡蝶主演，同时还被改编为戏剧和曲艺，在各地广泛流传；再有《啼笑因缘》被许多人续写，迫使张氏不得不改变初衷，于1933年又续写了十回，张氏在《我的写作生涯》中说："在我结束该书的时候，主角虽都没有大团圆，也没有完全告诉戏已终场，但在文字上是看得出来的。我写着每个人都让读者有点儿有余不尽之意，这正是一个处理适当的办法，我绝没有续写下去的意思。可是上海方面，出版商人讲生意经，已经有好几种《啼笑因缘》的尾巴出现，尤其是一种《反啼笑因缘》，自始至终，将我那故事整个地翻案。执笔的又全是南方人，根本没过过黄河。写出的北平社会真是也让人又啼又笑。许多朋友看不下去，而原来出版的书社，见大批后半截买卖被别人抢了去，也分外眼红。无论如何，非让我写一篇续集不可。"这种由别人代庖的续作，出书者至少有四种：惜红馆主《续啼笑因缘》、青萍室主《啼笑因缘三集》、康尊容《新啼笑因缘》和徐哲身《反啼笑因缘》。虽然远不如《红楼梦》续作之多，但在民国通俗小说中已经是首屈一指了。张氏在《我的小说过程》一文中还说："我这次南来，上至党国名流，下至风尘少女，一见着面便问《啼笑因缘》。这不能不使我受宠若惊了。"

《啼笑因缘》使张氏名声大振，约他写稿的报刊和出版家蜂拥而至，有的小报甚至谣传张氏在十几分钟内收到几万元稿费，并用这笔钱在北平买下了一所王府，自备一部汽车。这自然不是事实，但张氏当时收到的稿酬也有六七千元，的确不能算少。这样，他就可以去搜集一些古旧木版小说，想要作一部《中国小说史》。就在此时，日寇侵华的"九一八事变"爆发，张氏的希望随之化为泡影。作为一位爱国的作家，在国难当头的状况下自不会沉默，张恨水在1931至1937的几年间，先后写了《热血之花》《弯弓集》《水浒别传》《东北四连长》《啼笑因缘续集》《风之夜》等涉及抗敌御侮内容的作品。

4

1934年，张恨水到陕西和甘肃走了一遭，此行使他的思想发生了很大的变化。张氏在《我的写作生涯》中说："陕甘人的苦不是华南人所能想象，也不是华北、东北人所能想象。更切实一点地说，我所经过的那条路，可说大部分的同胞还不够人类起码的生活。……人总是有人性的，这一些事实，引着我的思想起了极大的变迁。文字是生活和思想的反映，所以在西北之行以后，我不违言我的思想完全变了，文字自然也变了。"此后，他写了《燕归来》，以描写西北人民生活的惨状。

抗日战争全面爆发后，张恨水取道汉口，转赴重庆，于1938年初抵达，即应邀在《新民报》任职。抗战八年间，他除去写了一些战争题材的小说外，还有两种较重要的作品，即《八十一梦》和《魍魉世界》（原名《牛马走》），均先于《新民报》连载，后出单行本。抗战胜利，张氏重返北平，担任《新民报》经理，此后几年他写了《五子登科》等十来部小说，但均未产生重大影响。1948年底，张氏辞去《新民报》职务。1949年夏，他患脑溢血，经过几年调治，病情好转，张氏便又到江南和西北去旅行。1959年，张氏病情转重，至1967年初于北京去世，终年七十三岁。

张恨水一生写了九十多部小说，印成单行本的也在五十种左右。说到张氏作品的总特色，一般常感到不易把握，因为他总在不断地变。其实，这"变"就正是张恨水作品最鲜明的总特色。

张恨水是一个不甘心墨守成规的人，他好动不好静，敢于否定自己，这正是作为开创者必须具备的素质。读一读张氏的《我的写作生涯》，就会发现他总是在讲自己的变，那变的频繁、动因的多样，在民国通俗小说作家中实属仅见。……待到《金粉世家》《啼笑因缘》相继问世，张恨水的名声已如日中天，他在思想上的求新仍未稍解，他说："我又不能光写而不加油，因之，登床以后，我又必拥被看一两点钟书。看的书很拉杂，文艺的、哲学的、社会科学的，我都翻翻。还有几本长期订的杂志，也都看看。我所以不被时代抛得太远，就是这点儿加油的工作不错。"

追求入时，可说是张恨水的一贯作风，不仅小说的内容、思想随时而变，在文字风格上也不断应时变化。仅就内容、思想方面的变化而言，在民国通俗小说作家中也很常见，说不上是张氏独具的特色，但在文字风格上也不断变化，就不同于一般了。张氏在《我的写作生涯》中经常提到这方面的事例，譬如他曾提及回目格式的变化，他说："《春明外史》除了材料为人所注意而外，另有一件事为人所喜于讨论的，就是小说回目的构制。因为我自小就是个弄辞章的人，对中国许多旧小说回目的随便安顿向来就不同意。即到了我自己写小说，我一定要把它写得美善工整些。所以每回的回目都很经一番研究。我自己削足适履地定了好几个原则。一、两个回目，要能包括本回小说的最高潮。二、尽量地求其辞藻华丽。三、取的字句和典故一定要是浑成的，如以'夕阳无限好'，对'高处不胜寒'之类。四、每回的回目，字数一样多，求其一律。五、下联必定以平声落韵。这样，每个回目的写出，倒是能博得读者推敲的。可是我自己就太苦了……这完全是'包三寸金莲求好看'的念头，后来很不愿意向下做。不过创格在前，一时又收不回来。……在我放弃回目制以后，很多朋友反对，我解释我吃力不讨好的缘故，朋友也就笑而释之，谓不讨好云者，这种藻丽的回目，成为礼拜六派的口实。其实礼拜六派多是散体文言小说，堆砌的辞藻见于文内而不在回目内。礼拜六派也有作章回小说的，但他们的回目也很随便。"再譬如他在谈及《金粉世家》时说："以我的生活环境不同和我思想的变迁，加上笔路的修检，以后大概不会再写这样一部书。"诸如此类的变化不胜列举。

　　张氏的多变还体现在题材的多样化。他说："当年我写小说写得高兴的时候，哪一类的题材我都愿意试试。类似伶人反串的行为，我写过几篇侦探小说，在《世界日报》的旬刊上发表，我是一时兴到之作，现在是连题目都忘记了。其次是我写过两篇武侠小说，最先一篇叫《剑胆琴心》，在北平的《新晨报》上发表的，后来《南京晚报》转载，改名《世外群龙传》。最后上海《金刚钻小报》拿去出版，又叫《剑胆琴心》了。"第二篇叫《中原豪侠传》，是张氏自办《南京人报》时所作。此外，张氏还写过仿古的《水浒别传》和《水浒新传》，他说："《水浒别传》这书是我研究《水浒》后一时高兴之作，写的是打渔杀家那段故事。文字也学《水浒》口气。这原是试试的性质，终于这篇《水浒别传》有点儿成就，引着我在抗战期间写了一篇六七十万字的《水浒新传》。""《水浒新传》当时在上海很叫座。……书里写着水浒人物受了招安，跟随张叔夜和金人打仗。汴梁的陷落，他们一百零八人大多数是战死了。尤其是时迁这路小兄弟，我着力地去写。我的意思，是以愧士大夫阶级。汪精卫和日本人对此书都非常地不满，但说的是宋代故事，他们也无可奈何。这书里的官职地名，我都有相当的考据。文字我也极力模仿老《水浒》，以免看过《水浒》的人说是不像。"再有就是张氏还仿照《斩鬼传》写过一篇讽刺小说《新斩鬼传》。张恨水的一生都在不停地尝试，探寻着各色各样的内容及表达方式，他甚至也写过完全以实事为根据、类似报告文学的《虎贲万岁》，也写过全属虚幻的、抽象的或象征性的小说《秘密谷》，他的作风颇有些像那位既不愿重复前人也不愿重复自己的现代大画家毕加索。

张恨水写过一篇《我的小说过程》，的确，我们也只有称他的小说为"过程"才最名副其实。从一般意义上讲，任何人由始至终做的事都是一个过程，但有些始终一个模子印出来的过程是乏味的过程，而张氏的小说过程却是千变万化、丰富多彩的过程。有的评论者说张氏"鄙视自己的创作"，我认为这是误解了张氏的所为。张恨水对这一问题的态度，又和白羽、郑证因等人有所不同。张氏说："一面工作，一面也就是学习。世间什么事都是这样。"他对自己作品的批评，是为了写得越来越完善，而不是为了表示鄙视自己的创作道路。张氏对自己所从事的通俗小说创作是颇引以自豪的，并不认为自己低人一等。他说："众所周知，我一贯主张，写章回小说，向通俗路上走，绝不写人家看不懂的文字。"又说："中国的小说，还很难脱掉消闲的作用。对于此，作小说的人，如能有所领悟，他就利用这个机会，以尽他应尽的天职。"这段话不仅是对通俗小说而言，实际也是对新文艺作家们说的。读者看小说，本来就有一层消遣的意思，用一个更适当的说法，是或者要寻求审美愉悦，看通俗小说和看新文艺小说都一样。张氏的意思不是很明显吗？这便是他的态度！张氏是很清醒、很明智的，他一方面承认自己的作品有消闲作用，并不因此灰心，另一方面又不满足于仅供人消遣，而力求把消遣和更重大的社会使命统一起来，以尽其应尽的天职。他能以面对现实、实事求是的态度对待自己的工作，在局限中努力求施展，在必然中努力争自由，这正是他见识高人一筹之处，也正是最明智的选择。当然，我不是说除张氏之外别人都没有做到这一步，事实上民国最杰出的几位通俗小说名家大都能收到这样的效果，但他们往往不像张氏这样表现出鲜明的理论上的自觉。

张恨水在民国通俗小说史上是一位名副其实的大作家，他不仅留下了许多优秀的作品，他一生的探索也为后人留下了许多可贵的经验。

目　录

风雪之夜

赵玉玲本纪

风雪之夜

第一章

纸窗灯火之下

十二月的天气，日子是短了，以时间换钱的人除了早起之外，还得赶着做夜工。白天是冷，晚上是更冷，在死亡线上挣扎着的人随时都可以遇到天和他们为难。自然，劳动或穷苦的人，风雪是他们的仇敌；但是撑着假场面的人家，除了物质上感到不足而外，还要加以内心的创痛，那一种境遇又更难受了。这下面就是说着这样一家人，在风雪之夜里，他们觉到了生活的压迫。

在二更以后，北平的胡同里已是不见一个人影。那电灯杆上的电灯泡，发出昏黄色的灯光，已经有一种凄凉的样子。那雪花是鹅毛片一般大，随着风势在半空里狂舞，尤其是电灯所照耀着的一个光圈里，只觉云雾飞腾，分不出雪花雪片。地面上本有积雪，新雪向下涌将来，这积雪加着轻轻的新雪，犹之四处都用了新棉絮来铺盖。由胡同这一头望到那一头，只是两排高低不齐的屋檐，在雪雾沉沉中，模糊地透露出来。所有在雪雾里的人家，一齐都紧紧地关上了两扇门，但是看不见人，而且一点儿生物也看不见。那雪花因为没有人的缘故，却是飞舞得更厉害，仿佛是更趁威风了。

很久很久的时候，在胡同里唏瑟唏瑟地响着，是有一个人，两手插在破大衣袋里，扶起大衣的领子，帽子檐盖到额骨顶上，缩着脖子，一步一步地踏着雪走了来。在每一步踏着的时候，雪地里印下三两个脚迹。他并不抬头，就是这样地走，路途也很熟，这分明告诉人，已经到了他的家门口了。他走到一家方斗门楼底下，踏上一段石阶，扑去了身上的雪，然后伸起手来去按门框上的电铃；但是按了很久很久，屋里面并没有答应之声，只得提了嗓子高喊着，

3

同时即拍打门环。

里面人把门打开了，手里还捧了一盏煤油灯。外面这人问道："怎么回事？电灯坏了吗？"里面人答道："你成天在外面跑，哪里问家里的事？电灯公司剪线了。"正说到这里，院子里一阵风，带了雪花直扑过来，灯罩里的火焰一卷，灭了。这里两个人摸索着开了门，慢慢地走进院子去。院子里也是大变旧观，黑沉沉的，所幸还有房上地上这一片积雪，反映出一片混茫的白色，可以摸索着进堂屋门。那个开门的人首先叫了起来道："这人家快完了！什么事全没有人管，落到我身上来开门来了。我是大家的听差。"于是这个进门的人不敢作声，自回他的小屋子里去了。

原来这个来开门的，是这家的家长，名叫邓玉山。他有五弟兄，供养着一位六旬老母同居。刚才进来的这个人，是他五弟玉波，只有二十岁，因为经费大有问题，虽然有了未婚妻，却还不曾有结婚的日期呢。别人回家来，只一叫门，自然有他的妻子出来开门。玉波是找不着别人的，只有听便家里任何一人出来开门了。平常走进他那小屋子，在门框上一摸着电门子，屋子里就亮了；今天进门的时候，也是照着往日的情形，伸手一摸电门子，因电灯不曾亮，这才想起来家里的电灯已经是剪了火了。自己是个不抽烟的人，口袋里不曾预备着火柴盒子，屋子里有灯预备下，也不能去点。再说家里人全不是心事，各人管各人的事还忙不过来，未必肯替这孤零的小弟弟预备下一盏灯，于是悄悄地走到上面正屋子母亲所住的屋子里来。

一只瓷碟子滴油粘住了大半支洋烛，放在一个漆黑的藤壶桶上。他母亲黄氏穿了一件很臃肿的布面羊皮袄，手里捧了一支水烟袋，靠住方桌子坐着，慢慢在那里抽烟。窗台边虽然也有一只铁炉子，不看到里面有什么火星，因之屋子中间另有一只白泥炉子。炉子里的火力分明也不很大，向上冒着粉绿色的火焰。炉口上放了一只黑铁壶，由壶嘴子里阵阵向外出着热气。壶里咕噜着响，略略打破这屋子里的寂寞。

玉波一走进门，看到屋子里这样昏沉不明的样子，心里就有很大的刺激，加之年老的母亲还是沉沉地坐在那里想心事，自己实在不忍，又回身出去，于是把身上的破旧大衣脱下，放在旁边椅子搭靠上，随了这个势子坐下，取下帽子来，向桌上盖着。也许是这个势子来得猛一点儿，把灯头上的光焰摇着闪了两闪。老太太道："把洋烛弄灭了也好，留到明天再点一晚。好在我是晚上不做事的人，屋子里也不必要亮。"玉波默然了一会儿，才道："我家就没有电灯，也没有多大的关系。只是点惯了电灯，陡然没有了，好像有点儿不便利。"

老太太哼了一声，冷笑着道："这就算不便利吗？将来不便利的事可多着呢。早两年，我是怎么对你们说，家里还摆着当年做大将军府的架子，可是谁也不能凭本事挣钱回来。上海的房租，有的房钱要不到，有的房子空着租不出去。北平的生意又是一天坏一天。坐吃山空，这样下去，总有一天不得了。大家过惯了舒服日子，谁也不理会。你老大虽也见得到，一直到现在还只想做官。你呢，那两年前又年轻。其余全是糊涂虫，我六十多岁的人，有什么法子？如今上海房子抵押完了，北平的生意听说亏空得很厉害。住的呢，自己大房子卖了，赁房住。赁房住嫌钱多，又改住小房子。住到小房子里来半年多，索性电灯也剪火了。铁炉子是旧东西，凑付着装上了，又没钱买煤，常是断火，今晚太冷，这才端了这么一个煤球炉子进来。这样大的雪，你听，风吹得电线呼啦子叫，不提多冷！落到这步田地，屋子里火也兴不起了。当年，我过着什么日子？无论院子里天气怎么冷，我在屋子里总是很暖和的，没有穿过皮袄。现时在屋子里还有皮袄穿，再过去周年半载的，恐怕在屋子里想穿皮袄也不行了。"说到这里，只觉一阵心酸，立刻两眼角上扑簌簌坠下泪珠来。

玉波看到，心里也觉得难过，伸了一个手指在桌面上画着圈圈，低了头很从容地道："所以在这些日子，我日夜地不归家，就是想谋一件好一点儿的事贴补家用。不料在外面撞破了头皮，也找不着一线缝。"老太太听了这话，自站起身来，扯着脸盆架上的手巾擦擦眼睛，然后叹了一口气，默然地坐下。屋子里两个人全没有作声，只是那纸窗子外的风洒雪阵，纷纷向廊上扑着，发出那沙沙之声。在这种雪阵的扑声中，窗子缝里只管向里面灌着冷气，靠窗坐的人兀自觉得有些受不了。玉波站起来，回身向窗户看看。老太太道："不用看，有这样的屋子住就算不错。这房钱也有两月没给，人家该轰我们了。"

玉波也不肯就说，只是昂头四周观看。在点电灯的人家突然地改了洋烛，那淡黄而又微弱的光，照见了全屋子都带了病色。老太太屋里还保留着有几件旧家具，黑色的两扇大木橱，有四方呈灰色的大铜环片，表示着它的年岁不小。上面的一张大铜床，那铜架子全变成了一种古董的颜色。狼皮褥子铺在床心，毛都荒落尽了，十锦缎子的棉被，绿的所在变了黄灰，红的所在变了浅紫，在蜡光下更是显着古老。他和母亲隔了一张大理石的紫檀桌子坐下，手摸了桌面，是更冷。这屋子的年岁是与这房客的家道互相印证的，雕花的窗户格子已是破坏了十分之二三，所以在那空当较大的地方，多贴上一层纸，老白纸旧了，一律都是灰黑的，被这烛光一照，那是更现着惨淡。

玉波心里，说不出有那么一份凄凉，将藤壶桶扯到了身边，在手边火柴盒里取出一根火柴，将洋烛上淋下来的烛油，慢慢地向上挑了去，挑着送到烛蕊边，让火焰去燃烧，另一只手就托住了自己的半边脸，更显着他是怎样的无聊。老太太也不作声，把桌上的水烟袋更取到手上，又呼噜呼噜抽起烟来。彼此都这样沉寂地想着心事，几乎是把这屋子里的一切都给忘了。

在十分沉寂的时候，却听到屋檐下瑟瑟的一阵脚步响，到了窗户边又停止了。老太太便问道："谁呀？"玉山答道："是我呀，您还没有睡？"说着这话，他就走到屋子里来了。靠墙直列着一条大硬木春凳，上面倒也铺了一床荒落了毛的皮褥子。玉山望了母亲，倒退在春凳上坐下，在身上摸索了一阵，摸出一盒烟卷来，那个盒子裂了许多大小花纹，好像一小块龟板，将两个指头伸到烟盒子里去，钳出一支烟来。那烟支也是像干瘪一样，全是层层叠叠的细纹，上半截倒有一头是断的，来个双节鞭。

老太太道："玉山，你记得吗？你初学抽烟的时候还小着呢，你就上你父亲的屋里，拿他的雪茄烟抽。你知道那雪茄烟是什么价钱？值两块多钱一支呢。现在……"说到这里，向他手望了来。玉山将烟卷放到桌上，将三个指头慢慢搓着，因叹了一口气道："我现在还抽什么烟？不过闷得发慌，借了抽烟，解解胸中的闷，其实不抽也没有什么关系。"于是将烟支衔到嘴里，就着烛头抽烟，坐下来，喷了一口烟道："就剩这一点儿烛头了吗？"

老太太道："你还问我，这烛不是你们分给我的吗？"玉山道："我那里还有一支烛，回头送来，老五可以拿了这烛头去睡觉。我明天托人向电灯公司去疏通疏通，也许他会给我们接上火的。"老太太道："接火不接火，这毫不吃劲。大概明天的米面全得想法子。天下这样大的雪，刮这样大的风，明天也该叫煤球了。可是咱们欠煤铺子的钱大概也不少，人家还未必肯送呢。这是正烧煤球的时候，煤铺子里还不拿乔吗？"

玉山道："不管怎么样，我明天一早起来就到外面去想法子。假使法子想得通，我就先把煤铺子里的账给还了。老五，你不是说今天可以在外面想点儿法子吗？"玉波道："我是有这话的，可是下这样大的雪，我想哪家也不方便。"玉山道："你可是傻子。有钱的人，支票簿子关在箱子里，大风也好，大雪也好，开出支票来，就可以到银行里去取款的。"玉波道："这个我有什么不知道？我到好几家了，他们都是这样说，快到年关了，又下这样大的雪，真是不得了，煤面全都涨价，外面还是一点儿也不能活动。人家这样一说，不用说开口同人家借钱，我的脸先就红了。所以混到晚上，还往各处跑。我除了三点多钟的时候嚼了两个干烧饼，直到现在还没有吃晚饭呢。"老太太道："那怎么办？家里头大概是什么剩的也没有。"玉波道："那没关系，睡觉去吧，一睡觉肚子就不饿了。"

老太太正是把手上的水烟袋刚放到桌子上去，听了这话，依然又把水烟袋捧起，因为纸煤没有了，光是把水烟袋斜抱在怀里，张了眼，四处张望。玉波立刻在大橱子里找出了几张表芯纸来，打算要同她搓纸煤。她放下烟袋，却是一摆手。玉波放下纸，将炉子架上的火筷子拿着，慢慢地在炉子口上拨弄着炉灰。老太太没作声，玉山嘴角里斜衔了一支烟卷，笼住了两只袖子，斜靠了墙坐着，嘴里一阵阵地向外喷着烟。

这时街上传来一阵卖饽饽人的吆唤声，玉波忙走出门去把他叫住。只见他肩上背了一只大藤篮子，上面盖了一层破棉袄和一张破油布，那雪像堆麦粉似的在上面堆了一层。他把手提的一盏玻璃罩子灯，放在大门阶沿石上，同时也把那篮子放下。在那微弱的灯光里，可以看到在他那皮帽子缝里，像抽烟卷的人喷烟一般，一团团地向外冒着鼻子眼里的气。他一弯腰，掀开破油布来。

玉波却是把他身上看得清楚，原来帽子上、衣领上全都撒着雪花，尤其是可怪的，便是他的胡桩子上，那雪花沾着一厚层，天气怎样地冷，可想而知了，因问道："天气这样子地冷，你还在外面做买卖吗？"他道："哟！先生，你这是什么话！"跟着，他微微打了一个冷战，接着道："我们吃的是这行饭。越是冷天，晚上没东西卖，硬面饽饽才好销。为了度命，不能不干。你想，有多少地方，天上会掉下馅饼来呢？"说着，他找出一个小藤簸箩子，捡了方圆硬面饽饽十几个放在里面，送到他面前，抖颤了声音道："您要几个，挑吧。"

玉波手伸到簸箩里去拿饽饽觉得也是冰凉，给了钱，自拿着进去，不想拿到母亲屋子里，连这五个指头都冻僵着伸展不动了，将脚在地面上连连顿了十几下道："好冷好冷！"老太太道："屋子里有这么一个小火，到底好得多。"玉波将手伸到炉子火焰上反复着烘烤了两遍，只听到那"硬面饽饽"的吆唤声，又是很惨厉地叫着走远了，因一顿脚道："我决计去奋斗，无论什么小事我也干。你看这样大风里吆唤着卖硬饽饽的，那不是人家的儿子吗？"玉山道："同时也是人家的丈夫，也是人家的父亲。"玉波道："这不猜了。同是一个有五官四肢的人，卖饽饽的能奋斗，我们也能奋斗。"

老太太道："发牢骚是没有用的，你们还是打起精神来好好地去想点儿办法吧。老五，你肚子不是饿了吗？还不吃？"老太太终于是放下了水烟袋，把炉子上开水壶提起冲了一大杯热茶，移到桌沿上，而且还扯了玉波的衣襟道："没有什么可想的。天气冷得很，炉子里火快灭了，吃了饽饽去睡觉吧。"玉波对那白泥炉子里看看，果然炉口上的火焰已经萎缩得多，侧耳听听窗子外面，那雪阵里的寒风在半空里呼呼作响，同时，把横空的电线吹得嘘嘘怪叫。他将两手平伸着，按在火炉口上烤火，把两只肩膀微微地扛起来道："是冷是冷，把炉子端出去，给妈添上一炉子煤过夜吧。"玉山可没作声。老太太道："不用了。我知道今天只叫了一百斤煤球，几屋子里一分，所剩也不多了。明天早上大家全得笼火，别让我一个人用光了。我马上就睡觉了，被盖得厚厚的，也不冷。"玉山两手环抱在怀里，依然没有作声。玉波却站在炉子边，一手拿了饽饽啃，一手端了茶喝。

玉山默然坐在那里，只望了炉口子上的火焰，很久很久，却垂下两行泪来，那泪直淌到衣襟上，也没有去揩擦。老太太这就在袖笼子里抽出一块旧的蓝绸手绢，塞到他怀里，因沉着脸道："这也不用伤心，人生在世，多少是一帆风顺的？就也有起有跌。只要你们现在想过来了，好好地做人，凭你们年轻力壮，总还不至于没饭吃。"玉山这才拿起蓝绸手绢，擦着泪道："我们没有什么。只是让妈这样大年纪的人，还要随了我们挨冷挨饿，心里可说不过去。"老太太道："我自己还不哭呢，你们这样年轻力壮的小伙子哭什么？说起来怪寒碜的。"说着这话，坐到屋角里，她就左手扯了右手的袖口，在两眼角上用力地按了两下。玉波这就倒了一杯茶，送到母亲手上，笑道："您劝人不要伤心，自己先伤心了。喝点儿热茶，您先睡吧。您只瞧了您这五个大儿子、七个孙男孙女的，也是个乐子。穷要什么紧？天大家产也是人力挣下来的。只要有人力，咱们总有一天可以翻身的。"老太太接住了茶。他是透着更起劲，右手捏了两大拳头，连连在空中摇撼了几下，表示他的决心。

玉山再看看炉子里的火，实在不济了，便道："老五，你到我屋子里拿蜡烛去。"说着搭讪着走了出去。玉波到大哥屋里，取了一支残蜡来了，给母亲换上，又安慰了母亲两句，然后带了半盒火柴、一截蜡，摸索着回房。因为他是一个独身青年，所以住在院子的东厢房里。进房来点了烛，只见西北风刮来的碎雪由房门口飞进来，撒了半边屋子，也是刚才回房来不曾把门关上的缘故。将烛滴了蜡油，就粘在桌沿上。这就看到桌面上冻了两条冰柱，把茶杯子嵌在里面。准是小侄子们进屋来，随着把茶碰倒，就冻上了，想到出门的时候，还有半壶茶，将窗台下的茶壶摸着，兀自冰手，掀掀盖子，只不能动，也冻住了。就在这个时候，茶壶给了屋子里一层寒冷的印象，立刻身上打了一个寒战。

他于是把房门掩上，展开了床上的棉被，把带来的那件破大衣压在脚头，一面打着寒战，一面脱衣服。除了把衣服都盖在被上而外，把藤椅上一条破狗皮褥子也都拥在被上。自己向被里一钻，只觉得被里是铁板一般的冷。所幸一个旧枕头，是前天换的荞麦皮，叠得相当的高。在枕上侧脸看着，见桌沿上那半截烛头，只管摇撼着那微弱的火焰，似乎也在最后的挣扎期中。这里的纸窗户，搬进屋来未曾裱糊的，在微弱烛光中看去，那灰黄色的纸加上几处有新的白纸补窟窿，更觉着破碎。一阵大风过来，挟了碎雪扑在窗棂上，沙沙作响之外，而且整个窗户都摇撼了吱咯有声，仿佛这屋子也都随了这窗户摇撼不定。再看这屋里，两个陈旧的书架堆了些零乱的书，便是墙上三四幅字画，也随了床头两只旧皮箱子，显着这屋子单调。

耳朵边呼呼的树枝舞风声、唰唰的电线哀叫声、院子门砰砰碰撞声，除了儿时航海遇着风浪有这么一回类似的情形而外，再没有这恐怖的境况了。就是这样静静地躺在枕上出神，又有一种惨厉的吆唤声送进了耳朵，乃是"浸透了的……元……宵哟"，在那"元"

字喊出来的时候，拖着条长而又抖颤声，在一阵呼呼的风声把那哀呼声遮断。停一会儿又送进来，恰是那半截蜡头的火焰，被纸窗缝里的冷风一卷，转了两转，却随着流的烛油灭了下去。玉波眼前一黑，他倒得着一种新的感想了。是什么呢？就是挣扎也要趁早。

第二章

绝　粮

在这样风雪的夜里，人如是睡不着，度着像年一样长的时间，总是不免胡思乱想的。邓玉波将两只脚弯曲着睡，侧了身子，像一个金钩虾米。每当天空的风声呼呼经过，自己就得加上一层惶恐的念头，以为自己落在社会经济崩溃的巨浪里，有一天总会让这巨浪卷了去的。越是忧虑越是不能睡着。后来有几下很沉着的喤喤响声由寒空里送来，这让人想起，乃是雍和宫的喇嘛已经起来敲天明钟了。自己一感到疲劳，才昏昏地睡去。

次日醒过来，是太阳光照着屋子了。窗户纸上先有一片昏黄色的阳光。只听到正面屋檐下咯咯吱吱，不断地有那铁火筷疏通煤炉子的声音，大概家里人全都起来了。心里有许多的计划，都打算在今日去实行，自然是不能睡早觉。可是一个翻身坐起，先就打了一阵冷战，匆匆怔怔地把衣服穿好。这次有了经验了，不是开门就出来，只是把门关着露了一条缝，先探出头来张望了一下，又缩了回去。然而就在这一刹那间，已经给了他一个极恶劣的印象，因之二次又打开门来向外探望着。

正是他的二哥玉龙，身上披了一件旧大衣，手上捧了半洋铁簸箕煤球向炉子里倒着。他虽站在廊沿下，那屋瓦上的积雪被风刮着，撒灰尘一般地向他身上撒着，他只好将颈脖子缩起来，把身子略微偏闪。玉波走到廊沿下，只见他鼻子尖红红的，在鼻子眼下面，两行清水鼻涕直滴到嘴唇皮上，捧着洋铁簸箕的两只手，十个指头，两根黑鸡爪似的，半弯了身子站在炉子边，还是不住地抖颤，玉波道："二哥为什么自己笼火，二嫂呢？"玉龙放下了洋铁簸箕，将大

12

衣袖子在鼻子下一拖，把鼻涕揩了，脸上倒拖了一块黑，于是摇着头叹了一口气道："她不起来，我有什么法子，难道还能把她拖了起来吗？孩子只嚷着要起来，屋子里冰冷的，连一口热水也没有。"

玉波看着这炉子旁边，一列还摆着四只炉子，有白泥的，也有铁的，炉口上全部用半截破旧的铁筒罩着那里拔火焰。卷筒子口上正是浓浓地冒烟，向半空里直冒。玉波道："这倒有个意思，各人屋子里的炉子要全摆到廊檐下来，可以开陈列会了。"玉龙两手伸在大衣袋里，退后两步，向炉子望着发了一会子呆，因道："什么事我也不含糊，这玩意儿比做一篇文章还难，我老是弄不妥。他妈的，这回要笼不着，我不管了！我今天出去，不回来了，找个暖和点儿的地方，逍遥他这么一天。"

玉波对于他的话还没有答言呢，东边厢房里就有妇人插言道："你在家，也没做出挣三个铜子儿的事，闲着也是白闲着。我爱睡到什么时候就睡到什么时候，你管不着。你絮絮叨叨地说些什么？你是一个有用的男人，早上五点钟出去做事，我四点钟准起来同你笼火烧水。你现时同我一样，在家里闲住，我还带着两个孩子呢，你干了什么我问过你吗？有本领的，你争上这口气，今天出去，哪一天找着事哪一天回来。"玉龙冻成紫萝卜皮似的脸，加上左腮下那一片黑烟子，听了这一大套话，由苍白变带青紫，两只眼珠只是乱转，这一份难为情，不亚于那妇人出来了，打了他两个耳光，冷笑了几声，连说："你瞧你瞧。"

玉波虽是觉得二嫂子的话有点儿让二哥难堪，可是这负气的话是不能鼓励二哥去说的，难道还能让他找不着事就不回来吗？看到炉子铁架上正挂了一双火筷子，这就取过来，弯了腰搭讪着同他拨弄煤火，因笑道："别发怒了，行了，找个拔火罐子给拔上吧。"玉龙只低声说了一个"哦"字，还是两手插在衣袋里。玉波本想劝他进屋去，又怕在屋子里的二嫂听到，更有一篇激烈的言论，因之走到玉龙身边，轻轻地扯了他一扯衣袖。但是玉龙还是呆呆定了，不肯移动一步。

玉波也不能勉强，先到北屋子里去看看母亲。只见她拥了很厚的被睡在床上，昨晚上烧的那个炉子倒是让人搬到外面生火去了，轻轻地说句"睡着了"，转身就向外走。老太太两手按住棉被，伸出头来道："一大早上，你那二嫂就说了一大套，我都有点儿受不了。亏你那厚脸的二哥，他能没事。"玉波走到床面前，回转手来向窗子外连指了两指，意思是请老太太别说。老太太在枕头上微昂起头来向窗子外望望，叹了一口气，又放下头去。玉波又怕二哥在廊下会疑心自己在屋里说什么，因大声道："我给您到外面瞧瞧炉子去，也许炉子里的火已经上来了。您先别起床，等我搬进炉子来，把屋子烘暖和了，您再起来吧。"邓老太道："这也不是你的事，你忙什么？"玉波道："家里反正是没有用人，不是我的事，又该是谁的事呢？"

　　他说着话，再走出大门外来时，已不见了二哥玉龙，心里也就想着，他受了嫂嫂这一番气，无可发泄，出去避一避，也是不得已的行为，也就不必去管了。看到一排炉子中，已有一只，火兴得很旺，这就找了一把扫帚来，把炉子打扫干净了，然后送到母亲屋子里去。料着厨房里是不会有茶水的，自舀了一壶凉水来，在炉口上放着，以便烧热了沏茶洗脸。

　　忽然一阵很严厉的声音，由东屋子里叫起来道："天气这样冷，谁不愿意早早地把炉子端到屋子里去？可是谁想炉子早早地有火，谁就该早起。我为了孩子老早地起来笼火，就是不得已。要不，我不会在被窝里多躺一会儿呀？这是谁，这样会捡便宜，把我笼好了的一炉火一声儿不言语就端起走了？"玉波在里面听着，就答道："大嫂，火是我搬到妈屋子里来了，我不知道是大嫂笼的。还有一个炉子，火也快上来了，您搬去得了。"那严重的质问声这时已停止了，不过还轻轻地听到一句回答，却是："哼！就算你一人孝顺，别人全不成。"老太太已经是坐着在抽水烟，这就把一只手连连地向他摇了几摇，又向窗子外面努了两努嘴。

　　玉波也没说什么，只是扛着肩膀微微叹了一口气，等水开了，沏了一壶茶，同母亲共用了一盆水洗脸，这就向邓老太道："我现在要出去了。家里的事，你劝老大努力一点儿吧。"邓老太道："你干吗说这话，难道你不回来了吗？"玉波笑道："我怎么不回来呢？不过我心里想着，我又得跑一天，回来必是很晚了。昨天咱们家就过不去，今天恐怕是更难受，等我晚上回来，那就迟了。"只这话时，玉山也进来了，他两手插在大衣袋里，缩着脖子，微笑着："你只管走吧，难道就专等着你想法子吗？"玉波道："穿上了大衣，老大也出去吗？"玉山道："我下午出去。屋子里没火，冷得要命，我把大衣套上了。你走粮食店门口过身，你对他们说，送一口袋面一块钱米来。"玉波道："没钱，给吗？"玉山道："我家搬到这里来，就是买他的米，我想等他送来了，和他伙计说一说，过个两三天儿，大概没关系。真不行，我找点儿东西，当了钱给他吧。"玉波道："好吧，带一句话，反正没什么不可以。"他说完，自出去了。

邓老太手上捧了水烟袋，坐在桌边靠椅上，桌沿上摆了一碗黄色的浓茶，在上面正浮荡着一股清淡的茶烟，和她手上所拿纸煤上的烟在空中互相融和中，这正形容得这屋子里如何的静穆。玉山两手依然插在大衣袋里，靠炉子站着，两眼呆呆地望了炉口上的火焰，只管出神。邓老太道："米面叫了，煤呢？"玉山道："还没什么问题吧？回头再去叫二三百斤煤球来就是了，反正送煤总是做来往账的。"老太太吸了两筒烟，鼻子里哼着冷笑一声，因道："现在我知道穷人过的什么日子。以前我只知道为了没吃没喝可以打架拌嘴，于今算长了见识，为了煤火也可以打架拌嘴的。"玉山听了这话，就联想到自己女人，刚才为了一炉子火，还曾指桑骂槐地说了一顿，就把两手插在衣袋里，只管扛着肩膀，哪里还能再说一个字？邓老太道："你不用在我这里呆站着了，家里有什么事要安排的话，你就去安排着吧。"玉山道："上午没什么了不得的事，吃了午饭再说吧。"他这样说着，邓老太也就没有再催他。

不多大一会子，只听院子里有人叫着"送米来了"。玉山迎了出去，一个二十来岁的店伙，肩上正扛了半口袋米，半昂了头向四处

15

张望，看到玉山出来，这就把米袋放到廊沿下，在怀里掏出一张发票交给了玉山。玉山看时，上面写了"西贡米三元，桃牌面粉一袋，三元二角，共六元二角"。玉山道："还有面呢?"伙计道："面在大门口车上，小徒弟看着，不要紧，您这米钱……"说着，他眼望了玉山。玉山道："我同你们店里来往有半年多了，有时差个一半天给钱，可没失过信用。今天大雪，我没有出去，钱不方便。明天下午给你们宝号里送去，行不行?"伙计脖子一扭道："那不行! 我们把车子推了米面出来，不带钱交柜，掌柜的那儿不能饶的。你要记账的话，跟我们柜上说去，我们做不了主。"他说完了，一点儿也不踌躇，蹲下身子去，把那袋米扛在肩上，可又走出去了。玉山先是呆了，望着他说不出话来，直等伙计把米袋扛出大门去以后，才回想过来了，赶忙跑到大门外来。只见一辆双轮拐子车上面堆了两只口袋，那个伙计正同着一个小徒弟，向前推了走。

玉山道："喂! 你先别推回去，我这就到你店里同你掌柜的去说。"那伙计弯了腰，在雪地里拼命地推了车子走。无论玉山怎样地大声嚷着，他头也不回。玉山料是无望，把脚一顿，大声喝道："我骂你不睁眼的东西! 你也不打听打听，你大爷是干什么的出身。漫说这一点儿米面钱，就是你们那几个粮食行，当年开一张支票也能给收买过来。"那伙计推车子推得很远了，还听到了这话，却把车子停着，回过头来道："你要收买我们的粮食行活该了，我瞧你这样子，今天不收买，明天就得收买，我可等着你的了。"说完了，他可昂了头，哈哈大笑。玉山站在自己大门口，真气炸了肺，望了胡同口，很久很久说不出话来。还是有一阵风经过，把屋檐上的雪吹着下了一阵白面，把他的身上全撒遍了，他随着这白面打了一个冷战，这才回到屋里头去。

他们家有个跟随二十年的女仆洪妈，现在是主持着家里的三顿饭。这时她两手捧了一只和面的绿瓦盆，站在上房门口，远远地就叫道："大爷，这事怎么办呢? 面口袋全翻过来了，也只有一斤多面。这么一大家子人，做什么吃也不够。"玉山道："这粮食店里的伙计太可恶。他听到说现在不能够给钱，扛了面口袋就走。无论做什么生意，总有个赊欠，偏是粮食店这样地硬。明天我有钱，也去开粮食店去。"说着，还是连连地蹬了两下脚。洪妈道："大爷，这些话全不用说了。现在十一点钟了，应该预备中饭了，你倒是想点儿法子呀？"玉山道："无论想什么法子，都得拿钱去买东西，现在压根儿掏不出钱来，哪还有什么可说的？"

洪妈这就把盆子放在地上，捧着两只手胳臂望了他道："你这不是让我为难吗？俗言道得好：一个和尚挑水吃，两个和尚抬水吃，三个和尚没水吃。以前只有一位大少奶的时候，多少还替家里拿一点儿主意，现在有了四位少奶奶了，除了各人收拾各人的屋子而外，老太太屋子里的事就归到我身上，再说哪个屋子里有什么办不了的事也都归着我啦。一个人家要往上走，绝不能像这样躺在炕上，等天上掉下馅饼来。在你府上当听差老妈子的，谁不是卷了一大注子钱走？只有我洪妈，还跟你们这样受苦。少说些，这两年以来，总跟你们垫过两百块钱。现在我也垫空了，不能到家里去卖了地来给你们垫伙食。中饭时候到了，什么也不预备，又打算让我垫钱吗？"

玉山听了她这一大串子话，倒只是微笑。可是他的妻子田氏却是在屋子里插言答复了，她道："洪妈，谁同你说什么来着，你倒是这样啰啰唆唆说上一大遍。我们穷了，还是主子啦，你这样不分上下一顿乱嚷，还有一点儿规矩吗？"洪妈道："是主子呀，谁说不是？可是我没有生下来当奴才的命，要在你家当一辈子的奴才。虽说我乡下买了一顷多地，都是挣了你家的钱，可是没有白挣，全是凭气力挣的钱。我也是念你邓家这一点子，就是你们家为难，还在你们家帮忙。"说到这里，顿了一顿，又继续说道："如果府上还要像从前一样，主子是主子，奴才是奴才，我早不干了。"玉山隔了窗户，对着屋子里道："别说了，谁叫我们穷了呢？她要走了，咱们家就得顿顿吃生米，请问，谁肯到厨房里去做饭？"洪妈微笑道："大爷，你倒肯说一句良心话。就凭了这一点，我才不走。你府上一家人，总算待我不错。我到厨房里去添火，今天叫煤的这件事你交给我了，块儿八毛的我总还垫得起。可是米、面这两件事，你得快办。"她说着话，捧了那只绿瓦盆，自向厨房里走了去。

玉山在院子里徘徊了很久，只觉脸皮上如刀割着，鼻子里流出两行清鼻涕水直拖到嘴唇上来，因自言自语地道："这就是我一个人的事吗？没有米、没有面，这就让我一个人去受累。今天我也豁出去了，不管这事了。难道大众全能挨饿，就是我一个人不能挨饿吗？"说着这话，走回屋子去，把自己一顶破皮帽子由墙上取下，盖在头上，两手插在大衣袋里，就向院子里走。他妇人田氏追着，口里叫着道："你向哪儿走？这样大雪寒天，你不吃饭，到外面想法子去，我同两个孩子呢？"玉山站在院子里，取下帽子乱挥了两下道："你瞧，嚷嚷这一早上，没有煮饭米，除了洪妈埋怨了我一顿而外，还有谁哼了蚊子叫那么一点儿声音？这事情我听出来了，以为我是家长，我就应当负责任。好吧，我不当这家长了，谁愿意干谁来。"

这时在他对面屋子里，走出一个人来，蒙眬着两眼，手还弯在胁下扣纽襟，站在房门里道："老大，你别嚷。我是人不大舒服，一觉睡到这时候。要说家里的事，我也一样地操心，我没挣到钱，垫不出来，可不能怪我。"这位说话的人，是玉山三弟玉峰，尖尖的脸儿，光灿灿的眼睛，却是一个聪明人的模样。玉山道："这不怪我起急。眼见家里断粮了，咱们这种壮年男子，挨饿活该，没什么可说的。家里还有个老太太呢，能让她老人家也跟咱们挨饿吗？老二老五全出去了，你同老四还是高枕而卧，假如你是我，你生气不生气呢？"玉峰道："你在屋子里暖和暖和，我把老四叫起来，大家商量商量。四弟妹回来了没有？"说时，向另一间屋子问着。

老四玉林在屋子里答道："她不在家，你进来吧。"玉峰推开北面侧屋里的门，见玉林两手按住被头，上身穿了灰色的毛绳褂子，坐在炕头上，高举了两手，打个呵欠，笑道："老大又在嚷嚷，嚷什么？"玉峰淡笑道："你这倒好，家里房子坍了，我想你还是照样地倒头大睡。"玉林一张圆圆的脸儿，蓬松着一颗大圆脑袋的短发，耸着一个大牛鼻子，只是傻笑。玉峰这就把家里早上发生的事情对他说了一遍。

玉林一面披衣下床，一面笑道："这样子说，你也是躺在床上听得清清楚楚儿的，你干吗不起来呢？"玉峰道："我以先以为是老大说气话，不便作声，后来知道是真的断了粮，我也就起来了。"玉林道："你叫我起来，我也没有什么办法呀。"玉峰道："谁也没有办法。但是老大一个人在院子里蹦进蹦出，我们全在床上躺着，那算怎么回事？"玉林道："若是那么说，我就起来吧。不过要我想办法的话，干脆，我先说不行。断了粮，我先饿着得了。"玉峰皱了眉道："男子汉大丈夫，干吗说这样短志气话？"玉林笑道："实不相瞒，我自己瞒着，没有办法了。孟贤，她就是为了要我想一块钱的法子，因为我想不出来，她一怒而回娘家的。"玉峰瞪了这位怯懦的兄弟一眼，自走向母亲屋子里去了。

他们弟兄有一种习惯，每有什么家庭问题发生，就全到老太太屋子里来集会。所以现在有了断粮的重要问题发生，少不得又要向母亲屋子里来坐着。玉林当三哥走了，他心里头有了一个聪明的念头。他觉得家境虽然不好，还不至于断粮，这一定是三哥看到自己没有起来，造了这么一个谣言来恐吓自己的。好在自己要下厨房去打洗脸水的，趁此可以问问洪妈。于是将一只铁瓷盆夹在胁下，就向厨里来。只见洪妈两手抱了一只腿的膝盖，斜坐在矮凳子上。面前的小泥灶，只在灶口下抽出一线微弱的火焰，并没有放着饭锅。倒是灶头上放了两把旧铁壶，里面呼呼地向外冒着热气。便问道："干吗老烧着两壶水？"洪妈淡淡地答道："不烧水，烧什么？"

玉林向墙边木碗柜子里一张望，所有的大碟小勺儿全洗刷得很干净，光光的，没有一点儿脏迹。只是一只浅口的瓦罐子里盛了大半罐盐。还有两个酱油篓子挂在柜子钉上，手托托，里面也不怎么重。向柜子外看，只有两腿的破桌子下有两个大萝卜、半把白菜。大铁锅是反盖在桌子的一头，小铁锅是将耳子挂在墙头木钉子上。水缸里倒盛有大半缸水。水面上结了两层冰圈圈，倒让人看着心里头生出一种寒冷的观念。在洪妈的脚下放着一只绿瓦盆，里面有大半碗干面粉，盖了盆底。

玉林道："真的咱们家没有了米面了吗？"洪妈用脚轻轻地踢了绿瓦盆两下，因道："瞧，就在这里，做出来，够四爷一个人吃的。"玉林一面打水，一面向满厨房观察，就是灶头边那个堆煤球的老所在，现在只有四五十颗大小煤球，在煤灰里零碎地铺盖着。便笑道："怎么说一光全光，连煤球也没有了？"

洪妈道："四爷为人真是宽心，到了现在这样境地，你还笑得起来！现在快十二点了，算午饭也好，算早饭也好，还是没有一点儿消息，我瞧你怎么办？这样一家人家，说起来是五位二三十岁的少爷，连吃饭米也下不了锅，这不难为情吗？我虽是在家里佣工的，这话说出来我也替你寒碜。"她说毕了不要紧，倒好像很生气，将嘴一噘。玉林这倒将两手捧着盆，不免呆了一呆。

洪妈道："四大爷，我是瞧见你长大的，我不怕把话冒犯了你。咱们老爷子在日是什么威风，别说一家几口人，几万人他也养活得了。他没有少扔下家产，到了您哥儿们手上，自己养不了自己，这就差得太远了。老太太这样大年纪，不能让她跟着你们这样过日子。挨饿还在第二，这丢脸的事她受不了，再有两回，她会气死了。依着我的话，让老太太跟我到乡下去过些时候，保险比你们养活得她舒服。等你哥儿们有了办法了，我再送她回来。"玉林听了这话，不由脸色红里变紫，突然流下泪来。

第三章

死里求生

　　一个人羞恶之心总是有的，不过看他的性格同所受教育怎样，然后分出能受或深或浅的刺激。邓玉林虽是比较心宽的人，可是他并非不知廉耻。洪妈这一顿冷嘲热讽，他一阵伤心，止不住哭出来了。

　　洪妈看到他捧了那盆水站在厨房中间发痴，这就抢上前，双手把盆接过来放在桌上。因看到盆里有手巾的，这就把手巾拧了一把，递到他手上，和颜悦色地道："四爷，您别把我的话搁在心上。我是一个妇道，您还能和我一般见识吗？"玉林接过那手巾，擦了一擦眼睛，因道："我并不怪你，而且你说得很对。一个人有两只手两只脚，不能顾全他自己的衣食，这已是很可耻的事，何况我们家老爷子，还是扔下了那大股家财的。我们一点儿不能做事，反把那样大批家财花掉了。"洪妈笑道："只凭你这几句话，就让人高兴起来。有道是浪子回头金不换，只要你们明白以前做错了，那就好办，以后别再跟着错就是了。来，我跟你把脸盆送了去。"她说着话，将盆送到玉林屋子里去。玉林将一只袖口揉擦着眼睛，低了头，跟在后面走，只看了自己的鞋子尖，到了屋子里催洪妈出去，将房门掩上，一个人悄悄地洗脸。

　　玉山玉峰在母亲屋子里抽过两支香烟，又喝过两杯茶，自然是说了不少的话，可是玉林始终还没有前去参加会议。玉山连连地叫了几遍，也没有听到他答应。玉山便皱了眉道："像我们老四这种人能够有了办法，天下事就都有办法了。人家把大炮对了他的房门口轰，他还可以睡得着觉的。你说他起来了，也许他又睡着了吧？"玉

21

峰道："那不能够，我亲身看到他穿衣下床的，我去拖他来。"说着，向玉林屋子门口奔了去。却不料那里是两扇门闭得铁紧，屋子里并没有任何声音送了出来。用手推推那门，里面已经是闩上了，便叫道："老四，你这是怎么回事？叫你出来商量事情，你反是把大门关上了。要你商量事情，也不要你马上掏钱出来，你躲着干什么？"他在外面尽管是嚷着，但是屋子里的人一点儿回声没有。玉峰道："咦！奇怪了，怎么一点儿声音没有？"于是走到窗户边，用手指捣了一个窟窿眼，向里张望着。

只这一瞧，把玉峰的魂也吓掉了，大叫了两声不好，便抢到房门口去，歪了肩膀去冲撞。嗵嗵几声响，玉山也就随了这声音直抢出来。他到了面前，轰的一下大响，玉峰已是把门撞倒，人随着门直跌了进去。玉山跟着走进去看时，也啊呀大叫着，原来是玉林将一根捆绑铺盖的绳子搭在屋顶的横梁上，人在下面吊颈自尽了。玉峰却是机灵，抢上前就拦腰把玉林抱住，回过头来叫道："大哥，你去解那绳子。"玉山跑上去解绳子时，无奈周身抖颤，手里拿了绳子，一点儿用不出力来。解了许久，两手还是捏住了那绳子疙瘩直管抖，玉峰两手抱着人，又不能腾出手来。还是田氏随声赶到，在身上掏出一串钥匙，将钥匙绳子上的小刀横着把绳子割断。

玉峰把人抱着放到床上，首先把颈脖子上的绳子解开，口边连道："不用慌，还有救。"一面俯着身子就去施行人工呼吸。邓老太太挽着她第三个儿媳阮氏，颤巍巍地站在人后面，脸已是苍白的了，哽咽着道："家门不幸呀。怎……怎……么这样的事都有了。"玉山看到玉峰救人那样镇定，把周身抖颤的程度也就减低了一些。慢慢地挨近了床前，用手摸了一摸玉林的鼻子，已经有了呼吸，便回头来向老太太道："不要紧，不要紧，可以有救了。而且刚才他在绳子上就没有吐出舌头来，这是不很厉害的样子。"

邓老太太也是站在床面前，由袖笼子里抽出一条手绢，来揉擦着自己的眼角，因道："这孩子平常全是懦弱无能的人，凭他自己的女人就治得他成了个可怜虫，不想他有这种决心，干出这样的事来。

老三，你说了他什么呢？"玉峰道："我哪里说了他什么？我把他叫醒，就到您屋子里去了。我们说话的时候，他还是笑嘻嘻的呢。他这样地来一手，真是谁也猜不着的。"阮氏道："是的，他并没有说什么。"玉峰瞪了她一眼道："这又有你可以说的话了。"她不敢作声了，红了脸，把头低下去。

这时，二少奶奶黄氏也就来了，她站在房门外，把头伸着向里面张望了一下，因道："四弟怎么干出这种事情来了呢？现在应该好了吧？"在屋子里的人全都只看了她一下，并没有答言，只有玉峰转过身来，向她点了两点头道："他好了，没有什么要紧了。"玉林便在这个时候，很沉着地哼了一声。不想黄氏在门外，比在屋子里的人还要听得清楚，哟的一声，倒退了两步。田氏道："黄妹平常胆子很大，这又这样地胆小。"黄氏在门外瞪了她一眼，淡笑道："你不用讥笑我。假使我家里没有一个男人，出了这样的事，我看你也没有什么好办法。你能上前把玉林抱了下来吗？"邓老太太抖颤着嗓音，喝道："你们真没人心，家里有了这样的事，你们还闹啦。闹就闹吧。"说着，把脸板了起来。黄氏道："是大嫂开口先说我呀。"

邓老太太也就不去再和她答话了，自走到床面前去看受伤的人。所幸玉林在绳子上吊着的时候并不怎样的长，因之经过玉峰一番施救，已是慢慢地醒了过来，大家就不回老太太屋子里了，全坐玉林屋子里向他劝解。一个自杀的人当时受了几分钟的兴奋，那是不顾一切向死路上走去的。但是醒过了这几分钟之后，那就觉得自己的行为有点儿卑鄙。像玉林这样的青年，为了这一点儿小事自杀，那更透着是一位懦夫，不能奋斗，所以现在家里人围在床面前同他说话，他倒是无话可说，只有微偏了脸在枕上睡着。至于让他自杀的那个根本问题，现在倒是解决了。洪妈听说玉林在屋子里吊颈，知道是自己惹的乱子，也是吓得两只脚软绵绵的，在厨房里站立不起来，口里不住地念着阿弥陀佛。看看无人，索性两只手伸开食指，叉住了地面，对了厨房门跪着下去，额头撞地，咚咚地响了几下。后来听说人有救了，也不敢到玉林屋子里去张望，连忙跑到自己屋子里，打开箱子，在袜子筒里掏出两块现洋，自到街上去买米买菜。她回来之后把饭菜全做得了，才放着胆子到玉林屋子里去。看许多人围在屋子里坐着，玉林高高地枕了枕头，躺在床上，进得房来，先就笑道："四爷，你干吗这样地想不开？我这么大年岁，还苦扒苦挣地干着呢，你好像一棵树才是刚发芽，将来成长的日子还要铺开好大的树荫给大家乘凉呢。"

玉林知道她是有点儿难为情的，便向她强笑着道："这里没你的什么事，你别来啰唆了。"洪妈听了这话，索性走近一步，走到屋子中间来，向大家望着道："我本来也就没敢来。现在把饭做好了，请大家吃饭，我来问问放到哪儿吃？四爷也不吃一点儿东西？"玉山道："什么？饭做好了？你看，我们忙了这一上午，把吃饭的事情也都给忘了。"邓老太太道："洪妈，又是你垫的钱办的午饭吗？"洪妈笑道："这没什么，只要我有钱垫得出来。"大家听了这话，彼此都互相看了一眼，没有说什么。洪妈道："米也买了，面也来了。家里不是还有半斤多干面吗？我又买了两斤面加在里面，做别的也来不及，我就给大家撑面吃，现在下得了两碗。"

邓老太太道："既然如此，玉山你们就端着吃吧，现在已经天晴了。吃饱了，你出去跑跑看，多少想点儿法子回来。玉峰，你也出去，家里的事交给我了。"玉林在枕上望了大家道："咱们又不是做买卖，挑出担子去，多少可以挣几文回来。这话太着实了吧？"玉峰坐在床前一张凳子上，站起来对他望望，微笑道："你不必同我操心，你就好好地休息两天就是了。"他交代完了，同玉山到厨房里去，就各捧了一碗面在手上吃。

玉山笑道："这一顿饭，我们可以在厨房里吃，下一顿饭呢？"玉峰道："下一顿饭若还是在厨房里吃……"玉山道："你以为怎么样？"说时，可就把眼睛向兄弟瞪着。玉峰道："不怎么样，我们自己努力吧。"他说着话，把筷子架在面碗上，放到桌上去，还按了一按，在怀里掏出一方手绢来，擦抹了一阵嘴，将头点了一点，笑道："我们这就出门去。"玉山捧了那一大碗面，却只吃了一半，将筷子头挑着两根面，拖得很长的，送到嘴里去，将四个牙齿对咬着，一小节一小节地咬了下来，两只眼睛对了碗里只管出神。这里玉峰有要走的样子，他不吃面了，也跟着把碗向桌上放去。问道："你什么时候回来？你就是照着以先商量的步骤走去吗？"玉峰道："我想着，能照着预定的计划做去，那是很好。万一不然，我也可以在四点钟以前带一点儿钱回来。大哥呢？"玉山背了两手在身后，低了头慢慢地向前走，走到前面院子里，将右手捏了拳头，在左手掌心里连连打了两拳，咬了牙道："我一定也在这个时候带些钱回来，难道我这么一个大人，所想着那样极小限度的一点儿款子，我还弄不回来吗？"玉峰微咬了下嘴唇，瞪定了眼珠，向他望着。

玉山倒不注意到兄弟的态度，自跑到屋子里去，披上了大衣，戴上了帽子，就走了出来。他女人口里连连地嚷着，一直追到院子里来。将手一扬道："喂，你就是这样出去吗？你打算什么时候回来？"玉山道："我出去拼命了，希望你能够鼓励我，不要再从中来打搅。"他口里说着，脚步依然向前行，田氏跟着走道："并非我和你打搅，你出去得这样匆忙，我有几句话同你说。"玉山已是走到了大门口，回转头来道："不要紧，我想不到法子，我也回来，我决不自杀的。"他向后看着，脚步还是向前走，疏神忘了下台阶，人就向雪地里一栽。田氏叫了一声"你看看"，赶步向前来搀扶他。可是玉山很快地就扒了台阶站起来，将两只大衣袖子乱扑了身上的雪，笑道："不要紧的，不要紧的。"掉转身来就向胡同口外走去，头也不回。田氏一手叉了门楼下的砖墙，望着他的后影倒很是出神。

玉山直走到胡同口去，才回了头一看，看到自己女人还站在门口，倒呆了一呆，然而自己鼓了一股子劲出来，那是绝不回去的。这时，大街上的雪算是已经扫干净，只有空闲的一些地方还是带了污泥，堆着大小的雪堆。太阳照在两旁铺雪的屋脊上，另幻出一种寒光，西北风由阳光里经过，兀自向人身上送来一种严肃的冷气。玉山本是把那件破大衣的领子操扶了起来，围了颈脖子的，这时，他把胸脯子一挺，将领子放下。插在衣袋里的两手本来是半缩着的，也不再缩了，似乎使足了劲向下撑住。虽是那件破旧大衣非常的沉重，也大开着步子向前走去。看到街上拉人力车的或坐汽车的都向他们射着一眼，感想是随了各种人物起浮着。

这样地走了一小时，他走到前门外的蒋家胡同里了。这里有不少的商家堆栈，他看出了一家门号就上前敲门。出来开门的是一位穿蓝布夹袍的黄瘦子，外面罩着青布夹背心，头上戴青布尖顶瓜皮小帽，顶上组了一个小的红疙瘩，这就无论他怎样地和气，也不免带上一股子俗气。他看到了玉山，抱着拳头，笑嘻嘻地问道："大爷，久不见啦，老不照顾我们了。"玉山听到，觉得是比被他打了一个耳巴子还要厉害，脸红得变成了紫色，站在院子顿了一顿。可是只有两三分钟之久，他就把这事回想过来了，因大声笑道："李掌柜的，你把时历书看错了年份了，现在的大爷可不比以前了。"李掌柜的笑道："大爷，你不必客气，我并不同你借钱。"说着这话，掀着上房布门帘子让他进去。玉山笑道："这是你反过来说，怕我同你来借钱吧？"

他说着这话，已经是走进了屋子来，只见他正中桌子上摆着一碗红烧肉，里面搁了不少的香料，热气腾腾的，把香味向鼻子里直送来。另外一个小藤簸箩，里面一大堆白面馒头。自己出门来，是一个半饱的肚皮，现在看到这种东西，闻到这种香气，肚子里却翻腾得十分厉害，嘴里的馋涎就泉涌着要向外流，自己极力地忍耐着吞下去两口。李掌柜招待他坐下，就有小徒弟来敬奉茶烟。这一间北屋子，李掌柜是把会客室饭厅佛堂都混在一处的。旁边另有一间屋，垂着蓝布门帘子，乃是账房，玉山以前也到这里来过，掌柜的都是让到账房里去谈买卖，现在可就不向里面让了。生意人处处都打着算盘，这屋子里只放了一个铁质的煤球炉子，由冷的地方进来，猛可地自然很暖和，可是坐久了也就很平常了，因之把身上那件破大衣脱下来以后，不免微微地扛了两扛肩膀，身上穿的这件稀烂的羊皮袍子，灰色的哗叽袍面沾染了好些个油痕污点。

李掌柜的拱拱手坐在他对面，对他周身上下早看了个透彻。这就笑问道："真不知大爷今天有什么好事可以照顾。"玉山被他一问，脸又红了。但是自己一路行来，是鼓足了自己的勇气，无论如何是要把心里的话说出来的。于是向他装出很从容的样子，苦笑着道："真的，我要说穷了，人家是不肯信的。就是我自己也莫名其妙，我家那么有钱的人家，怎么一说穷就穷得不能收拾了呢？实不相瞒，我家是连饭都没有吃了，这残冬要不过去。我还有点儿皮货，愿意盘给你买去。"李掌柜的这一听，心里就明白了，把桌上那一瓦钵子肉放到炉子上来，依然在对面椅子上坐下。玉山道："掌柜的，你不必客气，只管用饭，你一面吃一面谈买卖得了。"李掌柜的笑道："这倒不忙。大爷家里皮货那自然是很多的。大爷何必自己来，打发一个人来说一声儿，我自然会到家里去看货。"玉山笑道："用不着去看，我把货带来了。"李掌柜的听了这话，倒有些愕然。

玉山却一点儿也不介意，伸手到衣袋里去慢慢地掏出一大堆当票子，向李掌柜面前递了过来，李掌柜的看到，更是惊讶，就站起来把当票子接着，笑问道："大爷这是什么意思？"玉山道："这票子里面，狐皮也有，紫羔也有，灰鼠也有，都是好皮桶子，自然，日子远一点儿，可是没有当死的也很多。你把它赎出来了，除了本利总还可以挣几个钱。我们现在绝没有许多钱去赎当，丢了又可惜，所以愿意把这票子转让给贵号。你拿算盘敲敲，能值多少钱，估计着有利可图，就随便给我几个钱吧。"李掌柜的听了这话，左手拿着当票子，右手两个指头蘸着口水，一张张地掀了看，看完了摇了两摇头道："这不成，我还不知道这货色怎么样呢！"玉山道："你的意思是要先看了皮货，然后才肯收买我的当票子吗？"李掌柜的道："这是大爷的事情，我帮你一个忙，其实我们敝号里就没有做过这件事。"玉山听到，在那未曾退红的脸上加了一层惭愧之色。这就笑道："那我感谢你还念交情，不过你也可以想到，我若不是等着钱用，我还做出这样的事来吗？你可不可以今天先移我三块两块的用一用呢？"

李掌柜听说，又把当票子掀着看了一遍，点点头道："倒不必论

27

什么当票子，就是你大爷老远来着，移一块两块我还能说什么吗？你请坐一会儿。"玉山笑道："你请用饭吧，我坐一会儿不妨事。"李掌柜的笑道："那就不让了。"他说完了这句话，竟自把肉钵端上桌子，自己坐了下来，左手捏着馒头咬上一口，右手拿了筷子，大块的肉夹着就向嘴里塞了进去。

玉山看到，真不知道要说什么是好。见他这桌子上放了一张小报，就随便地捧起来看。那李掌柜的或者是很饿了，只管低了头吃，并不去理会玉山坐着有什么感想。玉山自去看他的小报，却没有理会到李掌柜去。直等李掌柜把饭吃饱了，用手一抹嘴，直站了起来，这才向他道："对不起，对不起。"玉山放下报，笑道："现在该听你的话了，你能给多少钱呢？"说时，站了起来，向李掌柜望着。

李掌柜在身上掏出一盒烟卷来，先取出一根向嘴里衔着，他衔到嘴里，已是把烟卷盒子向怀里揣起来，倒扬着脸向玉山望了去道："大爷，你抽烟的吧？您抽一根，可是我这烟不大高明。"说着这话，把烟又掏出来直送了过来。玉山两手向前推着笑道："这个你倒不必客气，我不会。还是谈买卖吧，我今天十分急着钱用，你能不能先移动几块钱给我，等你看了货再讲价钱，我倒是不急于这一层。你若是怕上当的话，我们一路到当铺里去看货色也可以，大概这一卷当票两三块钱，总还是值的吧。"李掌柜笑道："我不说了吗？我们和大爷有交情，就是大爷不出让这一卷当票子，移动个三块两块的，我也没有话说。"玉山笑道："你若不收我的当票，我就不好收你的钱，好在我还认识别家皮货局子，我就再到别家商量去。"李掌柜的笑道："多年不见，大爷的脾气还是这样。那么，您就在我这儿先拿三块钱去，不必拿两块了。再过两三天，天气晴好了，我凭了当票子到当铺里去看货。"

玉山也没说什么，鼻子里哼着点了两点头。李掌柜的笑道："大爷，你可别误会了我的意思。我这里给您三块钱，是让您今天先坐车子回去，并不是说出这一注子钱就把您的当票算买下来。"玉山道："李掌柜的，我是看过银钱的人，难道这一点儿事全不知道吗？

请你先把这三块给我吧，我还等着回家去。"

李掌柜听了他这话，倒有些疑惑，为什么催钱催得这样紧？不过自己答应给钱了，却也不便临时退堂，只好慢吞吞地在账房取出三块钱来交给玉山。玉山拱拱手走出大门，手里托着三元银币，昂头哈哈大笑，自言自语地道："我以为你们同我绝缘了，到了现在你还是到我手上来了。我死了，我也要闹个绝处求生，现在我总没有死。"

他一面笑着，一面向胡同外走，手里拿了一块银圆，摇撼得叮当子作响。这不但是胡同里来往走路的人看了他很是注意，就是站在岗位上的警察也对他睁了两眼望着。但是他并不介意，只是一面笑，一面说，一面走，后来警察走过来同他迎面相遇，就拦住了他道："喂！你这位先生，打算到哪里去的?"

玉山翻了眼向他道："你问我干什么，反正我有了办法了。有了钱就有办法了，我在家里出来的时候，心里已经想好了，我一定得死里求生。我要像我老四那样，索子一套颈子，大事全完，那不算本事，我们有一口气也得奋斗。巡警先生，你说是不是？要在往日，李掌柜那样子，我就大耳刮子打他，可是我现在是要死中求活的人，我得干我的大事，不能跟小人一般见识，哈哈，走啦。"他一仰着头，又大开步子向前走。巡警道："喂，你有病吧？你不能走，你家在什么地方？我送你回去。"玉山摇着头道："我要死中求活呢，现在不能回去。"他头也不回地大步子抢出胡同口了。

第四章

体面与饿饭孰重

由蒋家胡同走出去是前门大街，乃是北平最繁盛的所在，若在这地方出现一个疯人，那是很能引起大众的轰动，轰动的结果也许把大街上的交通都可阻断起来。因之邓玉山在前面喊叫，后面就有两名警察直奔了上前，口里喊着"前面截住，前面截住！"胡同口上的岗警以为是有了扒手，迎着玉山横起两臂来拦着，本待拿起手上的指挥棍当头就是一下，可是远远地就看着玉山昂头大笑颠簸着步子走了来。手掌上托了三块银圆，还只是摇撼着响。这就将举起来的指挥棒落下，劈地一把将他扭住，喝问道："你是怎么回事？"

玉山横了眼望着道："不怎么回事。我把当票子卖了三块钱花，又不是抢来的，你拦住我干吗？你打算要我这三块钱吗？你若是要，你就拿去。我穷是穷，这三块钱还难不住我。"后面那两名警士也跟着来了，笑道："没什么，不过这个人有点儿神经病罢了。"岗警听说就把手松了。玉山倒反是向他们瞪了眼道："你们不是要抓我吗？干脆，你就快点儿动手吧，这数九寒天，正没有饭乐子，把我带到监里去，那是正好，每天你总得供养我两顿窝头。"警士看他说话的神气又不十分错误，便将他拉到胡同角落里仔细盘问了一阵，听他说出家世来，却是邓督军的大儿子，都不免愕然一下。于是警士商量之下，就由一个人送他回家去。玉山始而不肯，但警士表示，他若不要人送，那就把他带到区署里去。玉山笑道："那也好，你就送我一程子吧，免得在路上遇到了别个岗警，又截住我不让走。"于是这个警士押着他上电车，向东城走来。

在电车上，玉山变了态度，夹在人丛中坐着，只管低下头去，两手插在他的大衣袋里一言不发。那位押他前来的警士，却在他对面椅子上坐着，虽是不住地望了他，可也不说什么。车子到了东单牌楼，上来了一位巡官，巡警自认得他的肩章，立刻站了起来让座，举手行了个礼。巡官道："你坐你坐，我到前面一站就下车。"巡警虽是见他这样谦逊着，依然站定未敢坐下，巡官见他这样子知礼，就向他点点头道："你什么公事上东城？"巡警将嘴向玉山一努道："送这位先生回家去。"巡官也对玉山望着，问道："有什么事吗？"巡警道："他大概受了一点儿刺激，在蒋家胡同里嚷上了大街。"

玉山听了这话，却对着他微笑了一笑。巡警道："提起他老太爷来，可大大有名，是那位邓督军。"巡官吃了一惊的样子，向玉山又看着问道："就是这位……"玉山就手扶了帽子，对他点了两点头。巡官笑道："提起邓督军，那可是我的老上司啦，您行几？"玉山道："我是老大，咱们哪儿见过？"巡官道："啊！您是大爷，咱们果然见过，我见您的时候，您是刚长成人。一别十来年，彼此全不认识了，我叫田得胜，在督军跟前当过两年卫队的队长。"玉山对他脸上仔细看看，田得胜却两脚一并，行了个立正的举手礼，玉山也就站起来向他哈哈腰儿。田得胜道："公馆现住在哪儿？太太好？"玉山叹了一口气道："一言难尽。"说着又坐下来。

田得胜回转头来向巡士望了一望，做个凝视的样子，好像说他并不曾患着神经病。巡士明白了他的意思，可就轻轻地向他道："是的是的，您再和他谈谈。"巡官这就走近一步，手扯了上面横梁的藤环，低下头来向他笑道："大爷，你今天有什么事出门？"问出这句话时，瞪了眼睛望了他的脸，现出很注意的，看他意志是不是清楚。

玉山被他这句话提起了他神经上的回忆，便先把眉毛皱起来，发着苦笑道："我干吗出门？在家里待着，天上会掉下洋白面来吗？肚子饿着，他会轰我出来。唉，别问，我家的事现在是一塌糊涂。好啦！自杀吧，死了就完了，免得去受人家的冷眼。"他说到这几句话，已是高举着两手，突然地站了起来。电车走得正快，极度地摇撼着，可又把他摇撼得跌坐了下去。全电车的人都为他洪大的声音惊动，向他望着。田得胜两手扶着他坐下去，而且按了两按他的肩膀，向他笑道："大爷，你好好儿地坐着。这没什么，每一个人都有走坏运的时候，熬着熬着也就过去了。"玉山摇了两摇头道："熬得过去吗？大概你还没经过这种日子。粮食店里的人把米口袋扛到你家门口，听说你当时给不出钱来，又扛着米袋走了。那么，你瞧着心里难受不难受？"巡官看出他的神经还是那样兴奋，笑道："电车上不谈家常，我送您回府去，到您府上再畅谈吧。"玉山向他看看，还不曾说话，田得胜又笑道："我说了去，一准去。"玉山为了他这话，方才停话不说。

电车到了站头，田得胜同那位巡士一路押着玉山向胡同里走。玉山突然站住了脚，回头对二人道："你们这样押着我，我成了一个犯人了。"田得胜对巡士道："既然如此，你回去吧，这事交给我了。"巡士对着二人看着，料着无事，行个礼走了。玉山忽然笑起来道："田得胜你很不错，大小闹一个官做。弟兄们见着你，都还得行个礼。"田得胜笑道："我这算得了什么？当年……"他怕说出话又引起了玉山的不快，把那没有说完的话，缓缓地将语音拖细得听不见了。玉山道："别提当年了。现在别说当巡官，就是当巡警，我也乐意，反正比闲着强。"

正说到这里，胡同口上有个人探头探脑地张望了几次，因为听到玉山从从容容地说话，这才走了过来，向田得胜点了个头。玉山道："这是我们老五玉波。"田得胜倒是举手行了个礼，笑道："这是五爷，当年咱们见面的时候，五爷还是个小孩子呢，我就带五爷上街去买过糖吃的。"玉波愕然对他望着，田得胜略微把今天的事说了一说。玉波这就向他点了一个头道："这总算幸遇，会到了田先生。"玉山在大衣袋里掏出那一块现洋，向空中抛了两抛，将手托着指示给玉波看，哈哈大笑道："你瞧，我没有白跑，一大卷白纸换了三块钱。奇怪，他们说我疯了！你看我是疯了吗？笑话！"说着话，两手高高地举着，一上一下地乱晃。玉波只好挽住了他一只手，向家里拖去。

玉山笑道："家里头快烧水沏茶吧，田巡官到咱们家去，得好好招待，这年头儿，人是狗的眼睛。以前恨不得磕头见咱们一见的，现在咱们给他磕头，他还不肯见咱们呢。老田不错，他还叫我一声大爷，这种人咱们得交上一交。若是攀起交情来，说不定他还找一个巡警的缺，给咱们干干。"田得胜向玉波瞟了一眼，微笑道："现在咱们什么也不用说，先回家去吧。"玉波微微叹了一口气，暗下点着头，就引着二人一同回家。

到了家里，玉波先笑道："我家现在连一个会客的所在也没有，去到我屋子里坐吧。"田得胜一看满院子残雪，也没有人收拾。行人来往地踏着，大部分的雪都变成了污泥。四合院子的周围屋檐上不时向下滴着雪水。阶沿下很是潮湿，那些残剩的炉灰和这些雪水融合在一处，更是污秽不堪。只看这种情形，也就知道邓家的内容如何。他和玉波进屋子来坐下，那玉山却是哈哈大笑，向自己屋子里走去。田得胜既是把他送到家里了，自然也就解除了责任，不用得再去理会什么了。

在这边屋子里坐下来还不到十分钟，却听到一个妇人的声音叫了进来，她道："老五，你在哪里遇到他的？他中了什么邪气了吧？说话颠三……"她一脚跨进了门，看到一位穿青色制服的人，不由得顿了一顿。玉波便道："这是田巡官，以前在我们老爷子手下也当过卫队队长的。田巡官，这就是我大嫂。"田氏哦了一声道："这是田队长，有十年不见了吧？"田得胜站起来弯弯腰道："大少奶，您好！十几年了，不止了。"田氏已是进房走来，四周看看，也没有富余的凳子，只是把一手抚摸了头发两下，又牵牵衣襟，然后向墙边靠去，笑道："田队长，不，现在您是田巡官了。田巡官，您还是那个样子。请坐吧。"田得胜却不肯坐，笑道："人是不晓得在哪里又相会的，咱们在这里又见面了。"田氏道："您是怎样会见了我们那一口子的？"田得胜把经过的情形又说了一回。田氏皱了眉道："这是什么病？家境弄得这样坏，若是他再要得一个什么毛病，这日子不用过下去了。"田得胜向她看看，又回转头来向玉波看看，低声道："据我看，病是有点儿病，好在他是刚刚得上身。以后别让他再受大刺激，这病也许不会闹大来，慢慢地跟着就好了。"

正这样说着，玉山已是横过了院子里的雪地，直跑进来。笑道"老田，我求你一件事，你在警察局里给我想点儿法子，安插一名巡警的位置。委任状我也有，文凭我也有，随便你挑。"田得胜笑道："您何至于……"玉山一拍手，两手又一举道："有什么不至于？挨饿好呢，还是顾全体面好呢？我当了巡警，不过干的差事位分低一点儿，这没什么要紧，还是凭气力挣钱。我要是没有家眷，打扫夫我也干。有五六块钱，我自管自，总够了。"

田氏瞪了他一眼道："你就是这点儿出息，你还能说出什么好的来。"玉山笑道："我没出息？我跑出去一趟，到底还弄三块钱回来，别人成吗？"说着，又伸手到衣袋里去把一块钱取出，在手心里颠了两颠笑道："一口袋面钱有了。回头我就去叫一口袋面来，还要早上送米的那小子送，让他瞧瞧大爷有钱没钱。过几天，我有一笔大款子进来，买他妈的一百口袋面，要那小子一口袋一口袋地送，溜那小子一百趟。老田，你瞧，这可是个乐子？"田得胜笑道："你也累了，到屋子里去休息休息吧。"玉山道："我休息什么？从今日起，我要奋斗。老五，你一早就跑出去了，家里出了什么乱子你也不会知道，老四他想拧了，早晨上了吊了。好在我同老三抢救得快，祖先保佑，救回来了。其实这事也不能说是祖先保佑的。咱们家早先那些家产，祖宗怎不好好保佑我们存留着？现在我们穷了，人命也不如一条狗命，死也好，活也好，不关照爷们也罢。"田得胜两手扶了他的身子，向前推了一推，笑道："大爷，你回房休息去吧。家里的事，还有二爷三爷几位同你帮忙，你还怕什么！"

他一面说着，一面拉了玉山走着。田氏在前面引路，自己掀开旧布帘子，让田得胜推了丈夫进去。田得胜看看屋子里的家具，虽然十分陈旧，却还是当年督军府里的东西。一张红木桌子上堆满了瓶儿罐儿的，却还烧了不少的烟火痕。一把红木围椅配了一张歪倒的藤椅，夹着桌子摆了。椅子上是堆了不少的孩子们尿片，一架玻璃橱，橱的本身还好，只是那橱门上的玻璃裂了许多花纹，却把红纸裁了窄条子，在裂缝的所在贴来补着。屋子中间放了一只泥炉子，四周围着高低的凳椅，上面小抱被尿片湿衣服之类在烘烤着。炉口上又放了一把没盖的铜壶，在炉上放着兀自突突地向上冒着水蒸气，因之各种的气味把屋子里熏蒸得臊臭臊臭的，叫人站立不住。

田得胜也不必把这屋子细看了，脚步一缩，退了出来。回头看到玉波也是在身边，便弯了一弯腰，笑道："幸而我是您府上的老用人，要不然把病人直送到上房里来，透着多事一点儿。"玉波笑道："今天家兄回来，就多承你关照，还说这样客气的话做什么？"田得胜道："到这儿来了，我就得进去瞧瞧老太太，请你先去给我回一声儿。"玉波笑道："这倒不必客气。舍下现在成了这种情形，天天顿顿只愁着黑的煤、白的面，礼节已是来不及管了。"玉波这句话好像是无所谓的，田氏倒觉得给了人家一个钉子碰，怪不合适的。这就一抬手叉着帘子，伸出半截头来，待要补上一句。然而田得胜却不再谦虚，已经和玉波告辞了。

玉波将他送出了大门，然后径直向邓老太屋子里走去，只见她捧了水烟袋，坐在窗户边椅子上垂泪。玉波这倒呆了，叫了一声妈，垂手站在一边，邓老太默然了一会儿，就把今天早上的事都告诉了他。因道："老四还在床上躺着呢，你老大又傻了，咱们这一家子里完了吗？"玉波道："大哥不过是受刺激过甚，态度有一点儿失常，我想只要好好地休息一下，总不会有什么岔子。"邓老太将水烟袋啪的一声放在桌上，两手拍着身上的烟屑同纸煤灰，叹了一口气道："那只好听天由命，我也管不得许多了。"玉波道："我倒有消息给您报告，我托人在电车公司里设法，现在已经有了回信，可以找个卖票的职务，每月有十六到二十块钱的薪水，数目还没有定。同时，和老大也找着一份事，在电灯公司收账。"

邓老太还不曾答话，屋子外有人应声进来道："这桩事，我不能让他去干。一个做大少爷的人，落得夹了一个大皮包满市跑腿，那不是一桩大笑话吗？就是在电车上卖票，五弟，你和大家顾一点儿体面，也不应当去干。"随了这言语，大嫂田氏板着脸子走了进来了。她先坐在邓老太侧面，偏过脸来问道："您觉得我这话是实情吗?"邓老太道："自然叫他们去干这些苦事，那是委屈了他们一点儿的。"她只说到这里，把话就吞吐着没有说完，不知不觉地又把桌上那支水烟袋捧到了手上，呼噜呼噜地抽了起来。当她抽烟的时候，微低了头，垂下了双眼皮，那仿佛有一段极深沉的思想在她脑子里转着。她默然地抽过了几袋水烟，喷出一口烟来，向田氏望着道："你说这话，也是实情。但是这几年来，玉山兄弟托过不少的人找事，至多得人家一封回信，说是有了机会再说，除此以外，还有什么?"田氏道："无论怎样地为难，玉山也不至于去做比拉车只高一级的事情，满市去跑腿。若是让亲戚朋友知道了，我们还有面子吗?"

玉波本来也就在旁边端了一张方凳，靠了泥炉子坐着，两手伸到炉口火焰上烤火，半弯了腰，望着火焰。这时就猛可地站立起来，两手插在裤口袋里，瞪了眼道："面子，现在我们还有面子吗? 怕亲戚朋友见笑，人家早就见笑了。再说，在北平城里，谁还是我的亲戚朋友。除非把我们的父亲由棺材里扶起来，又做了督军，那才有亲戚朋友呢。我觉得凭着力气挣钱，就是拉车，那也没有什么寒碜，反正比伸手和人讨钱借钱要好得多，我干定了，就怕人家不用我。"田氏也把脸一板道："你在电车上卖票，来来去去的都坐在车子上，到底人家还叫一声先生。让他满街满胡同去跑腿，那算什么，不过是平常店铺里一个跑外的伙计。这事也干，那就太难了。你不顾体面，我多少还同你邓家顾全一点儿体面呢。"玉波道："你不要大哥去干，我也不能勉强，我不过白说一声，你何必着急。是的，饿死了不过是死了，那没关系，体面总是要顾着的。"

邓老太放下水烟袋，将手连连摇摆了一阵，因道："什么时候，你叔嫂两个人还争吵得起来吗? 玉山怎么样了?"说着，把脸向田氏望着。田氏道："他蹦了一会子，我让他躺下了。"邓老太道："听说他带了三块钱回来了。可怜，这三块钱不知道他怎样在人家手上弄了来的。他想到没有钱不能回来，就不能不拼命弄几个钱转回家门，大概人家说什么话全都忍受着了。"玉波、田氏这才默然，把斗嘴的话给忍了下去。可是邓老太已是两行老泪，像串珠子一样直流下来了。

就在这个时候，玉林也扶着墙壁走了来了。他额头上扎了一块花布手绢，两手插在长衣岔口袋里，拖了鞋子慢慢走了进来。邓老太将袖子口揉擦着眼睛，然后用极软和的声音同他道："孩子，你不睡觉，到这里来干什么？"玉林苦笑着道："你们说是同大哥找着了一个事，大哥不去，是吗？"田氏道："你大哥躺在床上，还没有知道呢。是我说的，这不能让他去。你猜是什么事，是给电灯公司收账，你想，这样当小伙计跑外的事，好意思让他去吗？"玉林有气无力地走到长凳子边，摸着凳子坐下了，因道："这也没什么要紧呀。大哥不去，我去。我找副墨晶眼镜戴着，哪儿我也能去。"玉波道："戴墨晶眼镜干什么？怕人家认识你的尊相吗？你不给电灯公司收款，熟人看到你，也不会叫你一声四爷，把大龙洋送到你手上来。假如咱们还有钱，你瞧瞧，你就是给电灯公司收账，人家还要说一声能够平民化呢。听你这话，你还是不能觉悟。"说毕，很沉着地叹了一口气。玉林道："我并不顾什么体面，我就是怕人家看到，说一声邓某人的儿子在街上当跑街了，这可与咱们过去的老爷子名誉有关系。"

玉波道："哼！若是知道这个，咱们这一家人早就该好好地过日子了。到了现在，老爷子的名誉已经让我们糟蹋得干干净净，这会子怕同老爷子丢面子了。我想，咱们穷了这六七年，同北京整个社会相隔离了，谁还认得我们。就是认得我们，也不过是那些断了来往的亲戚朋友。我们穷得没有钱买米，他们早就知道了，到了现在还瞒什么人。人家就是知道了，依然是说我们一声穷。一个人真穷，又怕说穷，那是活该饿死的货，我现在问你们一句话，挨饿同体面哪样要紧？我要靠你们的答话，决定我和这大家庭的关系。"

第五章

贫贱夫妻百事乖

女子的虚荣心大概总比男子要高一筹。田氏认为自己丈夫所不能干的事，让叔叔去做，也很不妥当。因为一个人丢脸，大家都跟着丢脸的。她是这样僵持，大家在屋子里坐着，都是互相把眼睛瞪了，不肯说话。就在这个时候，听到外面一个很高的嗓子叫道："人怎么不在屋子里？不是说病了吗？"在邓老太屋子里的人这又像增加了一层什么心事似的，面面相觑，不能作声。玉林情不自禁地向大家报告了一声，她回来了。这个她，就是玉林的爱妻陶孟贤。

孟贤才二十一岁，瓜子脸儿，单眼皮，薄片儿小嘴唇。在妯娌队里，她是比较美一点儿的人。也许就为了这一点，玉林是非常地怕她。邓老太听到"她回来了"四个字，脸色首先向下一沉，接着鼻子里微微地哼了一声。只听到窗子外面，皮鞋嘚嘚有声，孟贤就走了进来了。她跨进了门，很快地叫了一声妈，就把眼睛向玉林瞟了一眼，因道："你怎样啦！今天早上？"玉林当她进门的时候，本是在脸上带了一种怯懦的样子，等到孟贤向他看了来，他是说不出他心里头一份哀怨从何而至，把头一低，眼睛角上立刻有两行眼泪要流下来。他头歪偏在脖子上，并不说话。孟贤再看家里人，脸上全都发现了愁苦的样子，把鼓起的腮帮子也就平稳下去。然后走近两步，靠到玉林身边来，低声向他问道："你到底怎么了？我还摸不清这桩事。"田氏道："你摸不清这件事，你怎么又会知道的呢？"孟贤道："洪妈到我家去对我说的，你们不知道吗？"

邓老太道："是我打发洪妈去的。洪妈对你说的，那就是真话，此外没有什么原因。我是你的长辈，我要说的话总得说出来。从今以后，你们要好好地互相原谅，不要为了一点儿小事，又对吵起来了，有道是家和万事兴。"孟贤身上还穿了五成旧的呢大衣，簇拥着一圈黑兔子毛的大领。邓老太一面训诫着她，一面向她周身打量着，脸上似乎带了一种浅浅的笑意。孟贤道："老太，你是在注意着我身上的这一身衣服吗？这是我娘家嫂子剩下来的破旧大衣，看到天气冷不过，才把这衣服借了我穿回家来，这总不能说是我摆阔。"邓老太正色道："我并非说你穿衣裳摆阔。我们这人家，现在成了那句俗话，兵败如山倒，谁出去不是拖一片挂一片的。现在你穿得好一点儿，这衣服还是娘家借来的，想起来，真叫人面子上难堪得很。"

孟贤听了这话，站着对了邓老太周身上下全看了一遍，比老太向她身上打量的时候还要锐利几倍，然后扯了玉林两下衣服道："你到屋子里来，我还有话问你。"说着，放开了脚步，皮鞋走着地面上又是的咯的咯响着，只看她后脑勺子向下，脸子向上看，仿佛她非常地生气。邓老太沉住了一口气，对眼前的儿子儿媳妇看了看，这就带了淡笑道："你看看，她倒有这股子威风。"玉林慢慢地站了起来，向母亲苦笑着道："她就是这样一股子脾气，您还有什么不知道的。"邓老太笑道："我怎么不知道？可是……我也不说了，她有话问你，你去吧，瞧她说些什么！"玉林向母亲看看，又向屋子里其他的人看看，只好慢慢地走了出去。

邓老太对他后影子看着，却摇了两摇头道："这无用的东西。"在屋子里的人，对于这件事都不愿加以批评。因此屋子里虽然坐着几个人，却是寂然，只有火炉子里的火焰向上冒着，冲得那水壶里的水咕噜咕噜作响。大家这样地沉寂着，还不到五分钟就听到玉林在屋子里直叫起来道："那我情愿死，不愿活！你要我养活你，又不让我出去工作。我待在家里，有工作从天上掉下来给我去干吗？"又听到孟贤道："你要到电灯公司去当跑街，我有许多亲戚朋友家里的电灯费少不得全要你去收，这话传扬出去，我的脸往哪儿搁，你要干，我没法儿拦你。你不是说，我要你养活，你不能不干吗？那也好，你今天去当跑街，我今天就同你离婚。"玉林道："你反正一个

39

礼拜也不在家里住上一天，还用得着离什么婚。不过你拿这一件事做离婚的理由，在法律上说不过去的。"孟贤叫起来道："不用找什么离婚的理由，就是你这样无用的人，我不愿跟你一辈子。自杀！哼，那才骇不到我，自杀是懦夫做的事情。你以为我对于你今天的事能表示同情吗？我听到你说，羞也让你羞死了。"邓老太同全屋子里的人都是静静地听着的，听了这话，连连地用手向那边屋子指着道："你瞧你瞧。"

一言未了，只听到玉山在屋子里也大嚷着道："谁自杀！人家杀我，我还要同他拼一拼呢！"田氏叫起来道："你们来瞧，他的毛病又发出来了。"只是这一声嚷，他踉踉跄跄着脚步，已经跑到窗子外走廊上来。玉波见事不妥，首先跑到屋子外来截住。果然玉山脱了老毛皮袍子，只穿了一件短袄，将一根皮带在腰上束着，捏了两个大拳头前后乱晃起来。他先瞪眼道："你大嫂子太不贤德，她说我弄不着钱，装孙子，这和自杀也差不多，我心里正难过着呢，她不安慰一句，反而说我许多废话。老五，你说我这个人怎样？我不过运气不好罢了，还能说我不会奋斗吗？你瞧，满院子都是雪不是？我奋斗一点儿给你瞧瞧！"只这一声，他人向雪地里一跳，就地打了两个滚。他身子在深雪地里，未免转得快一点儿。所以当他两个翻身兜转过来，已经是和院子中心一堆积雪相碰，就伏在一堆积雪下面。玉波看到，立刻抢上前把他拖了起来，因道："无论怎么着，你不应当这样任性。"玉山两手拍了衣服上的雪，因道："她们说我不能奋斗，我有点儿不服气。"

邓老太隔了玻璃窗子，也就早已看得清楚，战战兢兢的手扶了墙壁走将出来。因向玉山道："你心里放明白一点儿吧，你若是这样地闹，不是给人笑话吗？"玉山被玉波拖着走上台阶来，瞪了眼道："妈，我怎么不明白？你不是说我不该在雪地里打滚吗？我觉得我这样滚了一滚，心里头才能够痛快。"邓老太对他周身打量着，只觉他两眼发赤，呆看了前面，眼珠都不会转动。这就走向前，拉住他一只手，皱了眉道："呀！这简直是冰一样的冻手。赶快进屋子去穿上

40

衣服吧，不能这样胡闹了。你不想老娘有了多大年纪，你这样子闹，那会把我气死的。"

玉山听说，倒眯了眼睛，龇牙向母亲一笑，因道："我觉得我这是一种努力的表示，您生气吗？那皮货局子里的掌柜，他真不开眼，以为我穷得卖当票子，就没有办法啦。其实我真要使出本事，天也跑得上去，什么全拦不着我，你信不信？"他口里说着，看到廊子的屋脊上垂下一根粗绳子来，这就身子一跳两跳的，伸手把绳子扯了下来。横梁上积的灰尘，全被他这样拉扯着飞洒下来，弄了大家满身。邓老太拍着灰，只管是摇头。因看到田氏站在正屋子门里，便沉下脸色向她道："你还站在这儿发愣呢。他的病到了这个样子可不是闹着玩的，你还不搀他进房去加衣服。"玉山将身子一扭，大声笑道："老太太，你那样大年纪的人还不用人搀着呢，我好意思要人搀着吗？我一点儿也不冷，加衣服不忙。"老太太道："不冷，你的手都成了冰核了，还不到屋子里去换衣服。"玉山两手一拍道："换不换没关系，我死不了。"他说毕，竟自向自己屋子里跑了去。

他两个小孩，一个五岁，一个两岁，全扒在屋子门缝里向院子里张望着，觉得父亲在雪里翻筋斗，这是一件很有趣的事。玉山猛可地跑回房来，将门一推，两个小孩全倒下，犹如狮子滚绣球一般连连地在地上打了几个转身。田氏在后面追到屋子里，一手扯起一个孩子，口里却连珠般地骂道："烧煳的卷子，你油蒙了心了。你只管跑路，把我们孩子砸得这个样儿。"她蹲在地上，两手搂了两个孩子在怀里，手在地上摸一把，在孩子头上摸摸，又提着耳朵扭扭，叫道："胡弄胡弄毛，骇不着。扭扭耳，骇不多大一伙儿。"玉山在屋子中间，正跳着脚，大声叫道："我这皮袍子上泼了这么些水，是茶呢，还是小孩尿的？大柜子里还有我一件大棉袍子，给取了来吧。"田氏将大孩子暂放到一边，两手拥着那个小些的孩子，将脸偎了他的脸，低声道："孩子，你别害怕。"说着，掀起包棉袍子的蓝布褂子，给他揉擦着眼睛。口里又连连地说着："不害怕，不害怕。"玉山两手牵了皮袍子一片大襟，只管要田氏看，以便问出一个究竟来。不想那位大少奶始终是不理这个茬儿。玉山道："你不理会我，我不要你理会。我卖当票子的那三块钱，你给我放到哪里去了？"田氏将白泥炉子上的水壶向盆子里斟上了半壶水，把脸盆放在矮凳子上，自拖了那小孩子过去，将头按到脸盆里去洗脸。玉山也不再言语，敞开了皮袍子胸襟，很快地就跑到厨房里去。

邓老太也忘了冷，兀自在廊子下站着，向田氏道："看他这样子，疯不疯、癫不癫的，实在脑子不大好，没事你尽惹他干什么？"田氏道："谁惹他了。他自个儿发疯，我管得着吗？"一言未了，洪妈由厨房里嚷了出来道："大家把他拦着，大爷把菜刀抢出来了，快点儿快点儿！"只在她这一遍大嚷之中，早见玉山把皮袍子大襟塞在里面短袄子的皮带里。他是手拿了一柄刀，半高地举着，横了两只眼睛，直奔上走廊子来。那田氏听了洪妈大嚷，已经站起回转头来。看到玉山手上果然拿了一把刀，这就猛可地推了房门，向前一闪，也来不及扣纽搭子，先将身子反过来，把背对了房门，死命地撑着。

玉山在这时，已经扑到了房门口，顿着脚道："你关着门，你别出来。你一出来，我就把你活宰了，你信不信！"只这一句，提起刀来直砍过去，啪的一声，刀口斜砍在窗户的木格子上。那口子还是砍得不浅，整个儿刀嵌在门板里面。等他自己要伸手去拔时，也是拔不起来。玉波见他手上没有刀，胆子就大得多了，立刻抢上前，两手拦腰将他抱住，因道："老大，你不能这个样子闹。咱们家今天已经闹得够瞧的了，你这样一来，不是麻烦上又添麻烦吗？"玉山回过脸来，向玉波瞪了眼道："你说我还能忍耐吗？她把我当了一个活死人。"邓老太道："你到我屋子里去躺一会子吧。"玉波这就带拉带扯着，拖到老太太屋子里面去。老太太跟着来了，二少奶黄氏当了一桩新闻，也跟着来了。大家全落座了，只有黄氏一人手撑着门框，斜侧地站着，对全屋子人望着。

邓老太亲自上前牵着玉山的衣服，向床边拖了去，笑道："你好好儿地躺上一会子吧。"玉山一面向床上坐着，一面两手撑了大腿，还只把眼睛向老太太望着，却伸出一个食指，向邓老太指着笑道：

"您的脸也瘦了，您也害病了。"邓老太道："可不是？我也害病了。你既然知道我也害了病，你就不应当再闹。"玉山道："我闹什么？可是把我的命都要了，我也不能说两句话吗？"

黄氏便走上前两步，笑道："大哥，你可别这样说。你自己拿了菜刀，追到院子里面来砍人，你倒说是大嫂要你的命。"玉山道："你还说呢，你们全是一路的货。"说着，抬起一只手来，高高地指着黄氏。她不由得红了脸道："你不识好歹，怎么是这样子说人？我不是好惹的。"玉山跳了起来道："你不是好惹的又怎么样，你还敢同我逗一逗吗？我明天找着了刀，先把你宰了！"他说着这话，已是抬腿由脚上脱下一只鞋来，对了黄氏远远地就掷过去。倒是不偏不斜正砸在黄氏脸上。大家只听到啪的一声，料想她这一下已经挨着不轻。加之她那白胖的脸上又整整地印着一个灰黑的印子，更是一个老大的证明。黄氏并不觉得脸泡子上打得发烧，只是眼前一阵昏黑，人几乎要栽到地上去。玉山更不会客气，索性跳了起来指着道："你说我，我就先把你宰了。你们这种吃饭不做事的妇人，留在世上也是祸害，把你斩了替世上先除了一个祸害！"口里说着，人是早已跳到黄氏的面前。黄氏叫了一声哎哟，早就向老太太身后躲了去。

老太太半靠了桌子，正架出一个空当，让黄氏藏身。邓老太太两手推着玉山道："你这是怎么了？光了袜底子只管在地上走路。我刚才说了，叫你醒醒儿，你还是这样胡闹。"玉山慢慢地向后退着，退到床边沿上坐住了。邓老太跟着在床面前一张椅子上坐着，很注意地向他瞪着眼。黄氏手扶了墙壁向房门外一溜，口里立刻叫起来道："你们听见没有？这是他们邓府上出的事。大伯子拿了菜刀，乱砍弟媳妇！我是做了什么丢脸的事，你邓府上人看不惯，要这样地办我吗？这一下子我还把什么脸见人。邓玉山你这死王八，你出来同老娘拼着试试，我会怕了你！"玉山在屋子里也跳起来道："好的，你在院子里等着我。"只是他这一句话的时间，人已经真跳了出来。只凭他那双眼睛瞪着有荔枝般圆，就让人不敢去多问话。黄氏本来还是站在老太太窗户脚下的，看到了玉山跳出，很快地就向自己屋子里跑，口里喊道："你要怎么样？你要怎么样？"人向自己门帘子下一钻，立刻把房门关了起来。玉山叫道："姓黄的，你是好汉，你出来，缩在屋子里，你算得了什么？"他站在走廊子下很骂了一阵，黄氏也不曾回嘴，约莫有二十分钟之久，玉波把他拉了走。

黄氏始终是藏在门缝里张望着的。这时，才掉过头去向屋子里看着，只见玉龙横躺在床上，牵了一角被头子将上身盖着。对他周身上下先看了一眼，然后鼻子里哼了一声。在床上躺着的玉龙脸是朝着里面的，妻子在对他生气，他却不曾理会到。黄氏呆呆地看了很久，突然地扑了过去，两手搬了他的大腿，用尽平生之力一掀，骂道："家里闹得天翻地覆，你全不管，一个人躲到外面去胡溜达。回来了，你依然很自在，在这儿挺尸。有道是丈夫玲珑妻子贵，嫁了你这样蠢猪一样的人，文不能提笔，武不能提刀，躺在家里养肥猪，又没有家产！跟着你，哪一辈子是出头之年？我让人家揍得这一副为难的情形，你装孙子，也不言语一声，我先同你拼了。"她说了这话，爬上床去，坐在玉龙身上。将两只拳头，像擂鼓一般在玉龙的身上嵌着。

玉龙推开坐了起来，望了她道："我招了你吗？我睡我的觉，也犯不着你的什么事。"黄氏也不多说，伸手一掌，向脸上直扑过来。所幸玉龙早已提防，将脸偏着，躲了开去，那一掌直扑到领脖子上。玉龙跳起来，向床头边就躲闪了去。黄氏站起来，喘着气，将手指了他道："直到现在，你还同我装孙子啦。你哥哥满院子追着要杀我，你没有听见吗？他说他疯，什么疯！别不害臊了，生的是钱痨罢了。有了钱准保他不疯。他亡了命似的要同我拼，我犯得上吗？你是个有用的丈夫，你就该挺身出来，问问你那死哥哥，为什么欺侮妇道。好，我躲到屋子里来，你全没听到。你起个誓，你准睡着了吗？"玉龙靠了墙站住，低头不作声。

黄氏道："我告诉你，我不愿在你们家一处吃这造孽的大锅饭了。你明天出去找房，我要先搬开。"玉龙将身穿的一件灰布旧棉袍子扑了两扑灰，皱了眉道："我穷到这一份儿情形，哪里还有钱去搬房。"黄氏将脸一偏道："那我不管,你既有两条腿走路、有两只手吃饭,你就得养活我。你若是没有这副本领,你就放我一条生路。"玉龙道："好!你要同我离婚,你走吧,你哪一天走?"黄氏道："我现在三十多岁了,你把我青春全耽误了,这时要我离婚,我找谁去?你早有这意思,为什么不对我说呢?你早说了,我早就滚蛋了。你以为我贪恋着你邓家什么东西吗?"玉龙道："这话全是你一个人说了。先是说你要离婚,这会子又说你老了。"黄氏道："废话少说。现在我提出一个条件,就是我不愿在这里住,你得找房我搬家。你说没有钱,你命总有一条。你那缺德的大哥,凭他光手出去,怎么也会弄回几块钱来呢?你瞧,他不过带了三块钱回家,那威风就大了。又是骂,又是嚷,又是杀,又是砍,把家里弄成了一团糟。那有什么话说,人家真有本事弄钱回来吗!你就不争这口气,尽让我受人家的欺侮。你是有良心的,刚才看到人家动刀,你就该出来问问情由。不想你死黑了心,天雷也打不出你一个屁来。我也豁出来了,绝没有什么出头之年。咱们全完吧。小子!"说着这话,手拿起桌上一只破茶碗,正对了玉龙的脸上砸将过去。

玉龙也料着她说着说着就会生气的,她这里刚摸着碗,玉龙已是身子向下一蹲,把这碗让了过去。只听着砰的一声响,碗与墙壁相撞,砸了一个粉碎。玉龙红了脸道："你这样子闹,我没法儿容忍了。你不想这一碗砸过来,会要了我的命吗?"黄氏顺手一拍桌子道："那没什么。至多你家里告我谋害亲夫。哼!我怕什么?二十年后,又是一条好汉。"玉龙冷笑道："真凶,这样的话都说出来了。"黄氏道："这样的话,就算奇怪吗?我要说的话多了,我全不肯说。"玉龙道："凭你说的这些话,也就够人难受的了。你还有比这厉害的话要说吗?"黄氏两手叉住了腰,将头一偏道："到了那个时候我再说。"玉龙冷笑道："你真是茅坑里的石头,又臭又硬。"说着这话也就慢慢走了过来。以为缩在墙角里究不是办法,打算坐到椅子上来。

不想刚是移开了大半步,黄氏拿起一个旧香烟罐子,对准了玉龙的额头狠命地抛了去。玉龙这是不曾提防的一件事，额头上故是铿然的一声响，不觉眼前一黑，两手抱了头连连叫着哎哟。黄氏道："哎哟？我这一下是给你报个信。我对你说，你赶快去想主意。你要是不出去想法子，对不起，我明天走我的了。"说的时候，留一只手叉腰，另一只手高高平伸了，向玉龙指着。玉龙到了这时，真觉得随便怎样做，也是不合她的意思，却不知道要怎样了结才好。

老三玉峰就在房门外叫道："二嫂，你还有什么事想不开的？大哥是有了毛病，他得罪了你，连他自己也会不知道的。他若是好好儿的，没有毛病，这样提刀拿棒的，老太太也不能够答应他的。"黄氏这才回转身来向窗子外问道："老三，什么时候回来的？家里简直弄得不成话了！"玉峰道："二嫂，你是一个精明强干的人，你看到事情不大妥当，你就该出来拦阻着他们呀。"黄氏道："我拦阻他们！谁是受我拦阻的。你进来，我倒要和你谈谈。"玉峰在她门口站了一会子，然后笑着走进了屋子去。黄氏看到他身穿青呢学生服，外加呢大衣，便笑道："你只管要好看，冻死了也不管。"玉峰将两手互相搓着，借了这点儿工夫取暖气，因道："有钱做新皮袍子穿，我还不愿意穿吗？无如我要出去找人，又没有一件看得上眼的衣服，我只好穿了这套学生装到处跑。"

正说到这里，阮氏抱了一件旧的皮袍子，挨着门走了进来，低声道："啰！你换皮袍子吗？"玉峰瞪了眼喝道："你简直胡闹。大浑蛋一个！我要不是为了你，绝受不到这些经济上的压迫。"阮氏无缘无故碰了这样一个钉子，不敢多说什么，低着头自走开了。黄氏笑道："老三，不是我说。你们这漂亮一点儿的男子也未免太拿乔了。人家好意送皮袍子给你穿，你还要骂人家大浑蛋。"玉峰笑道："她实在是该骂。你想，我那件皮袍子已经成了口嘴里拖出来的一样。我现在就是脱了呢大衣学生服，呢裤子可不能脱下来。这样的破皮袍子，在呢裤子上再摩擦一场，你想那不成了光板子了。"黄氏道："据你这样说，你倒是有理。但是你要骂她，你也应当告诉明白你是什么理由，那就骂了她，她也知道不冤。"玉峰道："哪有许多工夫去同她说理由!"说着,一挨身坐在靠窗户的椅子上,伸长了两腿,将一只手撑在桌子上,托住了自己的头,微微地叹了一口气。

玉龙本来是缩在那墙角上站着的,这时,就看到黄氏有谈有笑,料着没事,就慢慢地走了过来,抬手搔着头皮子笑道:"其实这些因缘,可以全说不对,不过是为了穷罢了,这年头儿谁有谁是大爷。"他这样一句笑话,本出于无心,可又引出风波来了。

第六章

大家庭的崩溃

邓玉龙的性情固然很多同玉峰相反，便是他和太太身份上的比较，也和玉峰相反。玉龙除了母亲私下能津贴几个钱而外，便是用黄氏的积蓄。至于玉峰的太太阮氏，娘家很穷，便是在邓家这种情况之下，少不得还需要玉峰补贴几个。这时玉龙在两两相映照之下，心里已是十分难过，及至听到玉峰那样批评阮氏，越是感到自己的太太过于压迫，因之鼓了一肚子气，两手操在衣袋里，挺了胸脯子坐着。黄氏瞅了他一眼，冷笑道："哼！看你这样子，大概也想跟你兄弟学一点儿本领，管管女人。那老实告诉你吧，你就重新到娘胎里再去投生一次也是不行。因为我头上有两只不怕人的犄角，就是三头六臂的哪吒到了我面前来，他也只好认背。别说是你这种鼻涕脓似的角儿。"玉龙被她骂得一佛出世，二佛涅槃，只有手扶了桌子沿低头看自己的脚，哪里还能作声。

玉峰看见，却很有些不服气，便笑道："二嫂虽不怕八臂哪吒，可怕一样。"黄氏把脸一偏道："我没有什么可怕的。"玉峰笑道："你果然不怕什么吗？那很好，回头我去买两条鳝鱼扔在你房里，看你害怕不害怕。"黄氏听说，好像眼前就有两条鳝鱼在地上乱转，抬起两只手来，口里叫着哎呀哎呀，只管向后退。玉龙看到，也就不由得扑哧一笑。黄氏瞪了眼望着他道："那是啊你为什么不笑，我不好受，你就好受了。"玉峰道："不用说笑话了，言归正传吧。大哥病了，还不能做事。老四有了早上那件事，总得休息两天。现在就是我同二哥老五三个人要出来扛一肩，把这难关先渡了过去。"黄氏不等他再向下说，就抢着道："什么，让他出来替大家扛上一肩吗？

哼!"说毕,冷笑一声道:"那不如用纸画一个人去做事,比他还来得轻巧些。"

玉龙听了这种恶意的批评,也只是抬起眼皮来向黄氏看了一眼,却不曾向她回言。黄氏道:"你瞪我干什么?有本事你今天出去,找份事情干着给我看看。"玉龙道:"你骂了我不许我回嘴罢了,难道还不许我看你一眼吗?"黄氏道:"不用瞧,就是这副德行!可是话又说回来了,配你总配得过去。"玉峰皱了眉头子道:"二嫂,这个样子总不大妥当。现在既是大家在患难中,应当事事有个商量才对。若是谁对谁一望着,立刻就有问题,那怎么样过日子?"黄氏道:"你让我和他商量什么?还是让他去买一斤米回来呢,还是让他去买四两盐回来呢?他有他的绝招,和他闹狠了,他向大酒缸去一躲,喝一个烂醉如泥方才回家。到了家没别的,这张破床就是他的万年桩,向床上一躺,就是天塌下来,他也不管。就是这样一块废材,你让我和他商量什么!"玉峰看看兄嫂,一个指手画脚地在说,一个只是低了头像哑子一般。心里就想着,这话绝对不能跟着向下说,多说一句无非是让二哥多挨两句骂,便站起来道:"同二嫂商量,也是一样,我在母亲屋子里等着你了。"

玉峰说毕自去。黄氏坐在屋子里一呆,便冷笑道:"要我到老太屋子里去坐我就去吧。今日也商量,明日也商量,也没瞧见商量出来个什么。要我商量,我就来商量!难道掀不开饭锅盖,要我们妇道出去挣钱回来吗?"说着这话,又不免对玉龙看去,连连地冷笑着。玉龙见兄弟不在屋子里,那是更不敢作声。黄氏伸手到床头枕底下去摸了一摸,摸出烟卷盒与火柴盒来。自擦着火柴,抽了一根烟卷,昂头向天连连喷了几口,这就听到玉峰在老太太屋子里叫道:"我们在这儿等着呢,二哥二嫂还不来吗?"黄氏大声答道:"我抽支烟,立刻就到,事到头来不自由,我还躲得了吗?"

玉龙慢慢地站起来,自言自语地道:"我要先去了。"一面走,一面偷看黄氏。所幸她也并不加拦阻,这就大了胆子到邓老太太屋子里来。只见除了玉山,家中男女全在。邓老太挤着坐到床上去。

她看到第二个儿子进来，先冷笑了一声道："玉龙，你还有一点儿人气吗？我疑心你不是我的儿子。"玉龙看到还有一截长春凳头，挤着和老四玉林同坐，抬起一只脚来，送到炉口上，遥遥地烤火，淡淡地答道："人穷志短，马瘦毛长，我没办法。"他说话的时候，眼睛可只看了炉口，仿佛是不知道屋子里坐了这一大群人。邓老太太道："在今天这一天，我把大家的情形全看出来了，以为要挨饿大家挨饿，谁该挣了钱来养活大家的？所以能想法子的，希望大家全出来，不能想法子的，可就在家里干耗着尽等别人的。我一碗水，向平处端，谁也不应当吃亏，明天就分家吧。分了家，各干各的。谁不努力，挨饿不能怪人了。"

黄氏在说这一篇话的时候，正一脚踏进了屋子，还不曾坐下，先就插言道："依着我的话，早就该分家了。可是大家全要讲一份义气，我就不敢开口。既是老太太现在说出来了，咱们谁也不用假客气，就照着老太太的意思办。"

玉波原是在下方窗户边坐着的，便挺立地站起来道："二嫂，你忙什么，谁能把这个大家庭箍住了不散不成。我揭开天窗说亮话，现在要分家，最好是大家穿了随身衣服走开。至多，把各人名下的木器家伙带走。老爷子留下的东西，大凡能换钱的，我们全都变卖了。现在老太太手上留着的，不过是一些无用的股票，全是两三年分不着利息的。这样子下去，大概本是绝对拿不着，反正无用，就留在老太太手上做一个纪念品吧。第二是前门外天和堂同正味斋两家店号的股子，不用说分红了，商量退股的事，说了一年多，总是不成。实在也是市面不好，开是尽赔，关门又欠了债太多，人家不让关，这股子正反退不了，分不开，就交给老太太暂管吧。其三是，老太太箱子里的东西，多少还有一点儿，可也不过是布衣服旧首饰之类，那值钱很有限，大家要分，也分不着什么。所以分家只管分家，要交代的话也不能不先交代一声儿。"他这篇言语，并没有攻击黄氏，可是黄氏听到以后几乎把脸都红破了。瞪着两只眼睛望了老五，两行眼泪就在眼角里要滚出来。玉波并不管她，继续着道："我这话也许不大好听，但是我并非替我自己说话，大家能否原谅，大家瞧着办吧。"说毕，坐了下来，将手摸起桌上一块残纸片儿，捏成了纸团儿。

邓老太太道："老五说的话虽然是很对，但这些东西究竟是废物。倘若大家放不过，一定要分的话，你们拿去分好了，我也不在乎的。钥匙在我枕头底下，大家可以打开箱子来看看的。"说着，在枕头下面一摸，摸出一把钥匙来，呛的一声扔在桌子上。这么一来，大家除了把眼睛向桌上的钥匙呆看一眼而外，只有再偷看看老太太，谁还敢说什么。

玉峰坐在旁边，正架了腿，忽然放下腿道："玉波这话，对是对的，不过你是个老小，话太直率一点儿，让做哥嫂的人听了，心里很不好受。"玉波道："做哥嫂的人心里不好受，可是做老娘的人心里更不好受呢。"说到这里，老太太不免低了头，忍住她要洒的那两行眼泪，于是满屋子里全寂然了。

黄氏已是没有椅子可坐，退着靠了墙，两手环抱在胸前，微微地低了头，因道："我并非贪图老太太什么东西，可是做后辈的总是这么回事，应该得着上辈一点儿纪念品。别的罢了，老太太还有那么些个当票，也可以每人分几张。"田氏坐在老太太身边，将脸一偏道："黄妹，你这话是成心问的还是怎么样？那一卷当票，不是玉山拿去卖了三块钱吗？"黄氏也把脸一偏道："我们只知道卖了三块钱当票，可不知道是把所有的当票全卖了才卖三块钱。要是那样找钱，谁也有本领去找。四五百块钱当票还不止呢，才卖三块钱。"田氏听说，突然地站了起来，将眼睛一瞪，大声道："黄妹，据你这样说，我们卖这卷当票，还从中落个十块八块吗？他一回来就疯了，我摸不着头脑。不过据他口里说出来的，好像是把当票押在人家那里先支三块钱来用用。好在他押当票子的所在，有地点，有字号，要瞒也瞒不了的。黄妹是个女中丈夫，有什么事办不了的！明天可以坐了车子到皮货局子里去问问，不是那三块钱吗？我们一个铜子儿也不曾隐瞒，全交给老太太就是了。"说着，伸手在衣袋里一掏，掏出三块白花花的银圆，在手掌心里颠簸了两下，就递到邓老太手上，板了脸子道："老太，你收着吧，我们可没有咬下一只角。"说着还把两手一拍。

邓老太对着这两位儿媳全都看了一眼，便道："现在我把你们找了来，是要正正经经地议着大事，你们怎能为了两三块钱的小事，可以吵得起来！"田氏两手操着，放在怀里头，将脸板着向旁边一偏道："不过我要不说的话，我可真成了从中舞弊了。"黄氏如何肯让步，正待张嘴说话，却见玉山穿了空心大衣，两手插在大衣袋里，晃荡着身体走了进来。这就吓得靠了墙横走着，连跌了几步，跌得床头边来，闪在邓老太身后。那老太手里捧了水烟袋向大家望着，因道："你们都不作声了，我该说了。这里的房钱，已是欠下三个月，转眼日子又到了。无论房东怎样地好说话，这个月人家是不肯再放过的了。与其让人家来轰我们，不如我们自己搬走。可是再要说搬走，我们还能够赁下一所大四合院子住起家来不成？这一搬就各凭各的力量去赁房住。老五还没有成家，他又在电车公司找着一份卖票的职务，多少有一点儿进款，我就同他住在一块儿吧。你们呢，各房搬各房的。除了各人屋子里的东西已经成为各人所有的而外，至于公共的东西，一齐编成了号码，大家抓阄分派。老五不是说了吗？我的股票同一些旧首饰大家不能分，可是我也不愿白得。大家外面拉拉扯扯的小账也是不少。这账不用你们管，我来还清就是了。"大家听说，有的望着邓老太，有的将眼光射在地面上，有的弯了腰，两手伸到火炉子口上去烤火，大家全寂然着，一点儿声音没有。

邓老太道："你们全没有什么言语了吧？那么，明天大家去筹划一天，后天搬家。"玉峰站起来，将学生服短袖子里的两只手伸了出来，在炉口火焰上翻来覆去地烤火，因很从容地道："虽然是要搬，干吗那样急，房子到期不还有些日子吗？"邓老太道："我们又不是按月给了人家房钱，算了日子住。现在是多住一天，多一天的债。"玉峰不烤火了，将两手插裤岔袋里，在屋子里来回地踱着，还是很从容地道："虽然兄弟在一处，并没有什么了不得的义气，但是就此分手了，总让人有点儿伤感。再说，我们家虽穷，始终是没有离开老娘的怀抱，于今大家分手了，让老娘跟着老五过。老五是没家眷的人，将来有了工作，整天地不在家，岂不是闪着老娘一个人过日子？那情形就更惨了。"这一篇话，打动了老太的心，早是两行热泪由眼角里直冲了出来，也来不及找手绢了，就是右手抓了左手的袖口向两只眼角上揉擦着。

玉波走到老太太面前，将声音低了一低，微俯着身子道："你也不用难受。反正我们这兄弟几个也离不开北平。大家虽是分开住了，你将来愿意到哪家住几天就到哪家住几天，大家挨饿，也绝不能让你挨饿。"邓老太继续地揉擦眼睛，把眼泪水也擦干净了，这才向玉波道："我这么大年纪，今天死也可以，明天死也可以，我还怕什么挨饿受冻？寂寞不寂寞，那更没关系。我静静地过活着，倒可以让我打坐念佛，太太平平地等死，许多事也就耳不听心不烦，也许比大家挤在一处过活还要痛快得多呢。"

玉峰站在屋子中间，向四周的人全看了一眼，因道："老太太所要说的话大概都说了。大家还有什么意见没有？若是没有什么意见的话，就是这样办了。明天大家还聚首一天，后天就散伙了。若是可以忍耐的话，希望大家忍耐着，就不必说什么了。"玉峰这样说过了，大家全低了头没作声，虽有两个人彼此看上一眼，也在脸上表示着没有办法。邓老太道："好了，不用说了。现在请你们推出两个人来，把这些公用的木器家伙开一张账单子，然后大家照了单子编号码，随便你认派也好，抓阄分得也好。"黄氏道："玉峰动手吧，什么事他都在行。"玉峰笑道："二嫂，你可别抬举我。虽然我什么全在行，但是分家的事我可没经手过，也没有看到过。我不在行。"说完了，还摆了两摆手。黄氏道："大哥身上有病，玉龙他干什么也不成。老三他又不干，那么你小兄弟俩出来办一办。"玉林将两只脚在地上颠了两颠，望了地面道："这样好的家庭也完了，我还要那些破烂的木器家伙干什么？我做和尚去。"玉波却是淡笑了一笑。黄氏两手拍了床栏杆几下，也淡笑道："我也不想这些东西，不过为着老太太已经提过了，我白说一声。"说完了，脸子板起来，也就红红地顿了下眼睛皮。

这屋子里的人本来也就感着苦闷，经大家表示着不愿出面而后，这屋子里的气氛是更见消沉了。屋子中间的白泥炉子上放着一洋铁壶水，只有那壶里的沸水咕噜咕噜响着，帮助了这屋子里一些热闹。玉山在大家沉寂下去的时候，神智就比较清楚一点儿，对在座的人全看过了一遍，因道："分家，说得那么容易。这一出去找房，先付两个月房钱，大家就拿不出来。分什么木器家伙？分过了之后，把木器家伙摆在当街吗？我拿去的那卷当票子总该卖个百儿八十的，我才使人家三块钱，等我明天再去一趟。若是他真肯出钱，拿回来了，又可以救眼前一个月的急。在这一个月之内，咱们再慢慢地想法子。这家能够不拆开，那不是更好吗？"

他这样说了，大家又透着有了一线希望。玉林首先插言道："这就很好，应当这样办。老大若是觉身体不大好，我明天可以陪你去一趟。"玉山笑着两手一拍道："你这才是青年人说的话。动不动说自杀，那算什么，一个人能自杀几回呢？"玉龙道："我也是这样想，大家能凑合就多凑合两天。我不怕寒碜，有个三块两块的本钱，在胡同口摆一个花生摊子，我也干。"他话是很自然地说了出来，可是当话说到一半的时候，想起自己太太是最爱面子的人，这就向黄氏看了一眼。她果然板着脸子，把眼睛睁得荔枝般大，这就不敢多说什么，只低了头，将两个指头捏住纽扣，不住地抢着。玉峰觉得母亲说出一线生机以后，再要闹僵了，这一群儿女也太伤老人的心，于是向大家摇了两摇手道："母亲这两天很累，不宜多谈话，今天我们就此分散，有话明天再说吧。"黄氏道："炉子火没有了，我去添火去。"她说话先跑出去，还不曾进屋，在房门口就连连叫几声玉龙。玉龙笑道："这倒很好，我们成了秤不离砣，公不离婆了。"说着这话，自离开邓老太的屋子，走到自己屋子里来。

黄氏先坐下，将手拍着桌子角道："喂！你坐下，我有话同你

54

说。"玉龙在她斜对面坐着，先把眉头子皱了，因道："我也是心里不好过，你就遇事带过一点儿得了。"黄氏道："你也是个贱骨头，挨骂挨惯了，只要我一开口你就以为我是骂你。你长了一副挨骂的骨头，我还没有尽骂人的一张嘴呢。"说到这里，声音低了一低，笑道："我不骂你，有话同你商量呢。"玉龙笑道："哟！你还同我商量什么，你就是我的元帅，你要办什么事，你做主就得了，还问我干什么？"黄氏瞪了他一眼道："你真是一个贱骨头，给你三分颜料，你就要开染坊了。"玉龙看她的颜色，又有一点儿不和平了，只得微垂下头去。黄氏道："你没有喝酒不是。今天晚上晚一点儿睡，也好同我把些零零碎碎收起来。我都留心看过了，什么值钱的玩意儿也没有，只有书箱里放的几轴古画，大概还值个百儿八十的。"玉龙道："哪止百儿八十的，单是一轴清初的小中堂，听说就要值一百多块钱。不过我是个外行，说不上是什么名堂。这是大家公有的东西，我怎么好拿？"黄氏道："分家分家，不是要把家分给各人吗？我们不能白挨上这么一个名声，不得一点儿什么东西，没有什么话说，你给我拿去。若是这一点儿事做不到，你休想我再认得你。"玉龙听了这话，再看看黄氏的脸色，当然不敢再说什么，屋子里寂然了。

屋子里这样寂，屋子外却是有个人藏在窗户根下悄悄地听了一个饱。等了一会子，没有话了，这人才回她的屋子。这又是一位能干的女人，乃是玉林的太太陶孟贤。她回到屋子里，脸色都气紫了，鼓了腮帮子向玉林道："你们这是什么兄弟，表面说不分家，暗地里捣鬼。老二夫妻俩已经出了主意，要把家里几轴古画偷了去。"玉林道："这是大家心里有数的东西，谁拿得了去？好在今天晚上，他们也拿不了走，明天我当了大家的面把这话说破了就是了。"孟贤道："哼！你有那个能耐吗？冷死了，把炉子给我搬过来。"她说着这话，横躺在床上，将头枕在高高的叠被上，伸出两只脚来。玉林看到她这样子，把脚久悬了，那是要受累的。立刻把那白泥炉子端了过来，又怕炉口太靠近了会烧了孟贤的鞋，还是慢慢地挨了她的脚，把炉子移动在一个相当的地位。

孟贤道："这非我出坏主意，有人做得初一，我们就做得初二。我们家合了那句话，穷虽穷，还有一担铜，老太太箱子里不有许多股票，全是废纸吗？我告诉你，还有一种值钱的东西。那南口煤矿公司的股票，现在有外国人收买，最高的值价可以出到三折。听说我们家有几万元的股子呢，弄到手，咱们就可以弄几千块钱花。"玉林道："我怎么没有听到过这个消息？若是股票能卖钱，我们家的办法就多了，何至于落得这步田地？"孟贤道："这是我在娘家听来的消息。外国人要收买中国人的股票，当然要守秘密，说出来了还能收买得到吗？"玉林坐在床对面，没有把话向下说，只是对太太微笑。孟贤道："你笑什么？你愿意同我办就同我办。你不愿意办，我不勉强你，我明天回娘家，我永远不到你家来受这活罪了。"

正这样说着，却听到玉峰的太太阮氏，在她自己屋子里呜呜咽咽哭起来。仿佛听得她说，我没法子，你把我弄死好了。这只有孟贤心里明白，只在一刻儿工夫，三对夫妇都在向家里公用的东西打主意了。这个样子，大家纵然不分，也自己会崩溃的，这更加重了她乘机取利之念了。

第七章

真是不景气

在玉林这屋子里所揣想的玉峰态度，那形势是不能吻合的，因为各人夫妇的立场并不相同。那玉峰自从邓老太屋子出来以后就板着脸子，到了自己屋子里也不坐下，在身上掏出一盒烟卷，先在左手心里颠了两颠，然后由里面抽出一支来，在桌上顿了几顿，望着灯火，重重地喝问了一声道："洋火呢？"那阮氏将一大球旧的青毛绳放在怀里，侧坐在炉子旁边的椅子上低了头结毛绳衣，不敢向玉峰张望。这时听到玉峰要洋火，立刻找了一盒洋火，悄悄地就送到桌子上。玉峰擦了一根火柴，衔着烟卷，慢慢地点上了，深深地吸了一口，然后极力地喷了出来，冷笑道："这好了，大家散伙了，我也轻松了我一副担子了。"阮氏听了这话，心里头就有了几分明白了，因很快地抬头，向玉峰后影睃了一眼，见他面前的烟一阵阵地喷出，是很有力量的样子，料着他这是生了很大的气，立刻又垂下头去不敢作声了。

玉峰虽吸着了烟，那火柴盒子始终还是在手上颠弄着的。这时突然把火柴盒子向桌上一抛，啪的一下响。随了这声响，回过头来向阮氏望着，因道："我有一件事要和你商量一下。"阮氏只管低了头去结绳子，答道："你有什么事要派我去做，那就派我去得了，何必说商量两个字呢？"玉峰道："家是要分了，分家以后，我们怎么样？你以为我们有钱赁房住吗？"阮氏没作声。玉峰道："这是我们以后生死存亡的关键，你怎么不作声？"阮氏道："我向来就无用，什么事也不敢做主。遇到这样重要的事，你倒来问我。"

玉峰回转身来背靠住了桌子，向阮氏望着，静静地抽着烟，大概有五分钟之久，然后向她道："在我没有找着确定的工作以前，我很不愿撑起一个小家庭来。至少至少，在北平住一份小家，也得三四十块钱一个月吧？我哪里活动这些款子去。依着我的意思，你可以回娘家去住一些时。现在我纵然没有什么工作，但是到朋友面前去挪动十块八块钱，大概还没有大困难，这个钱你就拿去贴你的伙食。"阮氏道："我的娘家穷，你是知道的，现在就一日不得一日过。我回去，再加上一个吃的，他们更受不了。"玉峰道："我不是说可以津贴你十块八块的吗？"阮氏道："你吃窝头，我喝小米粥。你喝小米粥，我就喝凉水。只要我跟着你，什么苦也能吃。我又没有自立的能力，就是回娘家去，也不免拖累你的。与其一个月把十块八块给我，倒不如让我跟着你，也只能花那么些个钱，我还能同你做饭洗衣服。"玉峰道："说了半天，那还不是要撑起一个小家庭来吗？我的意思决定了，你不用胡思乱想，把东西收拾收拾，两三天后，你就回你家去。你若同我合作，你就照着我的话办，可是你不照着我的话办，我也这样决定了。"

玉峰说着这话，可就把两手环抱在怀里，沉住了脸色对阮氏望着。阮氏看到他那样子，心里就有点儿害怕，只是把头低了去结毛绳。玉峰顿了脚道："你不识抬举还是怎么着？我好好地同你商量，你全不理我。"阮氏把头微微抬着，两眼流下泪来，因哽咽着道："你只要有点儿机会，就想把我逼回娘家去。其实我就在你邓家，也不敢多你芝麻点儿大的事。就算吃你一碗闲饭，只要我能做的事，总是替你去做。我不解你什么缘故，非把我弄走不可！"玉峰道："干脆一句话，我养活不了了。你若是想图安乐，赶快离开我邓家。如其不然，我也会用别的手腕来对付你的，你无论如何在我家里待不住。"阮氏听到，这就放声哭起来道："这样说，你不是要我回家去暂住，简直是要同我离婚了，那不行，我死也死在你家。别的都不说，我身上还怀着三个月的孩子呢。将来孩子下了地，让他去认谁做父亲呢？"说着，哭的声音可更大。

当这寒冬的晚上，什么声音都寂灭了，突有个妇人很凄惨地哭起来，那声音传到别人的耳朵里是格外地刺耳的。邓老太在上面屋子里这就叫起来道："玉峰，你们两口子怎么也吵起来了呢？这也太让我伤心了。谁都不肯在这个时候体谅我一点儿呀。"老太太说着这话，已是走到了玉峰的房门口。因房门还是虚掩没有关闭的，两手一推就进去了。玉峰依然是两手环抱在胸前，对了阮氏望着的，立刻掉转身来，向母亲笑道："妈，你也太认真一点儿了，儿女都长成了，你不必管了，您大概是睡着又爬起来的，仔细冻着。"老太太将披在身上的旧皮袄只管向里抄，身子有点儿颤巍巍的，兀自站立不住。阮氏迎上前，搀住老太太的手臂，因道："妈，你火边坐吧。"邓老太道："咦！你在炉子边坐着，怎么手上还是冰凉的？"阮氏苦笑着道："大概是打毛绳衣服，手上出了汗，过久了，这就凉了。"

邓老太坐在椅子上，向玉峰望着道："你不怕人家笑话。自己穷了，养不活女人了，把女人向娘家送。"玉峰笑道："嫁出了门的女，因为丈夫生活困难回到娘家稍微住上几天的，这也是人之常情，你又何必多心。"邓老太道："哦！你也知道我多心。我告诉你吧，你若是想学别个有钱的样子另娶一个时髦的，只要你有钱，我也不拦着你。可是你想把玉元送回娘家去，无条件就算离了婚。她阮家人依了你，我也不依你。"玉峰听了这句话，可就不敢作声。手上的一支烟卷已是早扔了，这又重新在烟盒取了一根烟卷出来，站着靠了桌子抽烟。邓老太因为他已不说什么了，势不能把这话反认为真的去说。阮氏站在火炉子边，十个指头忙着没有停一秒钟，屋子里沉寂寂的，听到屋头上的寒风刮得呼噜子响，阮氏道："妈！您还是回到屋子去睡吧。这炉子里的火也不大旺，您仔细着了凉。"邓老太对玉峰看看，叹了一口气，依然是颤巍巍地走出去。

她刚是过了房门，可又手扶了房门，回转身来，因问道："明天玉山要到外面盘盘账去，你能不能跟着去呢？"玉峰道："这本来是死马当着活马医的事。老大身上有病，恐怕对付那些奸商不了，我当然要陪了他去。"邓老太道："对了。有本事人，对着大门外较量较量，别尽瞧着屋子里的人发狠。"老太太说完这话，却听到窗子外面有人扑哧笑了一声。玉峰重重地问了一声谁，可又没人答应。玉峰冷笑道："我知道，这是我家四少奶奶，说我有五行遁法，能变钱出来，我不敢说这句话，可是家里几兄弟，谁能负责去做的事，我也可以负责做，绝不含糊。"邓老太已是走到了房门外，便道："好吧，你去做吧，家里女人的事先别忙，等你有了钱再想法子也不晚。"玉峰口角里衔着烟卷，两手环抱在胸前，一步比着一步地在屋子里来回地量着步子，随后自言自语地道："好吧，明天瞧我的。"说毕，他很快地脱衣上床睡觉了。

幸他是有了这么一个刺激，算是把阮氏的困难暂为解除。到了次日，玉峰是急于要去试验自己的能力，就约着玉山出门，向天和堂饭庄子里来。这家饭庄子，在前清同治年间就开设着的，很有点儿名。这种饭庄与平常的饭菜馆子不同，里面除了房屋很多，总还带有一座戏台。平常来吃酒的很少，有的是简直不应随时便酌的买卖，只等人家在这里做红白喜事、贺寿堂会，大大地热闹，碰巧在好日子上，一天可以应三四家喜事。这天和堂就是这类饭庄之一。在民国三年，邓玉山的父亲在外面做镇守使，又护理督军，进京见总统。看到这里生意很好，就硬要加三千块钱股子下去。当时老股东忍痛接受着，实在愿意有机会退股的。可是经过了十几年的时间，这情形就大变了。

这天，玉山兄弟二人走到饭庄上来，还是半上午的时候。走进大门来，不看到一个人。门洞子里所列的两条长板凳灰堆得有两三分厚，院子角落里兀自堆着一堆桌面大小的积雪。在屋檐下太阳影子里，睡了一条瘦骨嶙峋的老狗。虽然有了人进来，那狗把嘴伸到腿缝里去藏着，也并不抬起来看看。在门洞子左边有一间南房，乃是这里的前柜房，玉山走过去，首先拉开风门，伸头向里面看看。在屋子中间，放下一只三脚的黄铜煤球炉子，微微地抽出些红火焰。在炉子面上放了一把黑铁壶。壶里虽然冒出热气来，但是不听到一点儿响声，这火力不怎么大，是可得而知。在靠窗户的桌子上，有一位半白胡须的老头子笼了袖子伏在桌沿上，他口里斜衔了一支旱烟袋，斜支在手膀子上。他闭上眼，嘴里随随便便地喷出烟来，好久好久，有这么一缕微细的烟在空气中飘荡着，好像他已经睡着了。玉山道："喂！掌柜的睡午觉啦。"那老人正有点儿迷糊，被这句话嚷着，猛可地把头向上一冲。看见进来两个人，以为是生意到了，连忙拱着手道："请坐请坐。"说着，在旁边三屉桌子的抽屉里乱翻了一阵，翻出一个破烂而又扁平的烟卷盒来。玉峰将手摇摇，向外推着道："你不用张罗。我们来会杨掌柜的，他在家吗？"老人道："您二位有什么话对我说就是了。柜上的生意都是兄弟接着做。"玉峰道："我们不是要在这里办事，我们要会会你们柜上杨先生有几句话说。"老人两个指头已经伸到烟卷盒子里面，要抽出一根烟来了，听了这话，依然把烟卷放了进去，问道："你二位贵姓，他大概不在柜上吧？让我进去瞧瞧。"玉峰道："我们姓邓，这家字号我们有股子的，用不着你进去瞧瞧了，我们自己去。"他说着话，引了玉山自向里走。

经过了几重屋子，也不曾遇到一个人。那屋檐下的风由上面压了下来，人身上凉飕飕的，不觉地要发抖。经过那几个大厅，都像是到了冰窖里。此外各小房间全是关着房门，露出那份阴惨惨的景象。玉山道："这里面到底有人没有？"玉峰道："饭庄子不比饭馆子，平常没有生意的。你别瞧他这份冷淡的景象，遇到了有人在这里办事，人山人海的，一吃两三百桌，真比饭馆子里做十天半月的生意还强。你先别在心里就存着他们不行的念头。"玉山道："管他行不行，真是把我招急了，我会把家眷搬到这里来住。空屋子有的是，怎么着我也少出几个房钱。"

两人说着话，经过一间西厢房，门一推，里面有个人伸出头来叫道："大爷短见啦。有工夫到柜上来瞧瞧。"玉山回头看时，正是杨先生，便点头道："我们特意来拜访你的。"杨先生拱着两手，比齐了他头上的那顶瓜皮小帽，笑道："那就不敢当，请到屋子里坐吧。"玉峰看看他身上，也穿的是一件灰布窄小棉袍子，在风檐之下，他也未必立得住，那就体谅人家一点儿，赶快进去吧。玉山瞪了眼道："这样子说，你今天承认有我们的股子，那还是十分客气吧?"杨先生笑道："大爷言重言重。"说着，抱了拳头连连拱了几下。玉峰笑道："我们现在不用说什么客气话了，杨先生到底能不能负责和我们谈谈。若是不能和我谈判的话，就请你另外找一个人来。"说着，把脸沉了下来。

杨先生站起来笑道："您要是问柜上的情形，我可以负责答复。要是依照你的话，我可不敢说。"玉山道："柜上的情形我们自然愿意明白，我们将本求利，扔下去许多本钱，应得的利钱，那也不能放松。"杨先生笑道："大爷以前也来过很多趟，总没有提到这些话，现在怎么突然提起来了?"玉峰淡淡笑道："这是我们的自由。"杨先生笑道："我敢说不是大爷的自由吗? 我的意思，说有了这个意思，早些时候说就好了。"玉山道："你既是这样说着，我就老实告诉你吧。早几年我家还过着火旺的日子，漫说几千块钱的资本，就是几万块钱的股子，放到一边不曾问的，那还多着呢! 现在我们家穷了，能想法子的地方，我们都得去想法子。就是几百块钱的产业，我们也要变动，何况我们在这里扔下去三千块钱，有十多年没过问呢。"杨先生也就不好接着说什么，抬起手来连连搔了几下头发笑道："这些全是股东的事情，我可不好说什么。"

正说到这里，一个茶房捧进一把茶壶来，斟了两杯马尿似的浓茶放到两人面前。玉山两人起来一周旋，杨先生趁着机会就溜出去了。茶房走开，二人才发现了屋子里没有了主人。玉山道："什么，他溜了吗?"玉峰道："他溜是溜不了。跑得了和尚也跑不了庙呢。我们就在这里坐着，看他有什么法子对付我们，有火烘，有热茶喝，我们就可以坐上三四个钟头。"他说着这话，伸开两腿就在炉子边坐着。

这样约莫有二三十分钟的时候，杨先生居然来了。他两手捧了一大叠账本走进来，连连地点着头笑道："请大爷三爷把这些账本子瞧瞧，就知道我不是瞎说。"他说着，把账簿放在桌上。面上的那一本，就是把账簿后幅朝着上面的，很有几行不成规则的字。看时，最大的一行就写着是不景气的年头。另外两行，写有不景气与大大的不景气。玉峰不由得笑起来道："连做饭庄子生意的人也知道'不景气'三个字的意思，这社会上的不景气，也就可想而知了。"杨先生笑道："大爷看看这账簿后面的字，可不是我刚才现写的。坐在账房里无聊的时候，不知不觉地就写上心里要说的这句话。您瞧，上面这一本就是最近的流水，这日子是怎样的过法，您可想而知。"说着，他把那本账簿拿起，双手捧着交给玉峰。

玉峰为了要知道最近的情形，就把账簿子倒翻，由后面翻向前面来。倒翻过去，最近的三四日，全没有收入，只有支出。倒翻前去第五日，有了三元钱的收入，却是卖去了一批旧木料给劈柴厂。再接着向前五日，才有人在这里开吊，收入十八元。杨先生背了两手在身后伸过头来陪玉峰翻账本，这就笑道："你瞧，这最近十天才有二十一块钱的进账，别说是开销伙食，连煤火零用也不会够。这还不算是不景气吗？"玉峰且不理会他的话，只管把账簿一页页地向前倒揭了去。每揭三四页四五页，才可以看到一笔收入。而每笔收入，至多不过五十元。便把账簿放在桌上，摇摇头道："那不用看了。最近几个月，无非是亏本。但去年也是这样吗？前两三年也是这样吗？"杨先生道："前两三年，倒是挣钱的。"

玉山两手一拍道："这不结了？前两三年既然挣钱，当然股东全有红利可分，请问我的红利在哪里？"杨先生道："那因为大爷没有来取，所以搁下了。"玉峰道："搁在哪里呢？"杨先生道："自然是搁在账上。要是柜上生意好呢，那是红利到于今还在。柜上生意不好，自然是存下来的钱，都垫着花了。"玉峰道："你们在柜上做事的人，并非不知道我的家，为什么不把钱送到我家里去？"杨先生笑道："大爷，我们在柜上做事的人，不能拿这份主意呀。"玉山道："我们怎么样说，你就怎么样地推诿，推诿就可以把我们糊弄走了吗？"

玉峰道："大哥，我们用不着和他讲这些话，只问他能不能负责答复我的话。我们现在是来要红利的，我们存了多少红利在柜上，给我们多少钱。杨先生若是能负责，答应给，就给钱，不答应给，说说我们这股东是无用的人摄不着红利，那我就不要了。"他说到这里，将手按住了桌上的账簿，连连拍了两下，向杨先生瞪了眼道："现在你说一句话。"杨先生笑道："三爷，你替我想想，我是个什么人，能够答复您问的这几句话吗？"玉峰道："那怎么办？你就用封门的法子，把我们推出去吗？"杨先生笑道："您先喝碗水，看看誊清总账，不多一会儿，我自然有话答复。"玉山道："待一会儿有什么话答复？拿出钱来给我们吗？"杨先生笑道："大爷这样地认真说着，倒让我们不好说什么。不过请您等一等，柜上总有一句确实的话。"玉峰向玉山笑道："既然那么说，我就等着吧。"伸了两手在火炉口上烘着，只把手背手心不住地翻来覆去，两眼望着火苗，什么话也不说，因之屋子里什么嘈杂的声音都听不到了，只有炉子上的小洋铁罐子里的水咕噜咕噜作响。

这样沉静着，大概有十分钟之久，只听到门外院子里一阵脚步响，有人低声问道："在哪里？在哪里？"有人答道："就在西屋子里。"随了这话，一个披着青哔叽狐皮大氅的人拉门走进来。当他一脚跨进门之后，两手捧了獭皮帽子，只管向玉山二人连连地作揖，笑道："对不住，对不住，来晚了一步。"他是一个矮胖子，颧骨上顶起两块大肉，在肉腮上透出两团很大的红晕。他既是矮鼻梁，而且又是绿豆眼睛，厚厚的嘴唇皮子直抵了鼻子眼。他笑起来，在下眼边连连地叠起了许多鱼尾皱纹。玉山翻了眼向他望着，不知说什么是好。他倒知道了这里人的意思，便拱着手笑道："兄弟叫梁仲贤，是这里的股东之一。刚才这里杨先生打了电话到舍下去……"玉山道："是的，我们向柜上要红利来了，杨先生不能答复，我们也不能无结果就走。现在梁先生来了，那就很好，我们可以同梁先生谈一谈了。"梁仲贤道："请坐吧，本来柜上的事，我们也应该同老股东说说的。"他口里说着，已是放下帽子，拖拖板凳，伸手到怀里摸烟卷，又伸着头向纸窗户眼里望望，看看有茶房没有，以便叫茶房倒茶递烟。玉山笑道："梁先生，你倒不必张罗，我们先坐下来谈谈吧。"

　　梁仲贤将大衣脱了,放在旁边破围椅上,毫不犹豫地就掬起桌上一册账本翻了两页,然后两手捧着送到他兄弟俩面前来苦笑道:"请二位瞧瞧,这是这半年以来,兄弟垫下去的款子。"玉峰眼快,看看最后押的一笔总账,却是八百九十几元,因道:"梁先生有这么些个钱往下垫着吗?"梁仲贤放下账本,两手把衣襟一掀,架了腿在方凳上坐着,将手使劲在嘴巴上一抹,表不沉着的样子,因道:"我也不是有万贯家财的人,哪能够只向柜上垫钱。这都是电灯电话煤水工资月月等着要付的钱,不能不在外面拉了来垫着花。要是不垫的话,那就只有倒店了。本来这年头儿什么生意也做不开,饭庄是太平年间的买卖,还有什么大指望。可是一来店里的债太多,要倒店这些债主子对付不了。二来要呈报歇业,社会局先就不能随便答应,不做生意,倒要跑断了自己的腿,这样的事我有点儿不愿意。起先总以为熬过去几个月,总有抬头的希望。不想越来越不成,到了现在这样数九寒天,办红白喜事都嫌着少,就是不得已而办喜事,人家也不愿费事。本来这个日子就是淡月,加上市面的不景气,简直没有生意了。"

　　玉峰道:"梁先生说的怕不是实情,但是舍下的家境恐怕比梁先生所说的还要困难十分。"说着,用手指了那账簿上写的"真是不景气"五个字,笑道:"干脆说一句,我们现在连盖顶的瓦、踏脚的地,也全没有法子对付了。既是柜上筹不出钱来,我们不能要柜上借债来给我们钱。这么办吧,请你算一算吧,过去这些年,柜上应该分我们多少红利,给我们挂上一笔账。不定是明天后天,我们搬到饭庄子上来住。好在这里有的是空房,我们搬来了也不碍着什么。我们住几间房,照着市面上房价算钱,把我们那笔账住满了我们就走。"梁仲贤倒不料有这样一个要求,不觉在脸腮上平添了许多皱纹,连连搔了几十下光头,笑道:"这……这……可不好办。"玉山拍了手道:"不问好办不好办,我们明天就要搬了来。不这么办也行,先给我们一点儿钱花。"

正说到这里，却听到院子外面有一个女子的声音道："怎么一进来就不走，让我老等着。"梁仲贤隔了窗户，向外面答道："你要是等不及就先去吧。我这儿正有事，一刻儿分不开身来。"那女子道："那不成！你在家说好了的，同我一块儿去的。要不我还不跟着你到这儿来呢。"说着这话，轰咚一声，这房门被人由外拉了开去。玉峰看时，一个不出二十岁的女子披了一件毛领斗篷，脸子被寒风吹得红红的，一双滴溜乌圆的眼睛向人很快地睃了一眼。玉峰看到，却是怔了一怔，不想梁仲贤这样蠢俗不堪的人，倒有这样一位摩登小姐在后面跟着。正发着愣呢，梁仲贤道："我介绍介绍。这是邓大爷，这是邓三爷。"又笑向玉山道："这是我大女孩子。自小儿的就娇养惯了，到现在也管束不过来。"她听了这话，微笑着，向玉山玉峰鞠了一个躬。玉山道："梁先生好福气，还有这么好的一位小姐。"梁仲贤道："不用提了。现在念书就是念钱，每年为了她上学，实在是花钱不少。"玉峰偷眼看她时，见她把大衣抄着向上，把毛领子更挡了脸子。玉山道："现时在哪个学校念书？"梁仲贤道："男女同学的学校，我总觉得校风不大好，把她送到女子美术学校去学点儿图画音乐。上次她学校举行音乐会，她就很得了人家的欢迎。"她笑道："这也用不着您宣传。"梁仲贤笑道："邓三爷在教育界很有势力，我给你介绍介绍，不很好吗？"

　　玉峰昂起头来想了一想，微笑道："不错，那次音乐会我也参与过的。有一位弹筝的梁上珍女士？"她扑哧一笑，微微地点了两下头。梁仲贤道："就是她了。"玉峰把头摇撼着，成了半个圈子，表示一种欣羡的样子，笑道："梁女士的音乐，实在高妙。不但筝弹得好，而且钢琴也打得很好。"上珍笑道："见笑得很！我向来不敢在人面前打钢琴，因为指法不熟。邓先生在什么地方听过我打钢琴？"玉峰沉吟了一会子，笑道："好像那天音乐会，梁小姐就打钢琴吧？"上珍笑道："那是邓先生看错了人了，我有个同学姓吴的，长得个儿和我差不多一样高。"原来她进门之后，大家全站了起来的。话是越说越长，人也就照着原来的座位，各各坐下。

梁上珍在靠门的一张方凳子上坐着，把门还朝外微推了一推，露出一条缝来，笑道："这小屋子里，放上这么一个白炉子，臭气熏天的，又热又闷，真受不了。"梁仲贤道："既是那么着，你就先走吧。我在这里，还同两位邓先生有几句话要说。"上珍噘了嘴道："要去就同去，我一个人不去。"梁仲贤道："可别闹小孩子脾气了，我和两位邓先生有正经事要谈，咱们明天去也不迟。"上珍道："明天下午是礼拜六，我没有工夫同你出去。"梁仲贤笑道："二位听听，明天是礼拜六，她倒没有工夫了。"玉峰笑道："那倒是实在的情形。因为到了礼拜六同礼拜日，谁也免不了有几位同学的邀着出去，逛趟公园、瞧回电影的。梁小姐果真有什么要紧的事，梁先生只管陪小姐去，我们晚上再到府上去奉访。市面上真是不景气，我们也知道，我们也绝不能在人情以外去做无理的要求。"

玉山一听，这倒奇了。真是不景气的这句话，怎么他也说出来了？说过了这句话之后，我们还想和人家讨钱吗？玉峰见大哥有点儿出神，他是个有神经病的人，设若瞎说出两句话来，倒叫梁小姐难受，因之只向梁氏父女看看，并没有接着向下说。梁仲贤被他兄弟两人逼着，正不知如何是好。现在玉峰答应着晚上再谈，是个绝好的脱身机会，还犹疑什么。因之向玉山拱拱手道："既是那么着，我们就晚上见吧。"他口里说着，人已是匆匆地向门外走去。玉山虽然不愿意，但是自己兄弟已是开口放了人走，不能把他拖住。这一来，那杨先生可就大了胆子出面，走到屋子里笑道："我就知道我面子小，说话不下来。现在你见着梁先生就明白了吧？"玉山也不理他，把那件破大衣向身上一套，连捽了两下袖子，横着身子就冲到院子里去。

玉峰看他面皮红红的料着是在生气，倒不便跟着说什么话，只好悄悄地随在后面走了出来。那几进大屋，竟是一个人不见，屋檐上的积雪，秋风刮着，在屋子里飞舞。玉峰将西服大衣领子向上拥了一拥，打了两个寒战道："好冷好冷！"玉山道："可不是冷吗？来是一股子热劲，以为多少可以捞几文回去。现在还是空了两只手走，比冷水浇头还要难受。"玉峰依然不作声。走出了大门，向胡同两头一看，空荡荡的不见一个人，便道："天气这样冷，时局又不大好，市面真是不景气……"他这句话刚说完，玉山突然掉转身来，伸手一把将玉峰的大衣领子扭住，瞪了两只大眼道："你吃里爬外，自己来要钱，还给别人说不景气。这就是你的本事，我今天非揍你不可！"说着，劈脸一掌就打了来。

玉山回转身来的时候，玉峰见他面皮涨得紫中发灰，两眼的乌眼珠子动也不一动，鼻子里呼呼出气，这就知道他脾气发得不小，早已防备妥当。所以当他一手伸了过来，这就紧紧地给他捏住，喝道："这是大街上，你不要胡闹。"玉山穿的是长袍大衣，身上未免臃肿，玉峰把他手捉住，他就有点儿转动不过来，只扯着袖子道："我非揍你不可，你去叫巡警吧。我做大哥的要当了大街教训你！"说着说着，周身抖颤，突然地向地下一倒。玉峰虽然把两手将玉山拖住，但是他像一座山倒下去一般，只听地面咚的一声。玉峰只好大声喊叫救人，所幸离开饭庄子还不过十几步路。大声喊叫着，把前后人家的人都惊动出来了。那杨先生同两个伙计也跑出了大门外来。看到这种情形，只得搬出一张藤椅子来，将玉山抬了进去，因为杨先生住的那间内账房比较暖和一点儿，就把玉山抬到这屋子里放着。他仰卧在藤椅上，已是紧闭了双眼，鼻子不断地哼着，身子直挺挺的，一点儿也不会动。

玉峰两手插在大衣口袋里，紧紧地皱了两道眉毛，不住地跳着脚道："这事怎么办？这事怎么办？这怕是脑充血。"杨先生站在身后，注视道："这是黑头晕，不要紧，躺一会子就好了的。"玉峰道："人都快死了，还躺一会子就好了呢？这附近有大夫没有，赶快找个大夫来瞧瞧吧。若是在你这里出了事，你觉着也不大好吧？"这句话把杨先生提醒，便道："隔壁有一位西医，那就先请来瞧瞧吧。"回头看到有两个伙计站在院子里，就乱挥了手，让他们找大夫去。不想在这件事里，又生出一回波折来。

第八章

热 心 者

在大家纷乱了一阵之后，那个救急的医生来了。当那医生猛可地进来，赶紧和玉山诊治扎针的时候，也无所用心于其间。扎定了针，他说是不要紧，不过偶然昏晕过去。玉峰道："不过他今天虽是突然昏倒在地，但是有起因的。前两天出门来，受了一点儿刺激，回去就疯狂了，几乎是要连家里人都要相打起来。"医生道："他以前有这个毛病吗？"玉峰道："实不相瞒，以前舍下是富有之家，他是一直享福到了前两年。最近家道中落，他又是一个长子，眼见半生的盛衰，更要负起撑持家庭的责任，所以受的刺激最深。"那医生两手一拍道："这我就明白过来了。贵姓不是邓吗？"玉峰道："是的，你先生何以知道？"医生道："我叫陈守一。当年在督军手下做过军医官。这位大爷在十几岁的时候，我们还很熟呢。我也听说府上家境不如以前了，但是何至于就为家境受这样大的刺激。"玉峰叹了一口气道："一言难尽。既然陈先生是家兄的老朋友，那我就不客气，请你多费心，替他把病诊一诊。"

守一道："我就在隔壁开了一所私人小医院。大爷这病，第一要好好地休养。若是回到府上去，要经过汽车颤动，不大妥当。请这里人帮忙，就和藤椅子先搬到我那边去。等着人回原了一点儿再做计较。我当时进门来，就觉得脸面很熟，不想会是一家人。"玉峰道："那更好了，多费心吧。关于医药费……"守一连连地摇手道："这不成问题。当年我在督军手下当差事，受督军的恩惠就大了，这一点儿小事我一定效劳。"

在旁边站着的杨先生，正愁着这一位半死不活的人不知道应当

69

怎样处置才好。现在有了这样一个解围的医生，那是万想不到的好事。立刻插嘴道："陈大夫医院里设备完全，洋炉子里的煤火烧着比我们这里可暖和多了，事不宜迟，赶快抬过去吧。"他口里说着，人已走到藤椅子边伸手去抬，看热闹的伙计们也早是受了他几回眼色的，见他已经动手，谁敢站着，也就很忙地拥了上前，把藤椅子向陈守一医院里抬去。

　　这陈守一虽然是私人开的医院，仅有几间病房，他念起旧情来，特意把玉山搬到一间头等病房里，而且叮嘱了一位老练女看护，多多留意。玉峰对于他这种办法，先就表示满意。坐在房间里，等着玉山清醒过来了，这才告诉他这是旧属开的医院，放心在这里休养，自己要回家去报信。家事自有大家负责，请他不必多心。玉山神智恢复过来，他已经明白，自己躺在这里病床上是怎么一回事。这就在枕上侧过脸去，垂了几点泪。玉峰站在病床面前倒不免有点儿发呆，因道："你这病，就因为受了刺激过深。你要病好，第一要想开来。除了你，我们家里还有四弟兄呢。就是卖苦力，也有八只胳臂八条腿，难道还能够饿死吗？"玉山断续着声音道："我们加倍做事还来不及，偏偏是病了，不糟糕吗？我现在这两条腿好像有点儿不听调动，不要是个半身不遂的病吧。你回去见了母亲同大嫂子，可别说有这样重。"玉峰点头道："你就好好养病吧，我得赶紧回家去一趟。"

　　他把话交代了，也来不及顾到家里的吃饭问题还没解决，匆匆忙忙就赶回家去。果然的，家人是很急。田氏站在大门口，只管向胡同口上等望，脸皮被寒风吹得红中透紫。只是把旗袍两只小袖子紧紧地笼着。远远只看到玉峰一个人回来，就迎到胡同中间来问道："你大哥呢？你大哥呢？"玉峰站着顿了一顿，才答说是回家去说。田氏直迎着问到脸上来，发急道："你说你说，到底怎样了？准是同人家要钱不着，打起官司来了吧？"玉峰一面向屋子里走，一面答道："这倒不是。不过大哥那一点儿病根子……"田氏道："又病了？人呢？"

两人说着话，已是到了邓老太屋子里。她把旧炉子放在床面前，伸了脚烤火，横躺在床上。一个翻身猛然坐了起来问道："你大哥呢？"玉峰道："现在已是不要紧了，我把他送到医院去了。"老太道："什么，他又发疯了？"玉峰道："您一句赶着一句话，我就没法子说了。"田氏道："我们不催你，你说吧。"玉峰也来不及坐着了，就把今天经过的情形细细地一说。邓老太道："不错，不错，以前我们是有好几位医官的。他倒开了医院。那雇车吧，我去看看。"田氏道："妈今天不用去吧。我把两个孩子放在家里请您照看着，晚半天我赶了回来，好在这是熟人开的医院，大概也不必讲那些规矩。若是我不回来，妈再打电话给我吧。"

　　她这样叮嘱了，自己赶快到屋子里，把罩旗袍的一件蓝布大褂脱了。也不用对镜子了，右手将牙梳梳拢着头发，左手牵着小孩子送到邓老太屋子里来。邓老太见她只穿了一件青绸面的棉袍，已是有七八成旧了，便道："你这样子出去，怎扛得了风？把我那件旧斗篷拿了去披上吧。"田氏道："回头您也许要出门呢，我怎好披了走。"邓老太道："要不，你把我这个拿了走吧。"于是在床栏杆上抽下一条青毛绳围巾搭在她肩上，从容地道："你不用惊慌，沉住了气，人走到了窄路上，就要向宽处想。这里到前门还是不近，你有钱坐车子没有？"田氏道："那三块钱不都交给妈了吗？我带一件小夹袄到胡同口上当铺里当，随便他写个二三钱银子，暂应一下急再说。"邓老太道："病人也许要用几个零钱啊，你还是把钱带去。"说着抬起双手来，先后在两耳坠上摘下两只金丝耳圈来。声音带一点儿抖颤，惨然地道："这是我最后一点儿金器，预备救急用的，现在到了救急的时候了。现在金子八十换，这大概有七八分重，总值个五六块钱，你换了吧。"她把那枯瘦的手掌托住了两只小金耳圈，仿佛是在发很重的疟疾，抖颤得多高。

　　田氏呆望了她的手心，眼泪要滚下来，因道："不用动您这一点儿东西了。万一要钱用，我们卖皮货当票的钱还没有去收。我拼命也可以同那皮货店掌柜，拼个几块钱出来的。"邓老太道："钱在人家手上，那总是虚的，你还是先把这东西带着。是你的丈夫，是我的大儿子，我还比你着急呀。"田氏不忍看婆婆的脸色，只好低了眼皮，将耳圈子接了去，将毛巾连脖子带两只袖口全部紧紧围住，匆匆地就走出大门来。因为是走得十分匆忙，随身都没有细加检点，只想一口气跑到医院看丈夫去。走了空阔的大街，那西北风挟着风沙，像冰子一般的，向人身上扑击着。田氏紧紧抱住了围巾，只管弯了腰一步步地走着，连眼也不敢抬。好容易奔走到了电车站，也来不及考虑什么了，见电车停在道上，立刻向上一跳。大风的天，坐电车的人格外多，田氏上车以后，便是由人堆里挤了进去的。直等电车开了，卖票生来收钱的时候，自己伸手到袋里去掏钱，这才想起一件大事。出门的时候，老太太给的两只金耳丝，放在什么地方呢？分明是手里捏着走出大门来的，至于出门以后，这手是向哪里一揣，就不曾理会。心里如此想着，手是尽管在袋里摸索着。卖票生瞪了眼道："没有带钱吗？前面一站下吧。"田氏心里乱跳，哪里还说得出话来。只是卖票生催着，在袋里随便掏了铜子票给他，也不知道告诉人到什么地方去。卖票生自照了铜子的数目，卖了票给她。田氏拿了票在手上，问道："我到哪里下车？"卖票的笑道："你要到哪里去，你在哪里下车，你问我，我怎么知道呢？你这位大嫂是干什么来的，你自己心里不明白吗？"这样说着，全车的人哈哈大笑起来。

田氏心里正是十二分难过，再有许多人在当面就耻笑她，她简直站不住。不是这里人很拥挤，她已经就躺下了。后来电车在一个站上停下了，田氏被下车的人一拥，也跟着挤下车来。两脚站在街上，心里才明白过来了，自己为什么这样糊涂，莫名其妙地上了车，莫名其妙地又下了车，手里拿了那张电车票，只管望了发呆。抬头看时，对过胡同口上悬了一块大字横匾，上写着内右二区界，忽然心里动了一下，这倒有点儿办法。于是一点儿也不思索，雇了街上一辆人力车就直奔内右二区去。坐在车上，心里也就想好了几句话，见着门警，要怎样去说明来意。好在还没到内右二区，就看到巡官田得胜，穿了便衣，外罩呢大氅，缓缓走过来。

他首先就看到了，老早地弯腰鞠躬道："大少奶奶今天怎有工夫由这里经过？"田氏立刻喊住了车子，跳下来，笑脸迎着道："我正有事要来奉托田先生。"田得胜一面将她引到避风之所，一面笑答道："大少奶干吗说这样客气的话，有什么事尽管吩咐得了。"田氏顿了一顿，先是低头想着，好像是不好意思，后来又满脸带了忧愁的样子，向田得胜道："前两天您到舍下去，我们大爷不是病了吗？您去以后，那病是闹得更厉害。今天出去要钱，索性进医院去了。"田得胜听说，也是皱了眉毛，只替她唉声叹气。田氏接着又把自己去看丈夫，失落了金耳丝的话，详细说了一遍。田得胜道："是的，一个人心里慌张了，做事就更容易闹出乱子来的。丢了这点儿东西，倒不算什么。只是您等着钱使的人，丢了现成的这笔款子，一会儿工夫，哪里再去找五六块钱呢？"田氏两手交叉了十指，连连在胸前搓挪了几下，顿着脚道："谁说不是呢？病人躺在医院里，哪里就不花几个钱？我好空手进去吗？"

田得胜拱拱手笑道："大少奶，您不用说，您的意思我明白了。漫说您现在特意找我来了，就是您不来找我，只要我知道这件事，我也不能袖手旁观。让我来摸摸看，我身上还有多少钱。"如此说着，伸手就到口袋里去摸索。他手在衣袋里转动了一阵，却掏出大大小小一卷票子来。虽然这一卷里面毛钱票铜子票无所不有，但也有几张一元的钞票。他清理了一番，在其中抽出四张一元钞票来，这就卷了一卷，两手呈给田氏，笑道："大少奶，这数目比您所需要的略微少一点儿，但到了明天上午，我就关饷了，多少我总还可以找补些。还是送到医院里，还是送到宅里去？全听您的便。"田氏笑道："田先生，真多谢您。有这些够了，将来再说吧。"说到这里，就喜由心发，弯腰向他半鞠躬。田得胜道："大少奶现在是向医院里去吗？"田氏皱了眉道："我早就该去了。只为把那对耳圈子丢了，不得不来跟您想法子。"田得胜道："大爷不舒服，我也应该瞧瞧去，我陪着大奶奶一块儿去吧。"田氏道："您公事忙，才得换上便衣，也就应该休息一会儿。"田得胜笑道："大奶奶可忘了，当年督军在任上的时候，我常跑上房，大奶奶就吩咐我当过差事。"田氏叹了一口气道："说到当年的事，犹如做了一场噩梦一般，还提它干什么。"说完，又叹了一口气。

田得胜说到这地方，也不再征求田氏的同意，见路边正停着两辆人力车，招招手将车子叫到面前，就请田氏上车。田氏觉他这个人始终念着旧情，实在可取，既是他这样热心地帮忙，也就不必推辞，点了一个头坐上人力车去了。这两辆车既是同时雇的，当然拉车子的人把车子连续在一处拉。田得胜总怕冷落了田氏，一路之上，没话找话地只管同她说这里说那里，没有个断绝。车子拉到了医院门口，田得胜已先付了车钱。因笑道："大少奶，你先到病房里去见大爷，就说我来瞧瞧他。他愿意我进去，我才进去，他不愿意我进去，我就托你带信，问个好儿吧。"田氏口里连连说着劳驾，问明了医院里的人，由女看护引向病房里走去。

玉山微闭了眼睛，直躺在病床上，将一床雪白的薄被在身上盖着，只有脑袋露在外面。他紧闭了眼睛，眉毛却是不时地紧皱着，口里连续地道："今天非给钱不可，不给钱我不能回去，我家里有十几张嘴张开来，尽等我买米回去做饭吃呢。"田氏回头向看护问道："他进医院以后，就是这样的吗？"看护说声是的，还不曾把详细情形解说，玉山在床上睁开了眼，向田氏点了两点头，哼道："你也来了。这没有什么要紧，让我好好地躺两三天，大概病就好了。"田氏道："家也不是我们两口子的家，更不是你一个人的家，你急得这样干什么？真把你急坏了，我就不算什么吧，还有两个小孩子呢。"玉山道："我是不急，只是我觉得以前当大少爷的时候太没有准备了，只知道找乐子，什么能耐全没有学到。于今大少爷做不成，想卖力气，洋车也拉不动。想动笔墨给人家小茶馆子里写两页账也动不了手，就尽等饿死。"田氏道："以前的事，悔也无用。好在你也不是七老八十的人，慢慢地休养好了再来想法子。你瞧我不是老在家里管家事吗？可是真要我出来找一点儿职业，我一样也可以办得到的。"玉山伸出手来，将她的手握着，因道："你这样勉励我，就走着瞧吧。"说到这里，他又闭上了眼睛，似乎感到一种疲倦。

可是他闭眼之后，那情形就变了，脸上立刻现出了怒色，嘴里喃喃地说话，是一种和人争吵的口吻，他道："我那么些个当票子，怎么才给三块钱就完了？我没有多大的想头，只要你再找补一二十块钱……"田氏将两手摇撼着他的身体道："喂！玉山，你怎么闭上眼就做梦？"玉山睁开眼来道："是吗？我简直不知道。这里的院长陈守一，就是以前老爷子手下的军医官，为人热心极了，我想拜托他多费一点儿神给我快点儿把病治好。"田氏道："你说这话，我倒想起一个人，就是那次送你回去的田巡官，他听说你病了，特意借了四块钱给我，又亲自到医院里来看你的病，你说让不让他进来瞧瞧你？"玉山道："这样好人真是少有。他怎么会知道我病了的呢？"田氏顿了一顿，才答道："也是我在电车上碰到他的。"玉山说着，又有一点儿倦意，眼睛要闭起来。田氏又推了他两下道："你见不见他呢？"

那女看护就在旁插嘴道："这病人是神经病，不能再让他多受刺激，还是少见客的好。"田氏起身道："人家老远地来看他的病，不让他见着本人，倒真有点儿不好意思。"玉山对她这些话并没有加以理会，闭了眼自言自语地道："今天没有五十块钱，我不能回去。"田氏坐在床面前椅子上，呆呆地对他望着，叹了一口气，又摇了两摇头。偶然一回头，却看到房门半掩着，田得胜伸进一个头来。他向田氏招了两招手，并不进来。田氏走出去，他低声道："大爷的病，大概忌生人，我不进去了。大少奶什么时候回去？"田氏道："我在这里，总得耽误一会子。可是不到天黑，我也就要回去的。"田得胜拱拱手道："回见，回见！"自去了。

这"回见"两个字是北平人口头话，本不足为据的。可是到了电灯亮火，田氏由医院里回家的时候，一走过候诊室，田得胜就笑着迎向前道："大爷的病好一点儿啦？"田氏勾了两勾头道："要您惦记着，可是他总是那个样子，尽说梦话。田先生，您不是已经走了吗?"田得胜笑道:"我回去一趟,又赶着来了。因为我想到大爷这病来得猛一点儿,很是替您担心,所以又跑到这儿来听听你的消息。"田氏笑道:"您太热心了。我真不知道要怎样感谢您才好。"田得胜道:"大爷是我的少主人,大奶奶又是……"说到这里扑哧一笑,才接着道:"您以往就是我最尊敬的人。一笔难写两个田字,有道是五百年前共一家。"说到这里,两个人互相对站着,好像有什么话要说,可又没什么话说出来。

约莫有两三分钟,田氏忽然笑起来道:"人生无处不相逢,这句话真是不错,当我在老爷子任上的时候,一分了手,真是树倒猢狲散,谁还想到有会面的日子。"田得胜笑道:"其实这是我们的短处。"田氏问道:"怎么倒成了田先生的短处呢?"田得胜道:"这事是很容易明白的。我在北京城里没有离开,府上住在北京城里,也没有离开,这么些个年月,并不曾到府上去看看老太太大奶奶,这实在是我的错处。"田氏道:"这我可不敢当。"说着又是一笑。田得胜道:"大奶奶现在回府了吧?我送你去。"田氏一面向外走,一面笑道:"不必了,你有你的公事,请便吧。"走到了大门口,田氏停住了脚道:"您千万不必送,我这就感谢不尽了,您再要同我客气,我心里简直过不去。"

田得胜在脸上似乎带了一点儿失望的样子,便道:"大奶奶还有什么事要我做的吗?"说到这句话,把声调也低了一低。田氏微偏了头,做个沉思的样子。田得胜笑道:"大奶奶不应当忘了,你丢的那对金丝耳圈就只值四块钱吗?"田氏道:"哦,您说的是这个……"脸上现出了一点儿踌躇的样子,嘴里唧的一声吸着气,因道:"那我也只好糊里糊涂同老太太报账去。"田得胜道:"这一点儿小事,还能让大奶奶尽为难吗?"说时,已是伸手到衣袋里去掏摸着。田氏看到人家有这番好意,当然不便走开,退着靠了门框,垂着眼皮向田得胜看去。田得胜在衣袋里又取四张钞票,向田氏微鞠着躬道:"这只能包涵着算,给您再凑合这些个。"他也不问田氏肯不肯接受,已是将钞票卷成了一个卷子,只管向田氏手里塞了去。田氏右手捏住了钞票，左手掌托住了那拳头，连连地拍着，皱了眉笑道："您这人太热心了。叫我接着是不好，不接着也是不好。"说时，看了人只发愁。田得胜道："您只管回去对老太太说，金子是九十换，耳丝八分重，八九七元二毛。您把这些钱带回去报账准够不欠。"

田氏正道着谢呢，田得胜已是代叫一辆人力车来，付了车钱，请田氏上车，田氏坐在车上，只管向他点头道谢。当晚她回家去了，对着老太太报告。邓老太只是垂泪听着。她一心惦记大儿子这病状，那副金耳丝是怎样地换掉了，她哪有心去问？田氏在自己心里也不知道感到一种什么不安，田得胜让她带回来的那四块钱没有敢收下，自交给了老太太当着家用。自己回到屋子里去，把两个孩子送到床上去睡了，对了桌上一盏孤灯，两手托了下巴头，只是呆望了出神。屋子中间的白炉子，虽然还有火，只那煤球是红的，可没有一些火焰。所以放在炉口上的黑铁壶，虽有点儿响声，吟吟作声，并非呼噜呼噜地响着，那炉火力量的微弱可想而知。唯其如此，屋子里的空气是更透着阴凉。心里这就感着田得胜为人实在不错。其一他是没有势利眼，在当年老爷子做督军的时候，他见人是很恭敬，到现在，见人还是很恭敬。女人在一二十岁的时候有一份天然的水秀，不修饰也好看，自然有男子追求。一到了三十岁，黄金时代已过，大概反过去追求男人，男人也不肯将就吧。想到了这里，心里就微微地有些荡漾沉沉地想着。恰好玉峰在老太太屋子里谈话，有一句送到她耳朵里来，那是更让她有些心动了。

第九章

两个女人

男女间的问题虽然因穷寒而会淡薄下来,但果然有了莫大冲动的时候,连生死也可以放到一边,这穷字自然不会放到心里。玉峰是在男女问题上陷于苦闷的人,只要有了机会就要把苦闷发泄一下。这时他在老太太屋子里大声说着话,好像很是兴奋。他道:"真想不到,梁仲贤有那么好的一个姑娘。人长得漂亮,那都罢了,很有见识,说话也很有分寸。她对梁仲贤说,我们在过去三年是应该分红的。这一笔钱现在拿得出拿不出那不必问,就是要查查这笔款子落在谁的身上了。查出了钱落在谁的身上,谁就得拿出来补给邓府上。现在生意赔钱,那是另一件事,不能把那个时候人家没有拿去的钱,作为这个时候赔掉了,来抵人家的账。要不,哪个股东以往都分过红利,何以都不拿钱垫着,唯有扣人家邓府上的钱来抵账呢?我听了她这篇话,就是梁仲贤没拿出钱来,我心里也觉得是轻松痛快的。我以为男女思想才干实在没有分别,全都因为多数女子不念书,也不到社会上去阅历阅历,自然就不如男人了。这位小姐,将来不知是谁有造化的人把她娶了去。"老太太接着道:"你把出去和人家要钱的事放在一边,把人家姑娘的能耐倒比较了一番。不用说,那姑娘是个装束摩登的人吧?"随着老太太这一声问,玉峰咯咯地笑了。

田氏这就在心里想着,论到玉峰的女人不过是态度呆板一点儿,也不能说是怎样的寒碜。老三尽管是愁吃愁穿,他依然没有忘了和三少奶离婚,一个人婚姻不美满,实在是干什么全不起劲。她尽管这样想着,就看到油灯下面靠着窗台斜支着一张相片,乃是自己牵了一条小狗由汽车上下来。那正是天津刚有汽车,家里有了这么个东西，照着相下来做个纪念的。如今汽车成了有钱人的必需品，全家人都白瞪眼望着别人逞威风了。这样看起来，有钱没有能耐，金子堆成山也是枉然，总有用空的时候。倒不如那混小差事的人细水长流的，吃不饱，也可以饿不死。自己丈夫成了个半疯的人了，这样下去，日子越过越穷，他也会越老越病重，将来可不定要变到什么样子了。想到了这里，心里好像滚油在浇泼着一样，于是叹了一口气，回转身来，要向床上走去。看到自己两个小孩子，都把小脸露在被头外，两张脸腮红红的，紧闭了双眼，那睡得是正香。在他们安安逸逸的当儿，身以外的什么愁云惨雾全都不知道。她很觉得他们可爱，于是伏到床上，在两个小孩子脸上都亲了一个吻，自言自语地道："我的宝贝儿，我穷这一辈子也认了，决不离开你们的。"只凭她这句话，把刚才想了一肚子的心事、发了很多的痴想，完全化为乌有，立刻脱衣上床，搂着两个孩子睡觉了。

　　到了次日早上，心里头所念的，也就是昨晚病人在医院里，不知道可有一点儿起色，自己是应该赶到医院里去安慰安慰他。这样地转了念头，起来以后，匆匆地料理过了一些琐事，就到邓老太屋子里说明，要到医院里去。邓老太还是老的姿势，正是捧了水烟袋，坐在窗户下面缓缓地抽着，又在想心事，看到了她，便道："你若是家里没什么事，你就到医院里瞧瞧玉山去。我也不知道怎么着，还要发这股子傻劲，昨晚一宿没睡，总是放心不下。我本想自己到医院里去，不过这一身寒素，让陈守一看到，怪难为情的，还是你去吧。家里这两个孩子，你都交给我了，在医院里多耽搁一会子，那也不要紧。"田氏得了老太这一句话，心里很觉坦然，还是把老太太的毛绳围巾借着，披在肩上，然后操了两只手胳臂在胸前，走上大街来。

　　今天虽然没有刮风，但是阴阴的太阳光里面，寒气是非常之严重，鼻子里透出来的气，犹如蒸屉冒出来的蒸气向外直冒。于是两只手环抱得更紧一点儿，在路的边上走。这就回想到昨日这样走路，把那副金耳丝丢了。不是田得胜帮了八块钱，这一个关节真不能过去。等到病人好了，定要重重地感谢人家一下。她正是这样想着铭感无已的当儿，却有人在身边轻轻地叫了一声大奶奶。回头看时，便是这位很可感激的田巡官。他还是穿着便服，不过脸上雪白，一根胡桩子没有，是胜于昨日的，大概一早的时候到理发馆刮了一回脸来了。这便向他点了两个头，笑道："田先生，您怎么有工夫走到我这地方来？"田得胜笑道："我们警界服务的人，东西南北城，哪里不走到？"他说着话，慢慢走近身来，和田氏同着一个方向，在马路边上走。

田氏因为人家已经交代过了，东西南北城全到的，就不能再问什么，便低了头缓缓地走着。田得胜道："这是到医院里去吗？"田氏答应了"是的"两个字。田得胜道："照医院里的规矩，是不能带东西进去的。但是那医院的院长同我一样，是督军手下的旧部，大爷在医院里养病，那自然要尽量通融。大奶奶要买什么吗？我可以陪着买去。"田氏道："我现在不知道应当给他买什么，到了医院以后再说吧。"田得胜道："这也说得是，我们到了医院再说吧。"田氏道："哟，田先生，您今天又陪着我到医院里去，那可不敢当。"田得胜道："这有什么要紧？前门的路我天天是要去的。再说，这里到前门是一脚顺的电车，也用不着走什么的。"田氏道："可是你还有公事在身呢。"田得胜抱了拳头连拱两下，笑道："实不相瞒，我今天老早就请了半天假，为着要到府上去安慰安慰老太太，然后再到医院里去看看大爷。既是在这儿碰见您了，那就先到医院里去吧。"田氏笑道："这样子说，您是存心请假来和我帮忙的了，那实在是不敢当！"田得胜道："帮忙两个字，我可不敢说。不过念在府上是我的旧主人，我总不能忘了以前那些好处。"田氏见他口里说着话，人只是向前面走。当了大街上万目睽睽，又不便硬把人家推了回去，只好轻轻地说着"这真是不敢当"。

说话之间已到了电车站，田得胜已是闪在电车门边，手握了车门边上车的扶手柱子，连连向她点头道："快上快上，别误了这趟车。"田氏到了车上，回头一看，人家也就跟着来了。当时自然也无别的话可说，只好由他送到前门去。下了电车，田得胜预先站在路边等着，笑道："到医院路不多了，不用雇车吧。"田氏总是花人家钱的，人家说不雇车，自己也就只得随了人家的话走。田得胜等她先走一步，然后随在她身后，闲闲地谈着话。他叹了一口气道："大奶奶，你真是个贤惠人，家境这样寒苦，你又这样劳累，可是您一点儿怨言也没有。"田氏道："那有什么法子，认命吧。当年我们瞧着老爷子当督军的时候，谁不是睁开大眼望着，只要搭上了邓家的门就一步登天了。假如那个时候，我们不睁着那势利眼，我相信不至于闹这么一个结果。"

田得胜虽然站在她身后，料着她看不到身后的行动，但也不会因这个减少他恭敬的态度，已是深深地向田氏点了几个头，笑道："大奶奶这话是有理。其实像督军为人，比别的做大武官的要忠厚得多，那是不会有什么坏结果。只是我们这五位爷全没有干苦事的能耐，这可不妥当。要是像我们这种苦命人有钱的时候当老爷，是那么一副架子。没钱的时候当大兵，也扛得起那根枪，那总好一点儿。"田氏道："做官人家的后代，总是这样没有什么好结果的。凡是有眼光的人，有几个肯巴结做少爷的人？田先生，您现在每月挣多少钱？"田得胜道："薪水不多。三十来块钱儿，指望着这个那是不行。"田氏道："那是啊，当差事，哪里不找一点儿外花？"田得胜笑道："北平警界，谈外花是不行。不瞒您说，还是早两年攒几个钱，在后门外开有两盘店。"田氏道："两盘店吗？都是什么生意呢？"田得胜道："一盘是粮食店，一盘是绒线店。小买卖儿，您别见笑。"田氏道："这都是硬头生意呀。年轻的人能挣钱做本钱，这可不是容易的事。"田得胜道："这有个缘故的。因为我直到现在还没有成家，上面的两个老人又去世得早，我自个儿挣钱自个儿花，哪花得了？自己也就想着，多攒下两个钱吧，预备将来年老做不动事情的时候再花。"田氏道："你真是发财的人。照说，开了这样两盘大店，自己在柜上照应照应也就够了。"

田得胜笑道："大奶奶，谈起做买卖，那您可外行。拿出钱来开铺子做财东，只要找一个负责任的掌柜就得了，自己是用不着上柜的。我自己呢，总也想图个前程，不能做个小店主就算了。人事是难说的，我们那个区长二十年的老警务，就是当弟兄出身的。只要我把差事当差事干，三五年后，说不定也闹个区长干。只要当了区长，我一生的希望就差不离了，再要往前进，那就不必现在这样费劲。一个人梦想是不能有的，我说我想当大总统能够办到吗？至于自己的志向，可不能不有。若以为现在开了两盘店，做了一个小巡官，就心满意足地，不再向前了，那就没有指望了。大奶奶，您说对不对？”

田氏不住地点头道："对极了。我先前以为田先生不过是个古道热肠的人罢了。现在听您的话，您这人将来大有希望。"田得胜哈哈一声笑着，连说是不敢当。田氏还不曾再答话呢，抬头看去，已是到了陈守一的医院门口，只见玉峰由对面走了来，老远地叫了一声大嫂。田氏这就立定了脚道："老三，你怎么比我倒先来了？"玉峰道："我坐电车一直来的，一点儿也没有耽搁。"田氏道："那很好，我们一块儿去瞧你哥哥吧。"玉峰道："这么些个人一块儿拥到病房里去，那不大好。不如大嫂先去，我随后来。我还是先到隔壁饭庄子上去，再讨讨那笔款子。"他口里说着这话，人已掉转身向回头的路上走去。到了那饭庄子门口，这就回转头来看着，见田氏已经进医院去，自己取下帽子，抹抹头上的头发，戴好了帽子，又扑扑身上的灰尘，然后牵牵西服领子走了进去。

当他走到第二进屋子的时候，就顶头碰到了账房杨先生，他苦着脸子笑道："三爷您刚来，我正要出去。"玉峰道："你不用发愁，我不同你要钱。昨晚我到梁先生家里去要过钱。他说今天给我回信，让我在这里等着。假使你有事的话，你只管走。我借你那间屋子坐坐，总可以的吧？"杨先生笑道："三爷，您怎么同我说这种话，这个地方您也有份吧？"玉峰也不多说，带了微笑，向杨先生办事的屋子里走去。只一拉门，便有一位摩登女郎斜靠了桌子站定，却由高跟皮鞋里抽出穿丝袜子的瘦脚，在火炉口边烤火。另一只脚，独立在地上。玉峰看到，向后退缩了一步，依然把门给关上。在门外约等了两三分钟，里面的梁上珍女士却笑起来道："邓先生，你请进吧。怎么站在外面。"玉峰在外面便笑道："刚才是我冒昧，并不打招呼就冲了进来。"说着话，已是拉门侧身进去。

梁上珍两手插在旗袍岔袋里，向他迎着一鞠躬，因笑道："我本来预备换了羊毛袜子才出来的。不想一看钟，约定的时间早到了，所以我匆匆忙忙就出来。"玉峰由大衣袋里抽出手来，互相搓了一阵，向她笑道："这样说来，我有两层得和梁女士道歉。其一是让梁女士受了冻。其二是我来得晚了，不守时间。"说着话，偷看她的颜色，见她那两块丰厚的嫩腮，显出两团的大红晕。头发由耳根簇拥向前，微微地蓬乱着，正不必那样整齐，更添了她几分妩媚。她并不因为少年偷看她有什么害羞之处，却向玉峰笑道："三爷说的这两种话，都不能成立。其一是我少穿了袜子，那是我自己行动慌张，与三爷无干。第二是三爷说来得晚了，这也大有缘故。你到这儿的路，总比我到这里的路，要远个十倍。然而你来的时间比我来的时间，究竟相差不到十几分钟。假如我同三爷所住的地方，到这里全差不多远，那么，我还要比你到得晚些呢。请坐吧，这个地方简直不能招待客人，对不住。"玉峰道："你干吗说这话？这是你的宝号，也是我的宝号。你请坐。"说着，还把上珍曾坐的椅子给她移了一移。上珍笑得脖子一扭道："你干吗这样客气？我的意思，是想拜您为师，跟你学学英文。若要像您这样子招待，学生大似先生了，那可使不得。"

玉峰听了这话，那笑容是由心窝里直涌到脸上来，两道眉毛尖扬得开开的，他那份得意不可以言语来形容，又继续搓着手道："可是我为人和别个青年不同，最喜欢同研究学问的人在一处交朋友。自然像我肚子里这样空虚，哪里谈得上和别人交换知识，可是别人有知识，我总可以领略一点儿到手。像密斯梁这样爱好艺术的人，一举一动都含有艺术性。假使能常常和密斯梁在一处，无形之中一定可以得到许多艺术上的陶养。"梁上珍道："邓先生，你这话就不对了。我的意思是想跟你学英文，反过来了，你倒要跟我学艺术。'艺术'这两个字太空洞了。衣服穿得好看，算是艺术，说话说得漂亮，也是艺术。我想邓先生这样一个前进的青年，绝不要跟人去学这些。"玉峰听说，立刻把右手五指，在左手心里狠命地拍了几下，笑道："像密斯梁这样的议论，真是一位前进的青年，痛快极了。差不多的小姐们是不肯说实话的。"上珍笑道："邓先生，你别尽量恭维我，请你教我英文的事，你到底是肯不肯?"玉峰止住了笑容，放出极诚意的样子来道："除非密斯梁说我英文不好不要我教，假使密斯梁认可的话，只要你说一句哪日开始，我立刻就去。此外，关于英文唱歌我多少也懂一点儿。这又不能说是交换知识，不过向密斯梁求教……"上珍不等他说完，就瞅了他一眼，因道："要是老像邓先生这样客气的话，我就不能只管领教了。"玉峰笑道："密斯梁，你说我客气吗? 你听听。你一会儿叫邓先生，一会儿又说是领教，这倒叫我有点儿受之不安。"

上珍偏着头想了想，似乎想到了一件事，这就回转脸来向玉峰道："是的，是我太客气了。我怎么劝人不要客气，自己倒只是客气呢? 不过邓先生这样地称呼，还不算过分。就算我不拜老师，也应当这样客气的，您不是老称呼我作密斯梁吗?"玉峰笑道："最好你叫我老邓，要不，称呼我的名字也可以。万一不然，就叫密斯脱邓吧。"上珍笑道："这都好办。听您的意思，大概是答应我的要求了，但不知道您要什么酬报。"玉峰笑道："那是笑话了。密斯梁，你不要看到我对于饭庄子上的股款这样催讨，以为是个唯利是图的人。其实那是我在营业上一种看法，不得不如此。至于我自己，向来是把银钱不看在眼里的。自然，现在我的家境十分不好。但是我是看过银钱的人，绝不能够到了现在就变成了一个穷酸，无钱不要。"上珍笑道："你是误会了我的意思了。我以为密斯脱邓是很忙的人，时间就是金钱。若是为了和我补习功课，耽误了您别处的工作，您也是一种损失。做朋友的人，不能无故连累朋友，所以我应当填补您这项损失。假使您是个闲人……不，就是一个闲人，我也应当说这种话的。我岂能让朋友白受累吗？"

玉峰将椅子拖近些火炉，两手按了膝盖，望着炉口上的火焰道："密斯梁，不说这个，我们换一件事谈谈吧。"上珍笑道："只是我的知识太幼稚，恐怕谈不出什么玩意儿来。"玉峰也许是情不自禁了，偏了头向上珍望着，连连地摇撼了几下道："这是你的不对，为什么又同我客气起来了呢？要是这样子尽管客气下去，我们会把很好的友谊隔膜着，变成虚伪了。"上珍笑道："好的，我们不再客气了。"说毕，又笑了一笑。

但在这一笑之后，两人隔了火炉子彼此对望着，默然无语。玉峰忽然脖子一仰，哈哈笑了起来。上珍道："邓先生你为什么大笑？"玉峰实在没有什么事可笑，不过闷坐无聊，借这一声哈哈大笑来遮盖自己的无聊。现在上珍问他为什么哈哈大笑，他如何答复得出来，只好抬起手来搔搔头发，笑道："我笑什么呢？我觉得我们这两个人客气得过分了，所以到了最后，就没有什么话可说，客气话本来有时而尽的。"上珍笑道："我为人实在不行，说不到三句话，就把话说穷了。假如我有邓先生这样的口才，我就到哪里去也有面子了。"玉峰道："唯其如此，梁小姐所以要同我学英文。学英语不也是学说话吗？"上珍道："这话又说回来了，口才是天生的，要学可学不会。"玉峰对她看了一会子，见她微微地把头低着，就两手连连鼓了几下，笑道："现在好了，我们不说客气话了。以后爱谈什么就谈什么了。"上珍两手交叉在怀里，将身子一扭，扑哧一声地笑了。

当他们初在屋子里见面的时候，杨先生立刻跑到前面去，找了一位机灵些的茶房，低声对他交代了几句。茶房这就沏好了一壶茶，两手捧了，向那小屋子里送去。走到房门口，却听到屋子里面嘻嘻哈哈地说着话，就呆呆地听着，不敢进去。越向下听，越是听到话没有头绪。待要回去，可又怕得罪了梁小姐，说是不会招待，因之还是站在屋檐下等一个进去的机会。大概这进去的机会实在是不容易，那捧着茶壶的两只手都有点儿酸痛了，这才只好去做别的事，顺便就把那壶放在堂屋里桌上。等他把事情做完，再回来摸那茶壶时，已经冻得冰冰了，那两个在屋子里谈话的人只管接着说下去，并不叫人把茶送进去。看看天上的天色，那云彩铺满了天空，下沉的阳光向上倒射着云变了金黄色，分明快到黄昏了。心里想着，这两位再要不走，那就该预备晚饭了。于是故意在院子里来回走着，脚步放得重重地大声问道："喂，几点钟了？五点多了吧？我说呢，屋子里都瞧不见人了。"他说着话，直嚷着走出去。

果然，他这种逐客令发生了效力。那小屋子里已有大声说出来，接着那门一响，是玉峰侧身而出，他满脸是笑容，手上拿了帽子，站在房门一边等着。随后便是这梁上珍小姐身上加了大衣，两手插在大衣袋里，也是带了笑容走出来。她以为玉峰已经走了，挺着身子，就向前跑，偶然回头，看到玉峰还站在一边，这就回转身来向他点了一个头道："邓先生还没有走啦。我真大意，以为你已经走出大门了。邓先生向哪里去，我们可以同路走几步吗？"玉峰道："密斯梁到哪里去？"上珍道："我想到第一劝业场里去买点儿零用东西。"玉峰笑道："好的，我可以陪密斯梁去。"上珍道："那好极了，我们一块儿走吧。"于是两个人并排走出大门，一直向胡同口上走去。当他们经过陈守一医院门口的时候，玉峰也并不进去探病了。

第十章

谎

在邓氏门庭这样没落的时候，他们家的子弟让人瞧不起乃是正理。田氏在丈夫得了神经病以后，觉得前途茫茫，万不如田得胜。他混一件小差事，开两爿小店，收入也有，出路也有，是很舒服的。那种世家子弟，自小是吃好的穿好的，成人以后什么不会干，家可穷了，这是一种女人的看法。梁上珍呢，她是位出身生意人家的姑娘，现时在学校里读书，听到同学彼此谈论家世，不是现代的阔人家，也是前清阔人的后代，把三代角色数，多少总有点儿面子。只有自己这个家庭，完全是做生意买卖的，怎么也抬不出一个阔人来，现在和邓玉峰认识了，知道他的父亲做过多年的镇守使，而且还代理过一回督军，他们家来往的阔人那就多了。像这种人家的子弟，什么大局面的事情没有见过？不用更要什么人去指教了，就以他们所经过的事情而言，也把他们陶熔得气宇轩昂、议论透彻，不是平常的人所能打比的。人有钱，什么全可以买得到，但是这位分就买不到。同邓玉峰在一处交朋友，那是自己有面子的事。只要在人面前一介绍这是邓几先生，他们老太爷是做督军的人，这就很替自己壮颜色了。梁小姐的看法又是这样。那么，在他们姓邓的本身，当然也把自己看成了一个问题了。

玉峰这时陪了梁上珍女士到劝业场去，虽然路过陈守一的医院门口，他心里可想着，哥哥病在医院里，自有医生同女看护照应，而且自己大嫂已经探病去了，那是大哥最贴心的人，有她在那里，自然毋庸别人挂心了。梁上珍不说回家，而说到劝业场去，那正是要人陪着走的意思，若是和她告辞走开，那岂不是不屑于和她在一处走路? 她要是想开了, 这可得罪了人家。因之满脸放下笑容, 在梁小姐后面, 约退一步的所在, 微弯了腰, 做个极客气的样子, 笑道: "密斯梁平民化得很, 买东西还要自己出来。"上珍笑道: "我倒不懂什么平民化贵族化, 只是性子好动, 在家里坐着也是没事, 出来跑跑, 只当算是运动。"玉峰道: "对了, 走路的运动最是和平, 终日在家做小姐的人, 能够找一点儿劳动的事, 那于健康上大有好处。"上珍笑道: "我就是这样想, 好吃的、好穿的, 那全算不了什么。最难得的就是健康的身体。我曾到医院里去, 探望过我一个朋友, 别说是身上有什么痛苦了, 就是医院里那份规矩, 也把他拘束得可以。"

玉峰听了这话, 心里就扑扑跳了几跳, 虽然走开那医院很远, 还回转头来对医院看看。上珍笑道: "提到医院, 邓先生就对医院看看, 莫非医院里有朋友吗?"玉峰连连摇着头道: "没有没有。这个医院的院长, 以前就在家父手下当过军医官, 我小的时候就瞧他不起, 不想他自己也撑起门面来了。他是没有看到我, 他若是看到我的话, 一定要把我请进去坐的。"上珍笑道: "当然的, 你们老太爷做过那样大的官, 一定提拔的人不少, 恐怕现在做师旅长的也多得很, 不要说是一个小医院的院长了。"玉峰笑道: "我们的家道虽是中落了, 倒是提拔不少别的人。人生在世, 不过是一台戏, 果然, 把人家提拔起来了, 自己虽然穷下去, 想起当年那一番威风, 究竟是一种快乐。"上珍道: "令尊大人, 从前带有多少军队?"玉峰道: "最多的时候, 带过十五师人。"上珍道: "这些做师旅长的人, 现在还是师旅长吗?"玉峰道: "有一大半还是师旅长。就不是师旅长, 他们挣的钱也够花这一辈子的了。"上珍道: "这样说来, 邓先生昆仲要出去找事情做并不是难事。昨晚上邓先生说找工作有困难, 我倒有点儿不相信了。"

玉峰顿了一顿, 这才叹了一口气道: "这事是一言难尽。何以呢? 这些旧部见了我们都很客气。这时无论到谁的任上去, 就是我们不能帮助他一点儿, 也不用他们的钱, 才有面子。若简直在他们手下做事，不要说是我感到不便，就是他们也感到不便的。譬如一个旅长吧，已是高级军官了，可是在他手下绝不能请顾问咨议。师长吧，至多也不过用参谋副官，那钱既不多，对我们也没有什么面子，所以我们自己身份高，反是觉得路子窄小，只有改了行，比较前路宽大一些。而且我虽是将门之子，我也讨厌扛枪杆儿的生活。"

两人一面说着，一面走着路，就到了大街上，正好有玉峰学校里的一个教官，穿了军服，骑着马挨身而过。当他走近了的时候，看到玉峰，却举手行了个军礼。玉峰也就手扶了呢帽，向他点了一个头。上珍道："这人至少是一位团长吧？"玉峰笑道："梁小姐好眼力，你就把他的肩章看明白了。他果然是个团长，军队驻在南苑，他的旅长也是我们老爷子旧部。也就为了我穷虽穷，架子还在，绝不去求教于他们，所以他们见了我，还是很客气。"上珍笑道："这也就很有面子了。"玉峰笑道："究竟人家是骑马的团长，我是走路的人。"上珍笑道："我想邓先生的马术，一定很好吧？我就想学骑马，苦于没有机会。"玉峰道："那太好办，哪天我去赁两匹马来，可以到城外去试试。"

玉峰说得眉飞色舞，也就忘了一切，只管把自己的身世夸耀着。走到了劝业场门口，偶然一回头，却见田得胜也站在身后，这却不由脸色一红，向他笑说："田巡官还在这里啦。"田得胜道："不，我是暗查的职务，无非是在大街上溜达。三爷逛市场？"说着这话，由他身上看到梁上珍身上去。梁上珍因为这个人和玉峰见面是淡淡的样子，料着彼此无关，依然是与玉峰很紧贴地站着。玉峰道："田巡官上哪儿办公？"说着这话，站在进劝业场进门的台阶上，不进去，不离开，两头张望着，做个等人未到的样子。田得胜是个老警务，看玉峰这样的情形，他如何不明白，这就抱着拳头拱了两拱道："改日见吧。"说完了这话，立刻转回身向大街前面走去了，脚步移得很快，没有一点儿留恋的意味。玉峰也不肯走开，直等望不见他的影子了，方才回转身来。

梁上珍也是有点儿疑惑，为什么对于这个姓田的如此注意，因此也站在一边静静地候着。直等他掉过脸来，才笑道："这大概也是你府上的旧部了。"玉峰道："对了，他以前在我家里当过副官。可是论起他的能耐，那可很有限。不知道他借了什么机会，转到警界去了。他对于自己的职务老是不满意，见着我就要我给他想法子。我嫌他贪得很，所以见了他，倒成了小学生见着先生一般，总想躲开。"上珍虽不明白他的真意所在，但是他躲开那个姓田的却是事实，当时只是看看玉峰，并没有说别的。

两人在劝业场里转了两个圈子，最后是转到三层楼上一家茶饭馆门口。上珍的脚步走得慢一点儿，照着男女交际的常例论，这个时候，做男友的，应当很恭顺地请女友进去，随便做个小东。可是玉峰口袋里仅仅只有两张毛票，不用说请她吃点心，就是请她喝一壶茶的钱也不大够。所以把眼光向前望着，仿佛没有看到这所茶馆一般。上珍道："邓先生，你走着不累吗？"玉峰已知道她的命意所在了，因笑道："这样随便兜两个圈子就累了，那也太不经事了。密斯梁要到哪里去，我全可以奉陪。"口里说着，人还是向前走，以为把她引着离开了这茶饭馆，这事就没问题了。不想上珍索性停住了脚向他点着头笑道："邓先生，我请你在这里吃点心。"玉峰笑道："应当是我请呀。"上珍笑道："小吃，请不必客气了。"她说着这话，已是先向茶馆子里面走了去。玉峰一时想不出一个解围的办法，只好随在她后面一路走进去。当然，在他走进去的时候，脊梁上的热汗是一阵阵向外冒着。心想，陪女友出门，就有这种危险。但是为了顺着女友的命令，不能不跟了走进去。吃点心喝茶，总有两小时的耽误，在这两小时之内，那就慢慢地去想法子吧。他进去的时候，是如此想着，情形当然很难堪。可是到了出来的时候，满面带着笑容，口里只管道谢，自然她是代会了东了。

走出劝业场大门的时候，等上珍雇了人力车坐着走了，自己才到陈守一医院来看大哥。这时，天气已经不早，为了熟人的关系，方才在电灯光下走到病室里去。玉山将枕头塞了腰眼，在床头边靠了床栏杆坐着。看到玉峰，便皱了眉毛道："在一大清早我就盼望着你，怎么这个时候才来呢？"玉峰道："上午我有课，下午学校又开教职员全体大会，我是职教会里的常委，我绝不能抽身先走。现在你可意志清楚了些？"玉山道："意志倒是清楚的。"说到这里，站在旁边的女看护只管向玉峰丢眼色，玉峰心里明白，就不敢向下问了。玉山两手抱着放在被上，微闭着眼睛，养了一会儿神，然后再问道："家里这几天的用度怎么开销了？皮货局子里那笔款子，你今天去拿过了吗？"

玉峰顿了一顿，才道："家里有我们几兄弟维持，不会有什么问题。至于皮货局子里的钱，我已经去要过，那掌柜的不在家，我明天再去。大嫂什么时候走的？"玉山道："她虽然在这里照看着我，可是她又心念着家里的孩子，半下午就回去了。我叮嘱她明天不必来了。我这病只是要调养，三天两天恐怕是好不了的，她天天来也来不了许多。家境这样不好，大家都不是心事，丢了两个孩子在家里，让谁去照顾呢？"玉峰道："你这话也说得是。不过把你扔在医院里，全不来看你，那也是不过意的事。"玉山没说什么，只哼了两声。玉峰本定着和哥哥多谈几句话的，可是到了这个时候，却想起了一件心事，便是学校里好几十本的学生文卷，明天早上就得改好发出去，直到现在，还不曾看过一本。这到明天上堂的时候，把什么话对付学生。于是对玉山道："医生对我们表示，不让家里人在这里常搅和你。外面天暗得很，恐怕又要下雪。"玉山道："这里到家，路真是不近，你回去吧。若是家里事忙的话，明天家里就不必来人了。"玉峰听了这话，静静地站在病床面前，约有两三分钟，方才赔了笑容，向玉山道："大哥，你好好休养着，我走了。"玉山眼望了他，似乎有深切的注意，也不曾再说一句。玉峰虽然觉得心里头有一种说不出来的惭愧意味，但是实在要回去看课卷，只得硬着心肠走出来了。

果然，半空里非常之寒冷，天上已是密密层层向下降着鹅毛片的大雪。玉峰把大衣领子扶起来，两手插在大衣袋里，挨着人家的墙脚向前走去。就在这个时候，有一辆汽车迎面走来。车座里亮着电灯，可以看清楚里面的人，正是那梁上珍小姐。车子里并没有同坐的，只是大大小小地堆了许多纸盒与纸包。这必是在大街上买了东西，遇到风雪，不愿受冷，雇汽车回家。只在这一层看来，梁小姐手边很是便利，适足形容督军少爷的邓三爷有点儿寒碜了。于是更把脖子缩着，将脸藏到衣领里面去。好在这汽车过去得快，暗中想起她是不会看见的。出了胡同口，在大街的电车站边等了很久，电车方始过来，自己到了电车上，把大衣领扶下，但觉鼻子尖上的清水鼻涕不听人指挥，向衣襟上直淋下来。心想，不必自己有汽车了，就是像梁小姐一样，随时可以雇汽车回家，这也就让人心满意足了。再看看电车里的人，虽也有几个穿皮袍子的，但大多数都冻红了面皮，笼了袖子缩着一团。这风雪之夜，还在外面奔走的人，谁不是为生活所驱策？只有自己，早就可以回家的，只因图着与梁小姐谈话，也挨到这时候回去。自己身上觉得有点儿寒瑟瑟的时候，却也有些怨恨女人是不可沾染的。

一路这样思想着，到了家门口，却觉到全胡同里静悄悄的，地面上已铺有三四寸厚的雪。无主的野狗拖了尾巴由新雪上走过去，也发出那窣窣之声。在街灯一线光下，雾气腾腾的，犹如万只白蝴蝶在空中酣斗，自己站在屋檐下蹦跳取暖，一面敲门。很久，里面有抢着答应出来的妇人声音。"来了，来了，听见了。"随着一阵很急促的脚步声，由里面出来。玉峰听那声音，知道是他太太，把脚踢门，重声道："死人！我这样叫，都不听到吗？你真会享福，在家里烤火。我们当牛马的该死，回来了，要在风雪里罚站。外面多冷，让我叫这么久的门。"里面的人一面开门，一面答道："天气冷，大家都睡了。大嫂两个孩子又哭又闹，吵得我一点儿不听见。我等着门呢，可没有睡呀。"

门开了，玉峰并不理会他太太，径直向里面走去。到了屋子里，见白泥炉子口上罩了一块圆铁盖，正把炉子里的火给闷上。炉口边上放了一把铁壶，兀自热气腾腾的。在外面冻了许久，猛可地走到屋子里来，虽不是有铁炉子热气管的屋子，也觉得周身舒适。刚是把身上这件大衣向下扒着，便有人伸手接了过去，正是阮氏关了门以后，已经抢进屋子来了。她把大衣挂到墙壁衣钩上，接着把炉盖子上的铁盖剔开，这就把桌上的茶壶移到桌子角边，提起炉子上的水壶来冲茶，似乎这茶壶里面早已放好茶叶的了。桌上那盏煤油灯的灯焰，阮氏也加大地扭亮起来，将杯子斟了一杯茶放在桌边。玉峰对她看了一看，也不说什么，自坐下来，把桌子抽屉里的课卷摆在桌上来看。看了几本课卷之后，倒有点儿想抽烟。伸手到口袋里去掏摸一阵，取出手来，还是空的，自叹了一口气，也没说什么。阮氏在他身后低声道："在那左边抽屉里还有几支烟，是上个礼拜你扔在家里的，我给你留着。"玉峰打开抽屉来看果然还有一个烟盒子，里面有四五支烟，刚把烟卷拿到手，一只白手由身后伸来，一盒火柴放到面前。玉峰进得屋子来，在大门外等门的那一腔怨气并不曾消失，正想继续地发泄出来，可是老得不着机会，只好慢慢压制下去。

抽着烟，看了十几本卷子。在窗子外，田氏问道："老三回来了吗？"玉峰道："回来多时了，大嫂不知道吗？"阮氏道："大嫂，你进来坐坐。我这炉子里火还旺着呢。"田氏说了一句好吧，已是推门走进来。阮氏代关了门，赶紧搬一把椅子放在炉子边上。田氏坐下笑道："一个人怕冷，也不能怕冷到那种样子。"阮氏笑道："刚才我出去开门，外面好大的雪，真冷。"玉峰淡笑道："你也知道真冷。我们由前门那大远的路跑回来。"田氏道："老三，你这时候才回来？"玉峰道："我让一个朋友拖了去上馆子，说了一些闲话，耽搁不少工夫。我也到医院里去的，你刚走不多大一会儿。据大哥说，假使你没有工夫，明天就不必去看他了。他料着这病，也不是三天两天就好得了的。"田氏听到这话，望了煤炉子的火焰只管出神，很久叹了一口气道："这事怎么办？你大哥穷人害了富贵病。虽说那医院院长是熟人，可以不必给钱，但是老这样白住下去，也有点儿难为情。再说世态炎凉，人家能这样宽待，已是天大人情。再住些时，恐怕人家也会轰出来的。"

玉峰不看卷子了，也掉转身来向炉子烤着火，望着炉口上那铁壶里出热气，很沉吟了一会子，才道："轰呢，人家是不敢轰的。不过他会说病好了，或者是说在他医院不宜再住，那我们就不能不把病人接出来。"田氏道："可不就是这话。我想我明天也出去想点儿法子。"玉峰道："大嫂想什么法子？"田氏向他看着冷笑一声道："老兄弟，你也太看小了人，就以为我没有什么法子了吗？你不要以为女人都不如男人，女人比男人本事大的，那还多着呢，只是你没有看见过。玉峰，你说吧，你是个崇拜女人的，你还是个糟蹋女人的？"玉峰道："唉！过去的事说它干什么，只是惭愧。说起来也奇怪，咱们是六亲同连，一穷下来，连许多亲戚也都跟着穷下来了。"田氏道："你说到这里，又把我的话提起来了。我不是说要出去想法子吗？当然我也不会变钱，我还有几家亲戚，还可以过日子，我是好久不曾和他们通来往了，倒想去碰碰机会。也不想多，能活动个二三百块钱，家里有许多事，都可以调转得开了。"玉峰道："果然能活动二三百块出来，那就好了。大嫂有把握吗？"田氏胸一挺道："至少可以做五成指望。"玉峰兴奋起来了，把桌上的烟卷又燃着一根抽了，只管两手搓着，笑道："假使大嫂能有指望，那就快一点儿去。"

　　田氏皱了眉道："我是天天要到你大哥医院里去，又分不开身来。"玉峰道："大哥说了，你明天可以不去。"田氏道："我虽不去，总也要有一个人到医院里瞧瞧去才好。纵然病情不要紧，他在医院里躺着，可也真着急。你明天能去吗？"玉峰伸着两手在火炉口的高处反复着烘烤，大概总有五分钟之久，没有答复这句话。田氏道："你大概有什么约会，分不开身来吧？"玉峰道："有什么约会？纵然有约会，也不能成天地全和朋友谈话。明天我的钟点最多，而且到医院里去路又远，不能打一个照面就走。我去是能去，可不能先约定时候。我不过是这样地想着，一时没有答应出来，大嫂倒好像有些疑心吧？"田氏听说，却又淡笑了一声。她这一声淡笑是一种极微小的反驳，可又惹出一场是非来了。

94

第十一章

变　态

　　玉峰是有心病的人，大嫂忽然进房来说话，却有些疑心。加上田氏几次冷笑，他明白不能事出无因了。于是站了起来，两手插在西服裤袋里，只管来回地走着，脸上带一种很不自然的淡笑。田氏反不理他，却掉转脸来向阮氏谈话，因道："今天晚上比哪一晚上都冷。风经过雪阵里吹着，若是由门缝里送了进来，吹到了身上，更是难受得很。"阮氏道："大嫂屋子里的窗户也该补补了，那窗户眼里许多窟窿，怎么不吹风进去呢?"田氏叹了一口气道："不用提了。你那大哥简直是一尊佛爷，什么事也不管。别说是窗户眼里破了几个窟窿，就是土炕上陷下去一个大坑，他也不过问的。"阮氏道："那也难怪大哥。家里这些事，全都在他心上。"田氏道："你这人说话真有点儿前后不相顾，既是家里的事全都在他心上，为什么自己屋子里窗户纸破了，也不看见呢?"阮氏笑道："我是说家里的柴米油盐，什么都全得过问。"

　　玉峰停住了脚，突然地向她望着道："你也算个人，把话这样颠三倒四地说着。你不如装一个哑子，倒省得我生许多气。"阮氏说着话，脸上本带了笑容，经玉峰这样重重一喝，也红着脸把头低了下去，有话不能说了。田氏笑道："一个人要讨厌哪个人，怎么看着也是不顺眼的。"玉峰道："并非是我故意地说她，你听她是怎么说的。大哥对家里什么全管，可是眼面前窗户尽破了窟窿，他又可以不管。这种人这样不会说话，就好送到陈列所去陈列，当一种低能儿的模型，此外是什么也不能干。"玉峰越说越生气，嗓音也是跟着大了起来。他踱来踱去的，两只脚上的破皮鞋踏在地上嗗嗗作响，真是在他这脚跟上已把心事传。

田氏映着灯光，一看他脸上红红的，心里就想着，还有许多话，那就不必说了，便站起来笑道："别说了，说着闲话，倒引得生起真气来。明天的话，就是这样说了，请三兄弟到医院里去一趟。"玉峰道："大嫂既是为了筹款的事分不开身来，我就代表你去一趟。可是……"说到这里，点了两点头道："反正我去就是了。"田氏虽觉得他的话还是十分含糊，也不能十分逼迫他，要不然，他也会生疑心的。便笑道："你看你的卷子吧。我别尽在这里打搅你了。"说着，就向自己屋子里走去。

这时，屋子中间的那个白泥炉子，一点儿火焰也没有，只是炉口里面有几个红色的煤球，在浅灰面上，伸手在炉口上面试了一试，却是一点儿热气也没有。看看那张破旧的木架子床上，两床单薄的棉被遮盖两个脸上黄瘦的小孩子。桌上放的那盏煤油灯，恰是灯纽松了，把灯芯挫下去了，只剩着一点儿光焰。桌上一把旧瓷壶，配着两只茶杯子，在水迹里面歪斜地搁着。伸手一摸那茶壶，却是冰凉的。耳听窗户外面，已经是刮起了大风。唔唔之声过去，窗户上又瑟瑟作响，正是风雪阵阵地向纸窗上扑着。田氏在这个时候，也说不上心里如何会有那一种烦恼和凄凉的意味。两手抱在怀里，很出神了一会儿。那桌上灯头只管细小下去，也不去扭大。炉子里几个红煤球也缓缓地完全熄灭了，在炉子口上放的那把开水壶，正像人无精打采一样，没有了一点儿气息。田氏举目四下观看，墙壁上糊的这些白纸都透着陈旧变成焦黄的，好像对人说，这里是没有一丝一毫兴旺的气象。

田氏不观察这些却也罢了，观察过这些之后，心里便是加倍地难受。自己很发呆了一会儿，突然站起来，算是心里头有一点儿兴奋，这就在枕头底下摸出一把钥匙，将床头边堆叠的几只箱子搬了开来，将最下面一只箱子打开。虽然这里面全是些绸缎衣服，可是料子上织的花样全是很大的花头。褂子可以长到膝盖，裤子也可以短平膝盖，现在不能穿，也不能换钱了。田氏把这些衣服一件件地拿起，全捧在手上出神了一会儿，看过了之后，就把衣服放在床上。直等把衣服拣出了一大半，就在箱子里寻出一根白湖绉腰带，在腰带头上还补了一朵小小的海棠花。田氏把这腰带拿在手上，很是盘弄了一会儿，又把手托住那补花的所在，自己赏鉴了一会儿。箱子里现成的棉料纸取出两张，把这腰带包了。收好衣服，归好了箱子，一阵混乱，倒忙得身上出了一阵汗。又将那棉纸包放在手上，又对窗户上看看，似乎这窗户上构成了一个极乐国的幻象。她出神之后，竟是对着那地方嫣然一笑。究竟还是外面风雪声打破了她的幻想，这才把那个棉纸包放到枕头下面去，悄悄地上床睡觉了。

在这种风雪之夜里，除了寒冷，再不会有别的来搅乱人的睡眠。田氏偎着两个小孩睡到次晨，却做了一宿的梦。醒过来之后，仿佛自己还是在梦境里。两个孩子没醒，自己披衣坐在床头，很发了一会儿愣。待得自己有点儿打抖颤，这才发现了屋子里很冷。炉火在自己没有睡觉以前，已经是熄灭了，度过了这样一个雪夜，屋子里自然没有一点儿暖气。加之窗户纸上全是窟窿，那冷风不断地向里面吹，屋子里怎么会不冷。她咬着牙打了两个战，自言自语地道："起来吧，在床上熬着，熬得出什么来？还有人笼了火，向这里端了来吗？"于是穿衣下床，看到冰冷的白泥炉子放在屋子中间，用脚踢了两踢，冷笑一声道："这人家越来越穷，也是像这炉子一样。将来总有一天，会穷得连一口热气也没有的。我这样熬下去，熬到哪一天是出头年？"

她的话把床上的大孩子惊醒了，翻着身，用手揉揉眼睛，先叫了一声妈。田氏抢到床面前，将被头在孩子肩膀上按了两按，因道："别嚷，外面又下大雪，又下雹子，留神雹子飞进来，砸了你的脑袋。我笼着了火，你再起来吧。"孩子道："妈，我想爸爸，你带我瞧瞧爸爸去吧。"田氏听着这话，自不免怔了一怔，拍着被道："回头我就到医院里接你爸爸去，不到下午他就回来了。"孩子道："爸爸若不带吃的回来，你就带回来得了。"田氏道："孩子，你是做梦。"叹了一口气，自搬了炉子到屋檐下去笼火。

各房门都关得静悄悄的，只有洪妈拿了一柄短扫帚在厅檐下扫雪。她道："大奶奶早啊！"田氏道："不早怎么办？屋子里像冰窖一样，越睡越冷。不天亮我就冷醒了。回头两个孩子要起来，屋子里没有火又怕他们冻着，我只好早点儿起来。头三年，咱们已然是穷得支持不住了，在那个日子就该早早地打算，把家庭缩小起来。你瞧，到了现在，山穷水尽，才说分家，大家只有抱了两床破被服走，出去有什么法？现在都是这样拖着，以为拖一天是一天。我想这不是办法。"洪妈道："分了家，大家全担起了担子，也许可以撑起苦日子来过。只是大爷是一家之主，总得等他出了医院再说。"田氏已用木炭引着炉子里的火，将洋铁簸箕搬着屋角里的煤球向炉子里倒。听了这话，将洋铁簸箕向地上一扔，跌得呛啷一声响，冷笑道："你以为他出了医院就有办法了吗？他要是有办法，还不会得着疯病躺到医院里去呢。"这一声响算是把北屋子里睡着的邓老太惊醒，问道："洪妈，你又把什么砸了？"洪妈道："什么也没砸，大奶奶谈着话发起牢骚来了，把洋铁簸箕摔在地上。那也真难怪她，这日子过得是真烦人。"邓老太也没说什么，隔着屋子叹了一口气。

　　田氏拍拍身上的灰，就缓缓地走到老太太屋子里去，苦笑着道："妈，你相信我发牢骚吗？"邓老太头靠在枕上，望了她道："玉山不是说你今天不用去吗？外面还下着雪吧？"田氏道："下着呢。出门就坐车子。"邓老太道："你去也好。我心里总是放不下。若是天晴，我也要去。可是他们就说了，从前老爷子在，我是一位夫人，出门去是多么轰轰烈烈，现在坐一辆洋车，那种寒酸的样子走去就让人家笑咱们。"田氏道："医院里呢，我是要去一趟。可是这样大雪寒天，什么全涨钱，我们不得不想法子。有个地方是我娘家一家近亲，他们手边很活动，我想去和他们借几十块钱。一来贴补贴补家用，二来医院里也得多少耗点儿钱。医院里我先不去，让老三先跑一趟，他也答应了。"邓老太躺在枕上，点了两点头，便道："那也好。这个家到了现在，全望大家出点儿力来撑着，谁能想办法，谁就想办法。两个孩子全交给我得了。"田氏见婆婆的表示很好，便带了一点儿笑容，因道："虽然不见得这一走出去就可以弄到钱，但是先走通一条路子，也不算坏。"

邓老太提到了家事就不能安然地躺着了，坐起来在床栏杆上摸了衣裳披着。因道："不呀，能够想一点儿法子的话，你还是去想一点儿法子吧。"田氏的心里，似乎藏着一种不可说出的冷笑，只把头低着，垂下了眼皮，背靠了桌子站定。邓老太道："这几天你来来往往，车钱大概也花得不少，你身上还有钱吗?"田氏道："不要钱，我身上还够花的。"邓老太披衣下床，战战兢兢地站着，将一个食指微弯着指了田氏道："我告诉你吧。有道是患难夫妻。什么叫患难夫妻? 就是要到了有患难的时候，才可以看得出来。你们两口子，平常也是打架拌嘴的。可是一天有了什么事这就着急起来了，可也见得你两口子感情不错。"田氏微笑着，对婆婆看看。邓老太道："只要你们都和和气气，家境虽穷一点儿，那也没有关系。"

田氏听了老太太这一番夸赞的话，真不知道要说什么是好。倒是她两个孩子和她解了围，在屋子里大声哭嚷着要妈。田氏回到屋子里去，把孩子哄逗了一会儿，倒有两三次看炉子里火着了没有。后来也许是她不能等了，这就把那半明半暗的炉火端到屋子里去，匆匆地给孩子们穿上了衣服，脸也来不及和他们洗，就牵着送到老太太屋子里来。对孩子们道："我去接你爸爸回来，你们好好儿地在奶奶屋子里待着。"口里说着，自己退出来，还替老太太反带上了房门。

不过她自己却是没有忘了洗脸的，到厨房里舀了一盆水到屋子里去先用香胰子擦过。然后把那不大用的梳妆盒子打开，将一块干毛巾先把镜子擦抹得干净，接着把头发梳得溜光，浓浓地挑了一撮雪花膏在手心里，对了镜子向脸上敷抹着。但敷抹之后，向镜里影子看去，却又过于白，白得像墙上涂的石灰一样。自己倒呆了一呆，心想，虽然隔了这么些年不曾涂抹脂粉，可是自己脸上受粉那是知道的，绝不能一擦粉闹得这样难看。于是拿了一条绸手绢，轻轻地在脸上拂拭着。虽然把过于浓厚的粉慢慢地全擦得匀净了，但是在两腮上已是没有了一些血色。一个不相识的人看到，那还疑心自己是抽鸦片烟的呢。为了减除别人的疑心，还是在腮上抹些胭脂吧。扯开了梳妆匣的小抽屉，摸出一块胭脂膏来。然而为了多时不曾用过，这膏子上的红色牢结着，倒不容易落下。田氏便送到嘴边，连连地呵上几口气。当她在呵气的时候，眼对着镜子里看去，一个二十多岁的妇人，脸上还不免带了许多细细的皱纹，一双黄杏子一般大的圆眼睛正睁着看人。手上拿了一块胭脂膏，待向脸上擦去，这却让自己怔了一怔，这不是自己的影子吗？不想在劳苦中过了两年，把人却是累成这个样子了。这么大岁数，还要擦胭脂。心里这样犹豫着，人就把身子向后闪去。

　　在她这样离得镜子远一点儿的时候，不会看到自己脸上那些细微的脸纹，雪花膏在脸上也不是那样白，加之头上的长发梳理得很是细致，也就衬托得自己年轻好看了。心里本已转着念头，这样大岁数的人还要擦胭脂，未免成了老妖怪，现在离得镜子远一点儿，觉得自己的脸子还是不错。若涂上一些胭脂，更会长些风韵，为什么不擦呢。这样想着，不管老妖怪不老妖怪，还是将胭脂在脸上涂抹起来。抹过胭脂之后，自己向镜子里看看，也觉得脸皮鲜艳夺目。于是索性在抽屉翻找一阵，寻出一管短短的眉笔，把眉毛描模了一会儿。以前看到一些摩登女郎，把天然的眉毛用镊子镊去，然后用铅笔来画，便觉得她们过于爱好。现在临到自己画起眉毛来，这才感觉到天然的眉毛，弯得既不是那么合适，而且那上下边沿也不整齐。尤其是眉毛角，并不能过眼角，短促得没有风致。现在虽然在眉角上添长了几分，但是和那原来的眉毛究不能浓淡合一。自然，一个人要爱美，就索性打扮得美一点儿，这倒是镊了眉毛的好。想着心事，自己是把眉毛画而又画。究竟是脸子要修饰，这样一来，远远在镜子里照着，至少是年轻十几岁了。回转身来，要取床上搭的那条毛绳围巾，却看到自己笼的这一炉子火，红焰熊熊的，抽出来几寸高。平常有这样的好火，那真舍不得出屋子，现在可不管了，带着门就向外走。偶然想到一件事，又把身子缩转回来，却把搭在肩的围巾高高拥起，把那三分之一的脸子也全部遮盖起来了。走到重门边，才轻轻地向北屋子里打声招呼，叫一声"妈，我走了"。

只"我走了"这三个字，也就远走到大门外来了。刚好有辆人力车子在门口经过，招招手把车夫叫过来，也不说地名，也不讲价钱，就坐上车去。直等车子拉出了巷口，才告诉他是到东安市场去。车夫心里想着，拉到了，总可以多讹你两个，飞快跑着，已在肚子里预备好了几句话来说。可是拖到了市场门口，早有一个男子笑盈盈地迎上来，问道："多少车钱？"车夫道："没讲价钱，我卖多大力气，您瞧跑我这样一身汗。"那人很大方地在身上掏出两张毛票来交给他。这较之他所要讹的车钱，已经是超过一倍了。当时也就说了一声谢谢，笑着拖车走了。

这样慷慨代田氏出钱的人，当然只有田得胜。田氏放下围巾来，现出脸子来，田得胜便是一惊，立刻笑着点头道："我算您还有一会子来，先在街上溜达溜达等着，不想您是按着时候到了。"田氏在涂了胭脂的脸上似乎更加了一层红晕，眼皮跟着垂下来，带了微笑道："我想着，这样大冷的天，让您在街上受冻，我心里也透着过不去。"田得胜笑道："那没什么。我们这项差事，有名儿的是街上英雄。在街上溜溜两三个钟头，那真不算一回事。您也没穿一件大衣、披一件斗篷来，仔细着了凉，咱们赶快找个地方坐着吃点儿东西，暖和暖和吧。"田氏到了这里来，自然也不推诿，就一同到市场里去了。在北平的东安市场里，是吃喝取乐的地方，什么全有的。所以田氏自上午十一时进市场去，直到下午三时才出来。出来还不是回家，同着田得胜一路到电影院看电影去。

自从世界上有了电影院，对于男女之间的交际，那是不知道便利几千百倍。田氏可以和朋友来看电影，比田氏还要交际活跃的，当然在这里可以常见。当她在影院里看电影的时候，是坦然地享乐，可是在散场的时候，却有一件意外的事让她大吃一惊，便是夫弟玉峰正由楼上盘着梯子下来，在他手臂子上正挽着一位年轻貌美的女人。由楼下仰着脸看楼上，那是非常之清楚的，他笑嘻嘻地正和那个女人说话呢。田氏心里大喊侥幸，轻轻地哟了一声，把身边的田得胜向前一推。这电影散场的时候，看客正像瀑布一般由门里挤出来。她身子一缩，别人已是挤上了前。她微微蹲了身子，只在人群里偷眼向前面看去。玉峰扶了那女人下楼，随着人浪一挤，已是很快地涌到街心上去。

田得胜不见了田氏，正在四处找寻。田氏跑到他身边，一扯他的衣襟，低声道："我老三来了。"田得胜听了这话，猛可地一怔，低声问道："他在哪儿？"田氏牵牵他衣襟，走到人稀松一些的地方，低声道："时候不早，我该回家去了。"田得胜向身后回转头看看，问道："明天你还出来吗？"田氏微笑着点了两点头。这时，出影院的人已经纷纷地散开了，田氏见着已不为人丛所掩饰，就抢走到街心，雇了一辆人力车子，直奔回家去。为了自己是由电影院里出来的，不便让车夫乱嚷，在衣袋里掏出一张毛票递给车夫道："嘿，钱给你了，别麻烦了。"说毕扭转身子进家去。

自己不明是何缘故，觉得应当对婆婆格外客气些，于是直奔到邓老太屋子里来。见她搬了一张藤椅子，靠了火炉子躺下。炉子边上摆了一张方凳子，两个孩子围了方凳子在吃蚕豆。邓老太看到，就先坐起来了，笑道："外面天气很冷吧？今天可把你冷着了。"田氏放下身上披的围巾，坐在床沿上，先叹了一口气。邓老太道："借钱大概是不容易吧？现在是这种炎凉时代，咱们在这种想吃想穿的日子向人家借钱，当然是碰钉子，借得着钱，那不过例外罢了。"田氏见一个孩子跑到了身边，就用手摸摸孩子的头道："也不是人家完全拒绝了。人家说，法子也可以想一点儿，可是信用借款那儿办不到，随便要我们拿一点儿抵押品出来。我自己心里暗想着，咱们家哪有什么可以拿出来做抵押的，只好含糊地答应了。您说，这不让人听着难受吗？"邓老太还不曾答言呢，玉林却在走廊上嚷了进来道："是大嫂由真光电影院坐车子回来吗？车夫在大门口直嚷车钱给得不够。"田氏不由红了脸道："他胡说，我自个儿和他说去。"

她说着这话，转身直奔大门口去。见那车夫昂着脖子道："喂！

102

坐车来的那位，还不给车钱吗？"田氏直抢到他面前，睁了眼低声喝道："给了你一毛钱，叫你别嚷，你偏偏要嚷出来，这不是成心吗？"车夫板着脸道："你不打价，就坐上我们的车子，我以为你一定可以多给钱，所以拼命地跑。到了这儿，你才给我一毛钱。平常我们也不止拉这一毛钱吧？你得补我几个，要不补我，那可不行。"他说着这话，两手直伸到田氏面前来。田氏也只管大嚷着，说他简直胡闹。恰好一辆车子拖着玉峰回跑过来。他跳下车，也跑到那车夫面前问道："你怎么了，想讹人吗？"那车夫见玉峰气势汹汹地跑到面前，就弯了腰微笑道："不是我讹人。这位太太由真光电影院坐上我的车子回来也没讲价，到了这里，她才给我一毛钱。"玉峰听了这话，倒迟钝了一下，望着田氏。田氏把脸向下一沉，向车夫道："你嚷什么？真光电影院是去不得的地方吗？我怕你嚷，你一嚷，我就给你一块钱。你说是不是？"玉峰脸上红了，立刻在身上掏出一张毛票补给那车夫。自己坐的这车子，一样地给了价钱。田氏笑道："老三，你没到医院里去瞧你大哥吧？"玉峰道："我以为大嫂会去的。"田氏鼻子耸着一哼道："我要知道你是上真光瞧电影不得闲儿，那我自然会去了。"玉峰笑道："大嫂是陪着令亲看电影去了吧？"田氏将头一歪道："不，我是陪一个男朋友去的。这年头，社交公开，同朋友去瞧一次电影，这很不算什么的。我瞒着人干什么？"玉峰笑道："大嫂，您有点儿误会。我……"取下帽子，向她一点头道："见着老太请您别提。休息一会子，我立刻就到医院瞧大哥去。"田氏咬着嘴唇皮，向他点点头道："你要知道，你大嫂子向来是不好欺侮的。"玉峰不敢多说什么，已是随着说话走进大门去。

田氏在门外凝神了一会儿，自己又点着头，好像有一种省悟似的，依然从容地走回邓老太屋子里来，见玉林也在这里，笑道："今天真光映的是爱情片子，情节和表情都很不错。老四明天瞧瞧去。"玉林两手插在衣插袋，靠了桌子站着，笑道："我没钱找乐子，也没有心找乐子。"田氏耸着肩膀淡淡地笑道："你这个老实人也会损人，你那话音分明是笑我有心找乐子、有钱找乐子了。"她这说话的时候，也站着离那炉子不远，邓老太可就看到她的脸腮上还浅浅地带着两团胭脂晕。老人家的嗅觉不是很锐敏，虽离她有几尺路，还暗暗地闻到她身上一种香气细细地传来，便问道："你在令亲家里喝过了酒吗？"田氏道："没有呀。"接着伸手摸了脸道："哦！您说我这脸上怎么有红色，这不是喝醉了，这是我抹的胭脂。"她说这句话的时候，嗓子还是很高，并不怕人听到。问话的婆婆只有向她望着，反是不便追问了。

第十二章

死亡线上

　　邓老太向来持家宽厚，虽然儿子女婿有时将言语顶撞着，只认为是一时的糊涂气愤，向来不加责骂。但今天田氏这种态度，却有些出乎寻常，所以手上捧了水烟袋，不住地吸着，瞪了两眼向她看去。田氏明知道婆婆在打量她，索性抬起右手，摸摸后脑的垂发，理理前面的乌鬓，脸上还带了微笑。邓老太吸了一袋烟，用口长气呼出，带着烟道："玉山是我的儿子，是你的丈夫。论起人生一世，你们的关系应该比我还深些。你以为没有什么碍事，放得下心来，我做娘的又有什么放不下心来？"田氏道："你老人家只知其一，不知其二。玉山害了病，我自然要放在心上。我不说那假仁假义的话，为了家里没有吃喝着急，但是，我自己同这两个孩子没有饭吃，我总应当放在心上。我擦胭脂抹粉，一不是出风头，二不是陪男朋友出去开心，无非敷衍敷衍有钱的主儿，好借几个钱度命。当年咱们家有钱的日子，大概也有人这样巴结咱们过。怎么着？到了自己做出来，您才知道不顺眼吗？哼！这是报应。"邓老太不想她不服软，而且还是这样放了爆竹似的，说个不休不了。自己只有吸着水烟袋，呼噜呼噜地响着，正了颜色，让她把话说完。

　　玉林看到母亲的脸色带些苍白，头是微微地摇撼着。那两鬓斑白的头发，有几十根随了飘摇起来，想是母亲气很了。就两手举起来同摇着笑道："大嫂，家里人坐在一处说闲话，您干吗生起气来呢？得了得了！"田氏道："你不知道，我这人不能受委屈，谁要委屈了我，那我就同他拼了。"邓老太对于这话，也没有加以可否，只是抽她的水烟。两个孩子一天没有见着母亲，这时母亲回来了，就都挨着母亲，只在衣襟边打着旋转。田氏这算有了题目，就在大孩子肩上拍了两下空巴掌道："我十天不回来，你也过去了，就老是在我身边转来转去，讨厌死人，去睡吧。"于是一手扯着一个小孩，出了邓老太的屋子。

这屋子里立刻显着寂寞了，老太放下水烟袋，笼了袖子坐着，玉林却靠了椅子背，两手伸在破旧的大衣袋里。他穿的是麻布棉袍，外面可罩了西服大衣。大衣上共有六个扣子，这可只剩下层并排两个，也许那是因为这两个扣子始终不加扣搭，所以也就保存着原样了。邓老太因为是无聊的缘故，对他身上打量着消遣，现在看到他衣服这样不整齐，便皱了眉道："你那两只手，还要插到袋里去呢。你自己看看，那两个口袋全拉成两条长口子，口袋外面都掉下一块布片来了。"玉林笑道："这个您不能怪我。孟贤不回来，我自己又不会拿针线，难道让我找点儿糨糊，胡乱搨起来不成。"邓老太道："虽然自己不能动手，家里这么些个嫂嫂，请谁连上两针，大概人家也不好推辞的吧？"玉林微笑道："我纵然脸厚，也不能那样不害臊。自己的女人老不在家，破了衣服请嫂嫂去缝补。"邓老太把头一偏道："你不要说这种好听的话了。你真争气的，你女人老不回来，你为什么不争一口气把她找了回来呢？"玉林道："这一层何须您说，我早也就明白了。这没有难处，只要我弄到一个百十元的差事，什么问题都解决了。我若找不着饭碗，我就说是天下第一个才子，那也白费劲。"

正说到这里，外面就有人插言道："老四发牢骚啦。"玉林叫了一声二嫂，老太是更把脸沉着，似乎她已知道这二少奶奶黄氏来了就不怀好意的。黄氏在外面道："你干吗发这种牢骚？学着你二哥，有事没事，在大酒缸一待，每日回来，总是醉个人事不知。别说女人不回家，他在所不问，就是女人当他的面跟人跑了，他也满不理会。"随着这话，她已是走进房来了。身上披了一件老羊皮袍子，敞了胸襟，并没有扣上纽扣，露出里面半旧的大红湖绉对襟夹袄。下身穿了黑绸棉裤，拦腰扎着绿色宽丝带，在腰下垂了一大截穗子。

邓老太斜了眼睛看她，倒没有说什么。玉林笑道："二嫂这一种装束，倒好像是戏台上的打武英雄。"

黄氏笑道："老实说，我要是一个男人，那真不含糊，准能够做一番事业出来，做了女人，这就差远了劲。这个世界是重男轻女的世界，有什么事全给男人干，不给女人干。我虽是个英雄，独木不成林，也不能把世界上的习惯扭转过来。"说着话，将邓老太面前一只大些的茶杯子拿了过去，提起炉子上的开水壶，站在炉子边，就斟一杯喝着。水虽然是开沸的，她将杯子送到嘴边，喝得撕唉撕唉地响，而且另一只手的水壶并不放下，预备着再斟。

玉林笑道："二嫂什么事这样忙，反正睡觉了，您是连喝茶的工夫全没有。"黄氏道："实对你说，到现在，你二哥还没回来，又不知道在什么地方喝醉了。我到大酒缸找找他去。"玉林道："这可来不得。别说大酒缸那地方，人多嘴杂，什么人都有，什么话全说得出来，你一位女太太，在这样深夜的时候，跑到那种地方去，也会受巡警的干涉。"黄氏道："怎么着！开了大酒缸的地方，就不许人走路吗？"玉林笑道："不是那样说。瞧您脸上，现在就是要生气的样子，您到那儿去……"说着把话音拖长了，就微笑了一笑。黄氏道："在家里，我自然短不了和他拌嘴，到了外面，我还能和在家里一样同他闹吗？我要不是自己去找他，恐怕他不会很干脆地回来。"玉林道："要不，我同二嫂一块儿去找他吧，外面天气还是真冷。"邓老太太道："难道你一个人就不能去找你二哥一趟吗？为什么还要拖了二嫂去！"玉林道："二哥就是会对我发狠。他若是喝醉了酒，那狠劲更厉害，我没法儿和他说话。若是二嫂去了，只要在我身后一站，他就不用说一个字，自然会跟了我们走。"邓老太把脸板住，没说什么。黄氏可冷笑着道："你瞧怎么样？还是非我去不可吧？老四替我做个伴儿也好，胡同里漆漆黑的，我也有些害怕。"她这样说着，竟是扯了玉林一只衣袖，就向外面走去。

邓老太也不说什么，板了脸，呆坐一边，只是等着。屋子外还有那呼呼的寒风声在寒空里鼓动，屋子里却是寂寞得一点儿声息没有，放在小书桌上的一架旧八音钟，平常全成了一块破铜，到了现在却是唧嘎唧嘎作响。邓老太心里想着，不要看现在屋子里是这样的寂寞，可是一会子那两位冤家来了，一定是由大门口打进屋子里来。自己捧了水烟袋在怀里，侧了身子向外边听着。约莫是二十分钟吧，却听到玉林道："到了到了……别忙停下……二嫂，你扶着，我进去叫老三老五出来。"在这样严寒的深夜里，虽然隔了大院子，每句话都听得很仔细。这不解是何缘故，邓老太的心房却扑通扑通地乱跳。虽然还捧住烟袋连连地吸了两袋烟，但是继续地听到玉林跑进屋子来，那杂乱的步履声早就给人一种慌乱的印象。玉林这就叫道："老三老五快出来吧。老二酒醉得太厉害，人事不知了。"邓老太啊哟了一声，捧了水烟袋，向外面就跑。可是两只脚犹如弹琵琶一般，由下直抖颤到上身来。自己也站立不住，只好靠了墙，连连地问着："怎么了？怎么了？"所幸阮氏并没有跟出大门去，抢着过来，将邓老太搀着道："您别害怕，二哥不过是喝醉了。"邓老太道："大概是不好吧？怎么会……他没有这样醉过呀？"

说着这话时，玉峰玉波抬着一把藤椅子，玉林同黄氏在两边夹了走，仿佛蚂蚁抬苍蝇一般，直着走走，又横着走走。抬到了玉龙的房门口，藤椅子就停下了。邓老太道："怎么回事，人……人……人不行了吗？"说着，人就向前奔了去，只觉周身骨节全软弱下来，两腿连连地向下蹲了好几次。阮氏夹住她一只手臂，继续地劝道："没什么，您别害怕。"邓老太那里差不多是跌了向前直扑到藤椅子面前。在纸窗里面透出来的那煤油灯光，隐约地看到玉龙直挺挺地躺着，两手放在身边，腿也垂了下来，不会举动。邓老太弯了腰向玉龙脸上看去，这才发现了手上捧着水烟袋，东塞西塞，不知交给谁好，只得扔在地上。两手撑住椅子的扶手，把头直伸到玉龙脸上来，且不必看清他的脸色如何，早是那酒气向脸上直喷，不由得人要作恶心。摇着他的身体，连叫了玉龙几声，他并不会答应。黄氏横了身体，由门里挤出来，招着手道："我已经把床铺叠好了，快把他抬进去吧，怎么好？这不是坑人吗？"说着，两脚在地上连连地跳了几下。玉峰玉波把玉龙抱起，就带拥带拖，把他捧进屋里。

邓老太抖着道："这孩子这样不争气，没事尽喝酒，醉得这样，醉死了好，醉死了好。"说着这话，已由房门外跨了进来，突然把话顿住。只见玉龙两脚垂在床沿下来，横躺在床上，脸上红中变紫，紫里更变成灰色，两眼紧闭，嘴唇皮呼着气噗啸噗啸作响。口角上像螃蟹吐沫似的，流出两撮白涎来。邓老太道："这这这不是醉了吧？怎么会是这种形象？"玉林道："这个酒铺的掌柜可恶得很。他见老二醉着躺下了，也不给咱们家送个信来，就拼了三张方凳子，让他躺着，也是喝酒的人看着情形不好，去报告了警察。我们去的时候，警察还直嚷要送到医院里去呢。"邓老太道："是呀……这是病呀。玉龙，你听见我叫你吗？"邓老太说着，犹如对着石头人说话，一点儿回响没有。黄氏道："没用了，没用了。完了。"她说着这话，眼角上也挂下两粒泪珠，嗓子哽起来。躺在床上的人一丝也不知道移动，就是这样直挺挺地睡着。邓老太道："这不见得是醉了吧？醉了的人，不会这样睡得人事不知的，别是……"

玉峰掏起玉龙的一只手来看看，又伸手在他的鼻子边摸摸，只觉他鼻子里所呼出来的气一阵继续着一阵，和平常人差不多，并没有什么异样的现象。不过自把他抬进屋子以后，满屋子全是酒气弥漫着，却让人闻着有些作恶心。便摆了两只手道："这不要紧，完全是酒醉了。依着我，买点儿水果，榨出汁水，由他嘴里灌下去，准可以把他救醒。万一不然，找点儿生萝卜榨出水来送下去也可以。"邓老太踌躇了一会子，因点着头道："那也好，就是那么办。我这儿……"说着，伸手到衣袋里摸索了一阵。

黄氏道："我这儿拿钱去买水果吧。"她把床底下一只藤篓子拖了出来，揭开盖子，里面全是些旧衣服同破烂布片。她对于篓子里这些东西，似乎认识得非常清楚。看到一个口袋式的布袜子，顺手掏了出来，袜子头上还是把红线绳捆着的。解开红线绳，伸手到里面去掏摸着，摸出一卷大小钱票子，两手推挪地检点着。约莫费了十分钟的工夫，找出了两张毛票，又揉揉眼睛，重看了一遍，这才向在场的三位兄弟道："你们三位，哪个替我到胡同口上去跑一趟，买一点儿水果来。"

玉峰的眼睛最是厉害，早就看清楚了她手上所拿的票子差不多有七八块之多。那袜子筒里沉甸甸的，似乎还有一些洋钱和铜子。由此，就联想着下去，家里有好几回掀不起锅盖来，做女工的洪妈是垫过了无数次的伙食费，她宁可饿着肚皮，也不拿钱出来帮一帮忙。现在事到临头，钱也就出来了。因之只是看着，并不说什么。玉波并没有接那毛票，掉转身就走出门去。黄氏可就低低的声音叫道："老五，你不把钱带了去吗？"玉波只答应了一句"有钱"，人已是走出院子。黄氏听到大门轰咚一下响，便高声叫道："老五，你怎么不带钱去，还要你掏腰包吗？"可是她只管干嚷着，已经没有一点儿回响了。

阮氏看到邓老太呆呆地站在屋子中间，立刻搬了一张方凳子来，塞在她身后，扯扯她的衣服，低声笑道："妈，你先坐下吧。喝醉了酒，不要紧的。"玉峰正是向床上的病人看着的。听了这话，却回转身来向阮氏瞪了一眼道："这件事，那件事，你全知道。你当过大夫，知道这是喝醉了酒，不是害病？假如是病，你负得起这个责任吗？"阮氏本来低头听着，不肯回话。因为末了一句话，言语太重，便道："这也不是我所说的话，你不也说……"玉峰大声喝道："我说？我说什么？你比得了我？"邓老太叹气道："现在床上还躺着病人呢，你两人又吵起来。"玉峰道："你看什么事情不懂，什么事情她也要插嘴说上两句，这实在是可恶得很。"邓老太本来是要坐下去的了，因为他两口子这样一争吵，复又站了起来。阮氏低着头，只抬了眼皮看看，就不作声了。

黄氏算是努力做事了，将脸盆拿出去舀了一盆脸水，搓着手巾，替玉龙擦脸。又替他解开衣服的纽扣，把那件皮袍给脱下来。他那皮袍子口袋里包鼓鼓的，倒是装了不少的东西，黄氏正要伸手去掏摸着，玉波已是提着两只纸口袋，跑进屋子里来了。邓老太道："跑得这样快，你看，上气不接下气地还喘着气呢。"他也不理会母亲的

110

话，在脸盆里洗过了手，剥了两个橘子，就用手榨挤出汁水来，向茶杯里滴着。看看只有半小杯子，又剥了一个继续向杯子里榨挤着，因对黄氏道："二嫂，你捧着二哥的头，我来灌。"说着，跳跑了出去，又取了一双筷子在手跳进来。右手拿了筷子，伸到玉龙口里去，将他的牙齿撬开，左手便把这杯橘子水倒了下去。眼看到病人咽下去了，接着又把纸口袋里的橘子榨挤了大半杯水，向玉龙嘴里倒去。

他这样地忙碌着，当然全家的心思都放在病人身上，并没有人想到病人身上以外的事。直忙过了两小时以后，病人还是那样躺着，大家就坐在玉龙屋子里闲谈，看看可有什么变化，不想他是越睡越沉着，连鼻子里的呼吸也短促起来了。邓老太坐在床对面一张方凳子上，手里捧了水烟袋，眼睛只是望了床上的人出神。她摇摇头道："这不像是光吃醉了酒的样子，你们找找他身上看，有什么东西没有？"玉林坐在床沿上的，他手就在短夹袄口袋里摸索着，除了一只空纸烟盒、几根火柴棍而外，并没有别的东西。黄氏站在床面前，她忽然想起一事件来，因道："别忙，他那皮袍子口袋里东西不少，也许那里有什么吧。大家掏掏看吧。"玉峰正站在挂衣服的钩子边，立刻伸手到衣袋里掏摸着去，随手拿出来的，却是两份小报、一个信封。报纸上用黑墨笔画了好几行圈圈，乃是圈点了两段新闻。再看那封信，信封上写着"留呈母亲大人台启"。再拆开内容，一张信纸上写着：

母亲大人台鉴：

儿不孝，不能成家立业，奉养母亲，实在惭愧！自去年起，儿就立志学好，努力找事。不想事与愿违，总无出路，眼见家庭逐日崩溃，兄弟数人并无挽救之法，心中尤感不快。上次五弟找有电车公司卖票，及自来水公司收账数项职务，儿本拟埋头苦干，随就一职。不料家中多数人，为体面关系均不赞成。儿若勉强迁就，势必引起家中绝大波澜，只得罢休。最近数日，只是以酒解闷，便是酒账也欠得不能再欠。而大哥卧病医院，又毫无起色，越发添上一番烦恼。又想儿妻贤贞正在中年，如此下去，亦无出头之日。儿害己害人，何必活于人世？因此下了极大的决心，在酒里下了一点儿药末，了结此生。一来免得将来乞讨街头，为父母丢脸。二来也放一条生路让贤贞去走。这是儿无出息，做出万不得已之事，请母亲怜悯可也。当母亲知道这信上言语之时，儿已赴西天去矣。别矣吾母！可怜可怜。诸弟望各努力，并望长兄早日恢复健康。

年月日不孝儿玉龙叩首

　　玉峰手里捧了那张三十二行的长信纸，看一行，抖一行，越看越抖，抖得全身上下像铜丝扭的人一样，没有一寸一分是停止的。他的脸色由苍白变作青色。邓老太道："怎么了？怎么了？他吃了什么了？"玉峰跳脚道："家门不幸，怎么专出这事，他……他……他服毒了！怎么办？"黄氏听着这话，早是哇的一声，向前一伏，两手抱住玉龙的身体连摇撼带叫地道："玉龙！玉龙！你吃了什么了？你说呀！你说呀！"邓老太只叫一声"我的儿"，抖颤着坐在椅子上，已是靠住椅子背，挺不起腰来。玉波道："既然如此，什么话也不用说了，赶快叫了汽车来，把他送进医院。"黄氏那个盛钱的白布袜子，急忙中塞在枕头底下，还不曾收好的，这时就赶紧抽了出来，交给玉波道："这里有钱，你拿去雇车吧。老五，你是个热心人，救你嫂子一把。"说着这话，突然地对着玉波跪了下去，两行眼泪直流下来。玉波扯起她来，直叫别这样。黄氏回转身来，又向玉峰玉林跪了下去，哽咽着道："两位老弟台！"玉林玉峰一手牵着一只手胳臂，让她站起来道："我们是亲手足，还有个见死不救的吗？"黄氏道："你哥儿仨快点儿去吧。"说时，皱着眉毛，还顿了两下脚。

　　玉波捏了那袜子筒的口，扭身就向外跑。剩下屋子里几个人，全都怔怔地向床上病人望着。阮氏始终站在邓老太身边的，比较地

112

心里清楚些，这就向玉峰道："你瞧瞧妈吧，妈这是怎么了？"一句话提醒了大家，都向邓老太来看着，见她歪斜了身子向后靠着，两目紧闭，鼻子里的气一呼一吸，全窸窣有声。玉峰牵起她一只手紧紧地握着，只觉五个手指尖一齐冰凉。于是两只手握了邓老太十个指头，连连地摇撼了几下，对着脸上喊了好几声妈。邓老太哼了一声微微地睁开眼睛来，向玉峰看着。玉峰向玉波招招手道："送一杯热茶，让妈润润嗓子。"玉林把炉子上的开水斟了一瓷杯，两手捧着，送到邓老太嘴唇边。邓老太微低了头，抿住嘴唇慢慢地呷了两口。一抬眼皮，看到玉龙还是那样横躺在床上的，便问道："你二哥醒过没有？"玉峰道："大概不要紧吧？"黄氏道："我们门口去看了两回了，怎么汽车还没有来？"说着，人又跑了出去。玉峰道："二嫂，你别跑得那样快，地面上滑，仔细摔……"话不曾交代完毕，只听得倒墙壁似的哗咃一下响。玉林道："二嫂子摔了。"赶紧也跑到外面院子里看去。只见雪地里四肢伸张，趴着一个人。手脚伸缩了几下，站不起来。玉林向雪地里跳着，正要去搀扶黄氏，不想成了一个溜冰的姿势，两脚直伸过去，屁股向下一坐，震得心肝五脏都跳出来了，昏晕得分不出周围上下来。

黄氏身边有了一个人，倒是有了救星了，抓着玉林的衣服，就趴到了肩上，两个人滚了一阵子，滚到屋檐下面，才扶走廊上的柱子站了起来，颇有要走之势。立刻大门外，有了汽车喇叭声。心里一阵欢喜，正待走着，邓老太在屋子里却哇的一声哭出来。黄氏听了，又转向屋子里跑去。这一刹那，她倒成了热锅上的蚂蚁，不知怎么是好了。在黄氏这样两头不知所可的时候，玉峰也跳了出来，拖住黄氏一只手向里面拉去，口里还道："二嫂，你进来瞧瞧，二哥……大概是不行……"他两句话两番顿住，自己的嗓子也哽咽住了。

黄氏跌撞到屋子里来的时候，只见玉龙直挺挺地躺着，周身上下全不会动，嗓子眼里唏呼有声，那胸前高低起伏不定，呼吸急促得很厉害。只看桌上那盏煤油灯芯，光焰越挫越暗，挫下来只剩一些昏暗的光，那是象征着这屋子里的主人翁已经在死亡线上了。在屋子里第一个伤心的是这位邓老太，倒在椅子上，头仰了天，闭着眼睛流泪，只会说："我的儿。"黄氏伏在床沿，坐在地上，抱住玉龙的一条腿号啕大哭，三位男兄弟全是泪如泉涌。汽车夫本是同玉波进来抬病人的，看到这种情形，也不必要人招呼，悄悄地走了。田氏先前曾到屋子门口来张望一次，这时听到这边哭声大起，一手牵着一个孩子走了进来，垂着泪，按住小孩子的肩膀道："跪下吧，送你们二叔归天。"只这一句话，引得全屋子里哭着稍歇的声音又突然地起了一度高潮。屋子上的积雪，在这一阵子度着寒冷的阴天，始终不曾消化。这时，一钩残月淡黄地在屋角上斜照着，仿佛在寒空里面更增加了一种阴森的气氛，邓家人在院子里来往，都感到一种凄惨不禁的意味。洪妈哭着进进出出，要到老太太屋子里取东西。一脚踏进门，只见一只大耗子由桌子上一跳，跳起来两三尺高，吓得她把手上捧着一盏油灯哗啦一声打碎在地。

第十三章

惨　别

　　邓家凄惨恐怖的景象，到此为止，是不用再提了。大家在哭泣中度过了一夜，到了次日，由邓老太起，直到玉波为止，尽其所有的力量，把玉龙草草收殓起来。当邓老太哭晕过两次之后，由床上清醒过来，将第五个儿子玉波叫到床面前问道："若是依着我的话，大家分开了住，你二嫂为了吃饭要紧，也许让你二哥去就那自来水公司跑账的事了。他有了职业，他就不会寻短见的。"玉波道："这事已经过去，您就不用提了，您说着不是让二嫂更难堪吗？二哥已经去了，希望他万斤担子一担挑了，从此家里平安无事。医院里还躺着一个呢，我还得去看看。"邓老太道："你大哥是个忠厚人，手足情是很深的。你见着他，千万别说你二哥去世的话，不然，他那有神经病的人，恐怕也靠不住。"玉波道："我当然不能对他说。还是请您叮嘱大嫂两句，叫她到医院里去的时候，别不留心漏出口风来。"

　　邓老太叹口气道："孩子，你哪知道，你大嫂变了心了。对于你大哥的病，她是满不在乎，大概三天不叫她去，她也不想去。可是她为什么变了心，我还瞧不出，莫非你大哥有什么对不住她的事情吗？"玉波道："大嫂是那脾气，口里说着什么，全很精明，真要做的事可又马虎。今天让她在家里带着孩子，我到医院里去。第二件事，还是得去找几个钱。我想三哥学校里的钟点费，总也可以挪移个三块五块的。还是大家凑着来花吧。"邓老太默然没作声。在她的意念中，似乎要老三拿钱出来，颇有问题，所以顿住了。玉波道："家里几兄弟，除了我而外，就算三哥有收入。二哥去世了，弟兄们

115

为他花钱，就是这一回，化缘也要化几文来的。"

娘儿俩说到这里，玉林却站在房门外伸头进来看着。邓老太招招手道："你也进来。你听到老五说的话没有？你二哥虽然收殓了，还不得出门呢。"玉林道："我晓得了。我做兄弟的当然也要尽我做兄弟的一点儿意思。回头我自然出去想一点儿法子。"玉波听说，却向他看着，见他扛起双肩，把两只手抄在灰布棉袍的底襟下面，脸上带着灰色，头发蓬蓬的，干燥得像枯草似的。邓老太也是向他脸上看着，问道："你有什么法子呢？可是我对你说，无论如何没有办法，你不能到你岳丈家里去借一个钱。"玉林把两只手由衣襟底下抽出来，右手捏了拳头在左手心擂了几下，咬着牙道："我早就说过了。他们陶家人当了大总统，我若是轮到要饭，拿了棍子饭箩，我也不走那条胡同。"邓老太靠在床栏杆上，点了两点头道："你能这样地做那就很好。"玉林道："那有什么不能？假如我没有这样一家亲戚，我还不活着吗？"玉波正了颜色道："那就很好。本来我做兄弟的，也不便多嘴。假使四哥能振作起来，我想你会比我的收获好。"玉林又把两手抄在衣襟底下，在屋子里来回地走着。玉波道："四哥就在这屋子里，陪妈谈谈吧。大哥医院里，两天没有人去了，我非立刻去看看不可。"

玉波说着走了，玉林还是不断地在屋子里走。邓老太看到，又是老大的不忍，便问道："你低着头老想什么？你想不到法子，就不用想法子了。"玉林眼睛还瞧着地上，可摇了两摇头道："各尽各人的心吧。再说，能跑能做的，只有一个小兄弟了，我再不动手，这一家人，那就全仗老三老五了。我有办法，我有办法。"他于是站定了脚，对窗户台上很凝视了一会子。因回转脸向母亲道："我出去了。"邓老太道："你瞧着办吧。万一想不到法子，把你老二迟两天抬出去也不要紧。"玉林却是没有答复他母亲的话，回房去把床上一床棉被、一床垫褥紧紧地一卷，用绳子捆束起来了。床上只剩一床盖着麦草帘子的破棉絮，却把旧被单来遮掩了。自己穿上破旧大衣，把那盆式的毡帽斜着向前，低低地盖了前额头，夹了那行李卷就向大门外走去。因为下了最大的决心，很显着兴奋，所以两脚走起来也特别地快，在远处看着，就像是跑。

刚出胡同口，玉林就听到面前有人重喝一声"站住"。抬头看时，却是站岗的警察伸手拦住了路。玉林不知道有什么错，只好对他看着站住，警察走近前来问道："你胁下夹着什么？"玉林道："铺盖卷，你问它干吗？"警察道："不干吗，我问问你这铺盖卷是由哪里来的？"玉林道："这铺盖卷是我自己的，我没钱用，扛到当铺里当，这还有什么不可以的吗？人穷了，拿自己的东西去当，还有什么丢脸吗？"警察道："你说是你的东西拿去当。你有什么法子证明？"玉林道："我不用得怎么证明，你随便指当街一个洋车夫，你问问他们认识不认识？"这句话刚是说完，旁边就有一个车夫迎上前来答道："不错的，他是住在这条胡同里的，人家姓邓，老爷子还做过大官呢。"警察仔细向玉林脸上看看，因问道："是当你自己的东西，为什么你的气色这样不好？"玉林苦笑道："当当的人，还能在满街打着哈哈吗？再说，我家有丧事呢。我家死了人，没上你们警察阁子上打报告吗？"警察又看了他一看，觉得倒是没有话可说了。用手一挥道："你去吧。"玉林待要和他讲个道理，低头看看自己身上，便叹了一声，心想谁叫我这一身穿着活像个叫花子呢？自扛起那个大包袱悄悄地走了。

他去后，在胡同口上放着人力车候生意的车夫，立刻发出议论来。有的道："你瞧，这是做官的后代，任什么不能干，倒不如咱们胶皮团里的人，还可以卖卖几斤力气。"有的道："做官的后代又怎么着，他也不能在脑袋上贴上三个大金字。扛着大包袱跑，一样地像个小偷。"有的道："他是穿了那一身破衣服。要是穿起狐皮大氅，他扛上那一大包烟土，也没有个人敢拦着。"有的道："别不开眼了。卖大烟土的人，他会这样走？走远了，火车开专车。走近了，也该坐汽车吧？"这几位胶皮团员纷纷地议论着，警察听之有些不入耳，只好闪开了。

不多大一会儿，玉林走回了原地，肩上扛着的一个大包袱已是不见。只见他两手插在破大衣袋里，紧紧地按住他那里面衣服，似乎那里面已经是藏着什么的了。他到了这胡同口上也感到很难为情，低了头，紧紧地就向家里跑了去。到家之后，直跑到母亲屋子里来，两手一拍道："不用发愁了，二哥明天出殡的钱，归我一个人担任了。"说着，在身上掏出四块现洋来，放到桌上，带了一点儿苦笑道："若是光用四个人抬，不要什么和尚吹鼓手，大概也就够了。"邓老太道："你老二为人一生什么也没闹着，到了最后一关，还用冷杠子把他拖了出去吗？"玉林道："老三老五，要能再凑几个，那是很好，若是不能凑，二哥也总可以出去。"说着，将四块钱送到邓老太手上。邓老太倒是在手上颠了两颠，问道："可见得一个人要拼了命去想法子，也未见得无法子可想。"玉林默然地坐在一边，没有作声。邓老太道："这钱你就交给我了，我明天同你支配吧。"玉林道："当然交给您支配，我总算还了我的心愿了。"邓老太看他的样子倒很是自然，也不疑心到有别的缘故，安然地将他这四块钱留下，预备做明日第二个儿子出殡的费用。这四块钱不但是不能算细微的数目，而且要算是很大的一笔援助费用。

到了次日，玉龙的遗体仅仅是免于冷杠子拖出去。四个杠夫抬着一口白木棺材，前面几个小孩打着不成腔调的皮鼓和小锣大鼓。三个兄弟，各租了一件半旧的孝衫在长衣上蒙着。玉林挽了一只纸钱篮子，随路撒着纸钱。玉峰玉波四眼红红的，低了头走，各不作声。棺材后面，仅仅一辆人力车单独地跟着。车上坐了一位穿白衣罩麻布背心的中年妇人，那正是黄氏。黄氏歪倒在车上，只是干哽咽着，红眼睛里已是哭不出眼泪了。

不成调的锣鼓打出了城去，渐渐地走到了荒野。在这样的深冬，只见那荒旷的地面上，干黄的土色，透着一种病态。加上不曾消化的残雪，在四周堆叠着，点缀出来，满目全是荒寒的意味。远处的村庄，老是三五家矮屋，杂着一丛丛的枯树。在那阴惨惨的寒空里，树上的枝丫透着是特别的多，偶然有几只乌鸦在树上站立着，那是更觉得有一份凄凉的象征了。到了野外，这寒风自然地加厉起来，把人身上穿的衣服极力地推送到一边去，人向前走，风往后推。偶然听到呼呼呼一阵怪响，就地一阵飞沙向人身上扑来。在这种情形之下，走路的人兀自歪歪欲倒，如何能够打锣鼓，索性那不成调的锣鼓声也没有了，只是大家杂乱了步子在土路上走。若是风声过去了，这就可以听到一片唏瑟唏瑟之声，那正是大家沉重的脚步在寂寞的环境里所发生出来的声音。这种现象，在平常的人听到，也就极感到不堪，那邓氏兄弟，在一具白木棺材前面走，那真是肝肠寸断了。一行人走到一片高土坡，周围有千百具乱坟，在乱坟丛中，有时有那不曾拔除干净的高粱秫秸，出地有二三尺长，临风摇曳着。在较大的几个坟冢边，也用土围了短埂，有那零落不成行列的矮柏树，绿色是没有了，萎靡着变了灰黑色。远远看见有两三个工人带了锹锄等物，在坟冢较稀少的土面上，正在刨土坑。一行人走到这个土坑旁边，方才停止住了脚步。

黄氏坐的人力车子，不能上这高坡，老早地停下了。她跌跌撞撞在坟堆里走着，只看到那个土坑，人不能走动了。两腿酸软着就蹲下地去，也不管这地面是否肮脏，靠了一冢坟堆坐着，只管干哽咽起来。玉峰本站在坑边，看到这样子倒吓了一跳，立刻跑了过来，连连地问道："二嫂，这地方冷得很，你这是怎么了？"黄氏并不答话，却只把头摇了几摇，她哽咽得好像说不出话来。玉峰也站着凝神想了一想，无奈当自己凝神想的时候，那寒风又起了一阵，只觉脸如刀割，周身都打战起来。他两手把衣服操着紧束了一点儿，便向黄氏道："你送到了这里，已经可以了。我想叫老五送你回去吧。"黄氏道："不！我得看着他的棺木入土。夫妻……"她这个"妻"字音拖得很长，周身抖着一团。舌头嘴唇全麻木了，不听她的指挥说话。玉峰道："二嫂，你先回去吧，看你的脸都冻紫了，嘴唇也冻乌了，你若是在这里病倒了，谁来伺候你？你现在自己更当保重了。"只说了这句话，把黄氏的酸楚格外勾起，她加重地干号着，人也是更支持不住，就倒在一座小坟上。玉林玉波全跑了过来，玉林道："二嫂这种情形，绝不能在这里待着了，把一个人先送她回家去吧。你想，我们家里现在弄到这种地步，还能再加上一个病人吗？"
黄氏听到这里，霍地站了起来，被寒风刮着，身子晃荡着有点儿站
立不定。幸是玉波赶紧抢了上前，一把将她捉住，连连地道："二
嫂，你是怎么了？"黄氏又晃荡了两下，将手按着额头，凝神了一会
儿，摇摇头道："不怎么样，大概是风刮晕了。"玉波道："你瞧不
是，您赶快回家吧。"黄氏道："回家？我回家干什么？"

　　她虽然这样说着，玉波兄弟究竟没有理会着她别的什么意思，
便道："不管怎么着，这个地方您究竟不能长待着，我送你回去吧。"
玉波是最小一个叔子，而且是黄氏亲眼见着长大的，这就不必有什
么顾忌了，于是两手搀住了她一只胳臂，勉强地拖了她走。黄氏虽
然不住地回转头来，还向刨坑的所在看去，可是她为着心灵上太受
了创伤，被这尖削的旷野寒风一吹，人更透着支持不住，玉波极力
地拖挽着，不容她不跟了走去。糊里糊涂地下了那乱坟坡子，就拥
了她上车，而且还靠住车子走带扶了一点儿车沿。走的时候，还带
安慰着她道："二哥去是已经去了，你徒然伤心也是无用。以后的事
你放心，我们还有哥儿四个呢，绝不能不养活你。话就这样说，我
们吃白面，吃大米饭，你也吃白面吃大米饭。我们啃窝窝头，那没
法子，也只好请你啃窝窝头。可是有一句话敢负责任说出来，绝不
能让你饿着。"

　　黄氏偏了头歪倒在车子上，不住地将手绢去揉擦眼睛，却没给
予答复。车子缓缓地拖着，快至城门口了，黄氏用手连连拍了车扶
手道："打住打住。"人力车夫一停步，她就跳了下来，猛可地倒把
玉波吓了一跳，问道："二嫂，你这又是怎么了？"黄氏把身上的麻
衣连拉带扯地脱下，答道："我不回家了。"玉波道："不回家了吗？
您打算到哪儿去？"黄氏接着白孝衣也脱下来了，因道："你瞧吧。
家里落到这种地步，已经不是人过的日子了。到了现在我成了一个
孤鬼，无论看到什么，让我想起从前，心里全够难过的。我不是铁
打的心肠，我实在是不忍再看了。我娘家虽不怎么好，大概也不多
我一个人吃饭……"玉波不等她说完，抢着道："二嫂，你打错了主

120

意了吧？你现在热孝未除就要到亲戚家去，这有点儿不大妥当。无论亲戚是怎样的好法，不讲迷信，大礼上也说不过去。"

黄氏道："兄弟，我比你岁数大多着呢，这一点儿事我还不知道吗？昨日我娘来看我，我已经同她说了，我要暂时离开婆婆家。在我娘家本条胡同里有一所姑子庵，那老姑子是我的干妈。当年我家很好的时候，大概她用了我的钱不少。现在我在她庵里借一间屋子住，她是推诿不了的。兄弟！你看我现在弄成什么样子了，身上无肉，脸上无皮，快成一个骷髅了。你再要我回去，我看到你二哥的衣服，处处伤心，时时掉泪，我非哭死不可，你忍心要我回去吗？"

玉波见她把孝衣全脱了，虽然还模糊着两只泪眼，脸上已不见到泪珠，她微挺了胸脯子，表示了她那坚决的主张，料着是无可挽回。便道："若是照二嫂的意思，仅仅到尼姑庵里去住几天，这倒没有什么不可以。不过我回去对母亲要有一个交代，我送你到庵里去行不行呢？"黄氏道："兄弟你以为你二哥骨肉未寒，我就要跟人跑吗？"玉波道："二嫂，您说这话，做兄弟的怎样经受得起？请你替我想想，我不应当这样做吗？"那个车夫歇了车把，站在一边，听到他两人所言，也插嘴道："这位先生说的话是对的。他既是同你一路出来的，大家全回去了，将您一个人扔下，这话怎么说呢？"

黄氏沉思了一会子，手扶着车扶手，也没有上车，也没有说什么。玉波道："二嫂，你就照着我的话办。反正你要上庵去，我也拦不住你。"黄氏沉着脸道："我的意思决定了，你就砍了我的脑袋，我也要上庵去的。你送我不送我，这倒没什么关系。"玉波道："既是那么着，请您上车吧。"说着，向她倒是深深地鞠了一个躬。黄氏见他如此，便把扔在地上的孝衣做了一个布卷，塞在车踏脚上，这就坐了上去，点点头道："拉了走吧。"玉波在一边偷看她的颜色，觉得她有了坚决的主张，拦也是拦不了，只有默然低头在车子旁边跟着。

到了尼姑庵附近，黄氏首先跳下车，从衣袖里掏出一条手绢来，先在眼睛角上揉擦了一阵，然后同玉波道："兄弟，你还送我到庵里面去吗？"玉波道："当然。我见见那老师父，同她说两句拜托的话，也尽我一点儿心。"这话似乎很打动了黄氏的心，眼角里突然滚出两粒泪珠来。然而她自己也立刻感觉到了，已是掏出手绢来，在眼角上极力一按，把眼泪给按了回去。车子停下了，那庵门是半掩着。黄氏交代玉波稍等一等，自己先悄悄地走了进去。

玉波自己也脱了孝衫，将车上的孝衫捆着一卷夹在胁下，然后向门楼子下面一闪，静待里面的消息。不多大一会儿，一个五十上下的尼姑，穿着灰布僧衣，晃荡着来了。玉波看她尖削着脸腮，由额角到两只耳朵前面，全有半圆径的斜纹，两只眼睛仿佛闪电似的在人身上扫了一下。在她那毫无情感的脸色上挤出了一线不自然的笑容，举了右手巴掌，勾了一勾头道："这是五爷？"玉波拱拱手，惨然道："舍下遭了这样的大惨事，家嫂要借您宝刹休息几天，这话真是不应当说，只有请老师父慈悲慈悲。"老尼顿了一顿，正着脸色道："二少奶已经先托人对我说了，我还没回信呢，她可来了。我们出家的人，不能见事不救，何况二少奶还寄名在我名下呢。"玉波先听她的口吻，好像是完全拒绝二嫂的请求，不免抽了两口凉气。最后她还是答应收留了，这才算定了神，因向老尼拱拱手道："老师父有这样的好意，我全家是感谢不尽。我们兄弟将来只要有一个人稍微有点儿办法，一定重重地写上一笔缘簿。"老尼听说，却淡笑了一笑。

随着这话，黄氏也由里面出来了，悄然地站在老尼身后，手扶了墙壁，并不言语。老尼道："五爷请到里面去喝杯茶吧。"玉波道："只因家嫂身体太坏，在坟地里不敢耽误，匆匆地就送她来了，我还要到坟地里看看去。家嫂在此叨扰，我这里先谢谢了。"说着，他两手拱起一揖，接着就跪了下去。老尼两手合掌，弯腰连道："阿弥陀佛，请起请起！"

玉波从从容容拜了几拜，然后起来，这才向黄氏垂泪道："二嫂，您安心先休息几天，回去我自然会对妈好好地说。"黄氏站在墙边，虽然极力地忍耐着，可是两眼里的眼泪用尽了气力也忍耐不住，全由眼角直奔了出来。玉波抬起一只袖子，揉着眼睛道："二嫂，你别伤心。现时你暂在这里住个十天八天的，我自会同母亲商量，亲自来接你。我们住的那个地方，不但你看着伤心，我们住在那里，也是什么全不顺眼。就在这几天之内，一定想法搬家。我们家虽然连连地遭着不幸的事，一半是环境逼的，一半也要怪我们自己志气消沉，不能努力。我们弟兄就算什么能耐没有，当修路小工的力气总有。若是我们早早联合十条臂膀，这样地做起来，不也可以维持几口人的生活吗？过去的话，那不必提了，我不过是这样说，只要我们肯卖苦力，不讲什么虚面子，养活你这位嫂子总没有什么难处的。"

他这样絮絮叨叨地一说，那老尼姑站在旁边，却不住地皱着眉头子。黄氏眼望了他，先只是垂泪，等他说完了，就向他道："五弟，你回去吧。这地方向来是不大容留男客。见着母亲……"她只有这句话，脸上的眼泪更加地涌了出来，两张嘴唇皮随了这停顿的语气连连地抖颤起来。玉波看看黄氏的颜色，又看老尼的颜色，见她脸腮虽然是瘦削的，可是脸腮上的肉也是向下沉落下来。他站定了脚，向老尼作了一个揖道："家嫂在这里打搅，将来我再图报答。"老尼皱着眉毛，把眼睛皮都皱起来了，就苦笑着道："五爷，你自己不嫌着太贫吗？"

玉波见她把一张慈悲脸儿已是完全收了起来，便说客气话，那也是多余的，只好向黄氏呆呆地望着，不能言语。黄氏道："五弟，你回去吧。望你们好好做番事业。"玉波听黄氏这些话，竟是一种临别赠言，不像是几天小别时的言语，眼睛红红的，也只好扯了衫袖角，用力地在眼角上揉擦。老尼站在韦陀殿上，只管向庵门口用眼张望着。玉波明知道她有逐客之意，只好低了头走出门口。走到庵门口，回头向庵里看来，黄氏手按了一只佛案角，正向前面看。自己不觉得停住了脚，还待向黄氏说两句话。那老尼姑换了她从容的态度，很快地走来，轰咚一声响，将庵门关着。在红板门上，现出两张黄纸五言对联，上写着：

何为身上事，谁是眼中人

　　这文字虽然合掌，可是包含着两个大问题，倒也值得玩味。玉波不免倒退了两步，向十个大字出神了一会儿。心里想，这不仅是佛家的机锋语，正也是人生的大问题。就目前而论，身上的事是家败人亡之间送嫂嫂上尼庵，这是青年应当做的事吗？眼里所见是满口阿弥陀佛、面目可憎的尼姑。当着人家骨肉惨别，想多说两句话，她竟是要下逐客令了。一个人若是不能自立，就是做寄生虫的尼姑，她也看不起的。那么，何为身上事？谁是眼中人？更值得再问一遍。他想到了这里，情不自禁地叫了一声"好"，掉转身来要走。抬头看看寒空，在惨淡灰黑的云层里有一团黄光，在黄光里更有一团小红影，分明是太阳在那里挣扎着给予人一线光明。玉波对天点点头道："目前虽然阴点儿，太阳还在，总有晴朗的一天。我们知道我们应当怎样做了。"

（本书上集完，无下集）

（原载 1936 年 8 月 1 日至 1937 年 3 月 1 日南京
《中央日报》副刊《中山公园》）

赵玉玲本纪

一　霜月照人凉

古老的北平城始终是那样静穆安定，红墙黄瓦的宫殿在伟大的城圈子中间挺立着，也始终是那么壮丽。但西北风带来西北高原的寒流，穿过这古城的上空时，这城里的树木首先变成焦黄的颜色，在宽大的街道上，便添加了一种凄凉的意味。

这是一个初秋的夜里，中旬的月亮像只冰盘，悬在蔚蓝色的夜幕上，斜照着天安门的三层箭楼的东角。天安门外的禁城公园，花木扶疏，在大地上摇撼着朦胧的影子。那横过禁城的旧御道，石板是那样平整干净，像水磨洗过了一样。两旁的树木簇拥了这条石板道，那仿佛是一条绿巷子。御道外的一道水泥路，在树林穿过，偶然有一辆汽车，带了很细小的声音在树荫下面滑过，此外是很少有骚扰耳鼓的声音。

这时，有两个好事的人特意来赏鉴这伟大建筑下的静穆空气，一个是新闻记者刘伯训，一个是诗人陈子和。他们顺了旧御道的石板走，人背了月光，那影子斜卧在石板上面，阴阳轮廓十分清楚。步月的人遇到这种现象，自是十分感到兴趣，两人谈着话，慢慢地向前走。天安门的箭楼在月光斜照下，琉璃瓦上发出强烈的反光，这光不热，反是带了一种凉气。不知城里何处的宫鸦，惊着月轮的寒光，常有两三只腾空而起，哑哑地叫着。那声音只在箭楼的一个飞角上下盘旋着。

诗人陈子和就站住了脚，向那箭楼上望着，因笑道："你看，这月亮和宫鸦只带上了这城楼的一个角，就充满了诗意。你不觉着在你们报纸副刊上，可以写一篇文章登出吗？"刘伯训笑道："这是你诗家一种神经过敏的感觉吧？在月亮下面，我们就常见到这里这种景象。平常的一只乌鸦，经你把名字一改，变成了宫鸦，这就觉得有趣味得多了。"子和道："不，我觉得在这禁城里生长的乌鸦，实在与平常野树林子里长的乌鸦有些不同。不然，你可以站着和我来静静地赏鉴这点儿景象。"说着，他背了两手，便站在旧御道上，向那城楼角上静静看了去。刘伯训受着诗人的引诱，也就照样地站了向那里同看。

正在两人体会这一点儿诗情画意的时候，忽然有一阵呻吟的声音在身边发生出来。两人同时左右探望，并不见踪影。子和道："咦，什么人在这里发哼？"伯训道："是的，我也听到的，怎么看不见人？"在他两人这样说着的时候，那呻吟的声音也停止了。似乎这个呻吟的人，知道有人注意着他，及时藏躲起来了。子和道："这样一个大空场里，月亮下的西北风吹着也是很凉的，生病的人会躺在这个地方吗？"说完了，两个人把这角城楼的诗情画意也赏鉴完了，缓缓地就向归路上走着，离开了这原站着的御道边。

约莫走有二三十步路，那呻吟之声又断断续续地发生出来。子和站住了脚道："这却是个可注意的事，怎么会有人在这种地方生病？"伯训笑道："你看，后面是宫阙，前面是花园，两边是禁城，天上是月亮，在你诗人眼里看起来，这不是很风雅的一个生病的地方吗？"子和笑道："若是这个生病的人，真像你这样所说的，挑了这么一个地方生病，那岂不是一段绝好的社会新闻？照着美国人的办法，你访得这样一条好新闻，报纸是要大出风头的。自然，你要重重地得着报酬，你不愿干这件事吗？"刘伯训笑道："我虽不是一个外勤记者，若真有这样一个风雅病者，我也很愿意做一件分外的工作。"

正说到这里，忽然有人在身边插句嘴问道："这说话的，有一位陈子和先生在内吗？"两人愕然地听了这句话，把脚步停住。这是一个很微弱的妇人声音，断断续续在地面上发出来。可是徘徊四顾，并不看到人。刘伯训道："怎么回事，我们遇见什么了吧？光是听到人说话，可不看见人。"这才听到人在那华表的石栏杆里，轻轻地答道："我在这里呢，陈先生。"这华表是一对雕花的石柱，秃立在御河桥头，像对白烛似的对峙着。在这下面有座石台，也正像个烛台，周围有石栏杆围着，那声音就发自这台上。陈子和走近华表下面，问道："你是哪一位？"

这样问着，只见一个妇人颤巍巍地由那栏杆上爬了下来。在月光下面，虽然看不清楚，可是这妇人蓬了满头头发，披了一件衣襟破碎的青布褂子，却是认得出来的。不必怎样揣想，一望而知她是一个叫花婆。陈子和想着，这真是稀奇了，怎么会有一个叫花婆和自己认识？那妇人爬到石台下面，站在地面青石板上，月光照着这黑的人影子，反显出她是很弱小与污秽。陈子和正自望了她出神，她却反问了一句道："陈先生，你不认得我了吗？我姓凤。你和我们八爷的感情极好呀。"陈子和怔了一怔，偏头向她周身上下打量了一番，问道："什么，你是凤八奶奶？"

那妇人叹了一口气道："唉！惭愧！"陈子和道："自从八爷去世后，一别这多年，我也听到人说过，府上大家庭的境况大不如前，不过我也遇到府上的三爷五爷几次，觉得也还不至于太过不去。八奶奶何以落得情形这样尴尬？"八奶奶道："陈先生多少总也听到人家说一点儿吧？我想我堕落下来了，外面不会没有人传说的。唉！染上了这一点儿嗜好，实在是可杀。"陈子和道："我也听到说一点儿，我想着八奶奶积蓄很多，吃饭的钱应该是有的。人家传说的话，我也将信将疑。不过今天一见之下……"他将话沉吟着，拖长了话音，没有说下去，又向她周身上下看了一遍。他手里本拿着一支手杖的，这时却把那手杖头在石板上顿着，笃笃有声。

八奶奶道："过去的事，我也用不着遮瞒，谁都知道，就是为了不大会过日子，只有出气，没有进气，这像平常人所说的那句成语，坐吃山空。"陈子和道："也不会坐吃山空啊。八奶奶有那些积蓄，可以存在银行里生息。有那些房子，可以收租钱。这姑且不谈，然而八奶奶还有一身本领呢，你年岁还不大吧？依然可以上台呀。"八奶奶道："唉！一言难尽。"她说完了这句话，却把头低了下去。陈子和见她有些不愿向下说，也就不必去追问她。

刘伯训站在一边，虽未插嘴，先是听到子和称她凤八奶奶，就觉得这人有些来头。后来在两人谈话之中，这就知道这是凤大将军家的少奶奶。这位诗人和凤家有点儿同乡之谊，在能诗会画的情形之下，和他家的少爷和孙师爷颇有来往，也就难怪八奶奶听了他的声音就知道他了。不过这样一来，就更须要知道当此冷月凄风之下，她一个人在这寂寞无人的故宫前盘旋些什么？她没有约人幽会的资格，这里也不能向谁乞讨，她更不会有诗人那番逸兴，也在这里赏月。心里这样奇怪，当然也就不愿走开，而要研究一个所以然。

他三人各怀有一腔情绪，都静静地站着。正有一段时候，没有汽车电车在御道外经过，耳根下清静了一会儿，立刻觉得这月亮格外发着阴寒，那晚风由宫城角落地射过来，射在人身上，只觉凉飕飕的。那八奶奶的衣襟被风吹着飘荡起来，越是现出她那份寒酸。陈子和问道："我倒不免要多一点儿事了。这样夜深，你在这个幽静的地方待着干什么呢？"

凤八奶奶道："唉，我是太没有勇气了。我本来要等着夜深人静，跳到御河里去的。我坐在这华表下面，看看这天安门城楼这样伟大。又看看向南前门大街，那样灯火辉煌，我想着，这样的花花世界，各各都有法子活下去，为什么我就这样地无用呢？我想到这里，我伤心起来，倒哭了一场。可是我等久了，我倒有些害怕。那月亮照着，像冷水泼在人身上一样，冷得有些难受。我本想爬下来走了回去，无奈我再转一个念头，今天预备着死，把要吃的吃了，要花的花了，现在早跑回去，那明天的日子就更不好过，还是死了吧。这样一来，我觉得死也不好，不死也不好，坐在这里倒没了主意。后来听到陈先生由那边说话走过来，我就情不自禁地叫了一声。其实……其实……"她缓缓地说着话，低了头，两手牵了衣襟，不知不觉又窸窣几声哭了起来。

陈子和看到她这种情形，也没了主意，只有呆呆地望了她。刘伯训站在旁边，这算有了一个说话的机会，因道："这位太太，我不免要问一句话了。你既然说打算回去，想必你还有一个家了，你的家在哪里呢？"八奶奶道："我说要回去，那不过是顺便的这样一句话。其实我没法子回到那里去，纵然可以回去，那也算不得我们的家。"刘伯训听她的话，却有些莫名其妙。在语意之间，分明她是不愿告诉她有个家住在哪里。

陈子和道："听八奶奶的话，自然有了很不得已的事。不过我又要问一句极其外行的话，像凤府上的亲戚，富贵之家还多的是，这就不用说了，便是朋友方面，也很有几家有钱的吧？为什么不去找他们想点儿法子呢？"凤八奶奶道："实不相瞒，我在街上碰到过陈先生好几次了。好在陈先生也绝不会认得我，我尽管走近陈先生身边来也没有关系，可是我就没有那样大的胆子敢喊陈先生一声。为什么呢？就因为自己看看这一身穿着，也没有法子叫人家理我了。可是，我想到陈先生究竟不是那一类的人，所以今天遇到了陈先生，我还是冒昧叫上一声。果然，陈先生不是那种人，我叫一声你就站住了。"

陈子和道："八奶奶的意思，是要我帮点儿小忙了。我虽然帮不了什么大忙，可是念到八爷在日我们那番交情，我不能不尽力而为。你说吧，要我怎样子帮忙呢？"八奶奶道："我想着，我这样混下去，哪是个了局呢？便是让陈先生帮助我一笔款子，我坐吃一个月两个月，那还不是完结吗？我想着，赶着嗓子还喊得出来两句的时候，跑一跑小码头，还是去唱戏吧。"

陈子和道："这样说，八奶奶是要我助一笔盘缠？"八奶奶站着低了头下去，没有作声。陈子和道："既是这样说，我担任你一笔盘缠就是了。你先要到哪里？也许我还可以替你写几封介绍信。"八奶奶道："陈先生能替我写几封介绍信，那就好极了，我打算奔张家口或者到石家庄去。你想，跑大码头还有我们吃饭的地方吗？"陈子和道："好，你明天早上到我的家去拿钱。"说着，在身上口袋里掏出一张名片来，因道，"我的地址在这上面。"

八奶奶虽然伸着手把名片接过去了，可是她踌躇了很久，把头低着，口里倒吸了好几口气，因道："陈先生，你这番好意，我是很感谢的。可是我这副形象，我敢到府上去吗？"陈子和笑道："那是笑话了，我那里也不是什么官府衙门，非衣冠整齐不许进门。"八奶奶道："倒不是那话，我这一副讨饭的形象，见着人，自己不免惭愧，先就说不出话来。"陈子和想了一想道："既然如此，我就把钱送到你家里去吧。你家在哪里呢？"这位八奶奶说了一天的话，脸上都是表示着很凄惨的，说到这里，不知她心里有什么欣慰的感想，却哧哧地一笑。

　　陈、刘二人都被她这一笑笑呆了，想不到自己是哪一句话说错了。八奶奶道："陈先生，我不是已经说过了吗？我没有什么家。"陈子和笑道："这就很难说了。到我这里来，你怕人家看到你太寒碜。要到你那里去，你又怕人家看到你家寒碜。那么，这笔款子，我是怎样交付呢？"八奶奶道："那还是在这个地方会面吧。只要陈先生约好一个时候，我总可以先一两点钟在这里等着的。"陈子和道："这……"说着，不由得笑了，因道，"这有点儿近乎笑话吧？"八奶奶道："也没有什么笑话。陈先生，你只当我是个叫花子，走在街上，不也是一样可以打发吗？"

　　陈子和笑道："言重言重。八奶奶知道的，我虽然是个文人，也还不那样势利眼。这样吧，我明天到东安市场里茶馆去坐着等你。你说什么时候合宜哩？"八奶奶道："东安市场？"她说着这话，声音拖得很长。陈子和道："难道东安市场，你又不愿去？"八奶奶道："那里是最热闹的地方，我这样衣衫褴褛，那更是让熟人看到了笑话。不过，陈先生一定要我去，我也可以去。"陈子和有点儿不能忍耐了，因道："我不管你去不去，明天下午三点钟，我在市场龙海轩茶馆里等你。"说着话，扭转身就走。刘伯训见他走了，自不能不跟了走。

　　月亮地里穿进了一丛树荫，那便格外见得寂寞，两人的脚步走在石板上，唛唛有声。刘伯训见陈子和把头低着，并不回顾，显然他已是生了气，或者是感想着什么，因道："你说的这凤八奶奶是谁，我已经知道了。她落到这步田地，这倒是令人不可解的事。你怎么不和我介绍一下，让我也好得点儿材料。"子和道："你要知道她的身世吗？一个把金钱当泥沙用的人，到了今天这种现象，却是人生一个大教训。你认识她，她也未必肯告诉你。有工夫我和你谈谈，我可以详详细细告诉你。"伯训道："我发现了这个人，我就急于要知道这件事，你立刻告诉我好不好？"子和道："言之甚长，一刻谈不完。明天下午你也到茶馆里去坐了，我可以破费两小时工夫，和你谈一谈。"伯训笑道："万一她不去呢？"子和道："她尽管不去，那和我肚子里知道的事，有什么妨碍？"伯训道："虽然如此，她要是不去，那在事实方面，给予我的印象不深，对于我将来用楮墨形容她的时候，差一些力量。你等一等，我再去叮嘱她一声。"说着，再奔向那华表下去。

月亮已经是升到了头顶了，见那御河岸上一片光滑的石板路，像是一片雪地。伯训徘徊四顾，已不见那个妇人，在那高大的宫阙下，只觉自己身体渺小。那寒风由树林里吹上身来，这大片的石板场上形单影只，也有些凉不可受。想着那妇人未必还能在这里，也只好离开这里了。

二　初见冤家

这个晚上的次日，刘伯训与陈子和如约在市场的茶馆里坐着，静等候凤八奶奶前来。闲着无事，陈子和就把凤八奶奶的身世说了出来。

为时不远，是民国五年秋间，凤大将军由南北上，带了他的全眷，前后作十批到达天津。特一区的地界里，买下了七八座大洋楼，分别住着眷属。各位如夫人率着亲生子女，各占一所公馆。

单说第四位夫人，带了一子一女，在一所带有花园的洋房里住着，就也可以和天津寓公的住宅分庭抗礼。她的儿子行八，家人统称着八爷，女儿行十，是最小的一个，大家称她老小姐，或者是小小姐。八爷二十岁，已经娶了少奶奶了。少奶奶是伍大将军的小姐，可也算门当户对。那小姐在家念过十年中国旧书，还有女教师教过她各项刺绣女红，论年纪，比八爷还小两岁。嫁妆自无须说，光是小姐零用钱娘家就赔送了五十万元，件件皆令人满意。只有一层，这位伍小姐对于姿色这两个字，简直无缘，而且又是一双三寸金莲，装束不入时。结婚以后，夫妻如同陌路。唯其如此，凤八爷在香港、上海两地，就很制造些桃色新闻。

到了天津以后，八爷在家里虽然尽可享受，但为了这少奶奶的缘故，在公馆里是片刻不能安身，不分日夜，只在外面找娱乐。纵然回家，也只是在外面书房里稍混一混。因为他虽然书是不念的，既是一个有少爷小姐的特等公馆，这书房却不能不设，所以倒借了这书房，作为逃避闺房之乐的佳地。

是个初冬的阴天，西北风刮着鹅毛似的雪片，在半空中乱舞。

这天，凤八是回家睡觉的一天，在书房后的小卧室里，拥着很厚的鸭绒被，睡在铜质弹簧床上。钟敲过十二点，还睡得很香。忽然间听到外面书房里有人叫道："八爷还没有升帐吗？"八爷蒙眬中，被问过两三遍，才掀开了被头，在枕上问道："我要睡觉。谁在外面叫我？"外面答道："八爷，我是高一畴呀。有点儿要紧的事来请示八爷。"凤八道："钱又花光了，想来和我伸手？"高一畴隔了门笑道："不能够找着八爷，就是要钱。我和黄老六，想请八爷吃中饭。"凤八笑道："滚你妈的臭蛋！要你们请我吃饭？请我吃饭，有什么好心眼，还不是弄我的钱！"高一畴笑道："不能够我们总是打八爷的主意。北京来了一个女的，我们想介绍她和八爷见一见，所以……"凤八道："什么了不起的女人，还要你们这样郑重其事。"高一畴推着房门，伸进半截身手来，向他笑道："八爷，你不要嚷。我告诉你，北京的名角儿赵玉玲来了，和她们捧场的人，托我疏通八爷，给她捧捧场，今天晚上她在天仙登台。"

凤八听了这话，一掀被坐了起来，笑问道："你若是瞎说，我可揍你。"高一畴立刻进来，在衣架上取了一件细绒睡衣，两手扯了领子，站在床面前。凤八伸手把睡衣穿上了，操着带子，把睡衣腰带系上，踏了拖鞋向后面洗澡间里走；顺手把窗帷幔掀着看了一看，因道："呀！怎么回事？下雪了，北方天气冷得很快。"高一畴进来，替他扭开洗脸盆上的水管子，放出了冷热水来，笑道："外面冷得很呢。在南方人初到北方来，真是有些受不了。八爷，你尝过羊肉涮锅子的滋味没有？这样冷天，最好是吃羊肉涮锅子，回头把赵玉玲叫来，给八爷请安。人家可是北京一等坤角儿，八爷总要给一点儿面子。"凤八将头一摇道："原来我倒无所谓，你这样一说，我可不能那样好说话。她既是有名的坤角，我也不胡捧，要等着唱过戏给我看了，我才能决定捧场不捧场。今天你不用请我，请我也是不到。"他说着话自去洗脸。

高一畴觉着没有什么趣味，只好到外面书房里去站着。凤八洗过脸走到外面来，两手插在睡衣袋里，慢慢地拖了鞋子走到桌子边，弯腰向桌上看着报，随手翻了一翻，却见报纸下面有两张女人相片，一张是戏装，一张是本装。长圆的脸儿，细条的身材，却很有几分姿色，回头见高一畴站在身后，笑问道："这就是赵玉玲？"高一畴笑道："因为没有和八爷说好，所以还不敢拿了相片给八爷看。八爷觉得还能对付吗？"凤八道："没有见到本人，说不上好坏。有人上相，有人不上相。"说着，他将相片向桌上一掷，拿起一叠报，斜靠了旁边沙发椅子来看。

高一畴道："现在快一点钟了，八爷不出去？"凤八道："天津这地方除了我家里，还有多少地方有热气管子？到哪里去，也没有我家里暖和。今天不出去了。"高一畴站着，只笑了一笑。凤八道："你以为这件事很新鲜？"高一畴笑道："在家闷坐整天的，八爷怎受得了呢？依我说，还是到外面去混一下子吧？暖和的地方，外面也很多。"凤八皱了眉，挥着手道："去吧去吧，不要你在这样打搅我。"高一畴站着呆了一呆，笑道："我总在外面等着八爷的。"凤八自看他的报，没有理会他。

高一畴走开，这可把家里一群仆役忙煞，八爷是不大在家里住着这样的长久时间的，好容易让他在家里休息了这久，这是大家一个贡献的机会，不可失掉。先有人送了参汤来，后又有人送了牛肉汁来，接着是牛乳饼干，天津有名起士林的西点，陆续送来。凤八随便用了一点儿，坐着把报看完了，回里屋穿上衣服。他比较喜欢的听差刘三进屋来请示道："八爷在家里吃饭吗？要厨房里预备一点儿什么菜？"凤八掏出表来看了一下，摇摇头道："两点钟了，吃什么饭！我要出去听落子去，叫车夫和我备车。"刘三笑道："外面可冷得很，八爷还打算出去？落子馆里，也不晓得装了煤炉子没有？仔细出去着凉。"凤八倒不怎么否认他的话，打开玻璃窗户来，伸头向外探视了一下。那寒风像箭一般射了进来，早有几片雪花直扑了来，立刻身子一缩，将窗户关上，笑道："果然有点儿受不了。我也吃不下什么，叫厨房里随便给我弄几样菜来吃就是了。"

刘三答应去了，凤八在这屋里，也透着无事可做。靠西一连三架玻璃书橱，也长长短短摆了许多书。向来看到这种东西，就有些头痛，现在坐在这里无聊，不免打开书橱来。就站在橱边，随手抽出两本书翻了一翻。接连翻了十来本，无意中翻到一部《点石斋画谱》。这倒有点儿意思，完全捧到沙发上来，斜侧了身子，一页一页地翻着。这样翻了一两小时，刘三来请吃饭。凤八将书一推，瞪了眼道："你让我到哪里去吃饭？"刘三明白了他的意思，笑道："并不用得到上房去，饭就开在隔壁小客厅里。"凤八道："就是我一个人吃饭，谁也不用来陪我。"刘三答应着"是"，伺候他在小客厅里吃饭。

他只吃了大半碗的时候，向屋子周围看了一看，向刘三道："把高副官叫来。"刘三答应了一声"是"。凤八将筷子敲着碗道："我闷得慌，你去把他叫来。"刘三笑着出去，不一会儿，将高一畴叫着笑了进来。凤八望了他道："你这小子，大半天没看见你，躲到哪里去了？"高一畴笑道："怎么敢躲起来？在外面等着八爷吩咐呢。我也悄悄地偷瞧了两次，见八爷在用功呢，那我还敢说什么？"凤八笑道："别挨骂了。赵瞎子在哪里？咱们先找个地方消遣消遣去。"

高一畴走近一步，低声笑道："天仙舞台给八爷留了两个包厢。不敢请八爷捧场，请八爷到一到，也好给他们装装面子。要不，赵玉玲就会亲身到公馆里来拜访八爷，没有请示以前，不敢来。"凤八笑骂道："你瞧我什么时候骂过漂亮女人的？她来了，我纵然不高兴，也不会把她轰了出去。"高一畴笑道："那么，叫赵副官来，陪八爷一路到她旅馆里去瞧瞧。"凤八道："怎么说着？说来说去，还是要我去先看她，那不叫废话！咱们先去听听落子。瞧你八爷高兴。晚上还有兴致的话，就去听她唱两句。"

高一畴听说，十分高兴，出去招呼了同伙赵副官赵瞎子，先向落子馆里去找座位。凤八在家里换上了出外的皮大衣，然后坐着马车到落子馆去。听完了落子，两位副官陪他到馆子里吃晚饭。高一畴说是天气太凉，劝凤八多喝了两杯酒后，凤八也颇为高兴，经赵、高两人再三地怂恿，没有再为难，就径直地到天仙舞台来。

这个日子，在天津市上，头等阔人才坐马车，凤八的车子在戏馆子门口一停，早有三四个茶房迎了出来。一个年纪大些的，迎着请了一个安，叫了一声"八爷"，便在前面引路，直到楼上第二三号包厢里来。

凤八见两号包厢中间的隔板业已取消，里面宽敞得很。栏杆上蒙上了白围布，上面摆着许多干湿水果碟子。椅子上垫着厚厚的褥子，向台上斜对着。走进包厢来，先就嗅到一阵香气，似乎他们还预先洒了一瓶香水。因把鼻子耸了两耸，伸手在空中挥了两挥，笑骂道："这叫胡巴结，我就怕的是这种蹩脚香水气味。"赵瞎子笑道："也许是白天人家女客在这里打碎了香水瓶子。"凤八有了他们这种解释，便不怎样去研究，脱下了皮大衣，就在正中椅子上坐下。

今天这正戏是《苏三起解》，接演《三司大审》，那个扮玉堂春的赵玉玲正在台上演唱《起解》一段。凤八看着，指了台上："当然这个就是赵玉玲了？扮相儿倒还不坏。"赵瞎子道："是吧，八爷不能说她坏吧？老高，给她打个无线电，报告八爷来了。"这两位副官本都是上穿黄呢制服，下穿灯草呢马裤，头发乌油溜光，梳着分发，仿佛像一对蜡烛似的，笔挺地站在他身后。其实这种架子摆了出来，人家看到，也就晓得来头不小，用不着再向外面打什么无线电了。可是赵瞎子这样说了，高一畴看看凤八也不反对，等着赵玉玲唱着要了一个花腔之后，便装出天津人的口音，叫了一声："吓！好嘛！"

这声音虽不十分响亮，然而以包厢对台上相距甚近，唱戏的赵玉玲早已听见，便当着她走近台口的时候，对包厢飞了一眼。凤八看了笑了一笑，轻轻地骂道："他妈的，这丫头还真有一手。"那赵瞎子听了这话，转着小眼，向高一畴做了个鬼脸。自这么一来，凤八对于戏台上的戏，就看得入神了。后来赵玉玲在《三司大审》这一个场面上，人跪在台口，每唱一段，总要向包厢里飞一眼。高一畴弯了腰在凤八耳边低声道："八爷看见吗？她只管向这里上劲，明天的《盘丝洞》比今天的戏还要风流。八爷怎么样？"凤八笑道：

"你这小子有意和她捧场，你就瞧着办吧。"高一畴道："回头对看座地的齐胡子说一声，留下两个包厢。"凤八道："咱们不捧场就不捧场，要捧场也不至于买两个包厢。"赵瞎子笑道："那么，池子里定两排座。好吗？"凤八道："别打岔，让我听她这段二六。"高一畴看这样子，事情是十分定妥了，他就悄悄地离开了包厢，向后台去了。

凤八回头看到高一畴走了，也没有作声，继续地看戏。约莫有十五分钟的工夫，只见他引着一位五十上下的老头子来。他穿了灰布羊皮袍，头戴和尚帽式的黄毡兜子，在包厢口上抓了帽子在手，就向凤八请了一个安。高一畴在他身后道："这是玉玲的父亲赵五老板。"凤八略略点了一个头。赵老五比着拱了一拱手道："请八爷多捧场。听完了戏，请到旅馆喝杯茶去，您可以赏光吗？"凤八又只点了点头。赵老五退去，高一畴走进来向凤八道："回头咱们可以去一趟吗？"凤八笑了一笑。说话之间，戏已完了，凤八既有所用意，也就不忙着走开。约莫又是十分钟，还是缓缓地坐了马车，向赵玉玲寄往的旅馆里来。

到了门口，停着马车，那玉玲的父亲赵五老板已先在门口等候。凤八一进门，他先就躬身微笑道："八爷真是赏光。"说着，先在前面引路。到房门口，又是一位老婆子迎门请了个双腿安。高一畴在凤八后面替他说着："这是玉玲母亲赵五奶奶。"凤八走进，这是一双套间的房间，在原有的桌椅床帷之外，堆了些箱笼包袱之类。赵五奶奶赶快把沙发椅上两件衣服移开，笑道："你瞧，这一分乱罗，来了人真是看不得。八爷请坐。高副官、赵副官请坐。"高、赵两人只是笑着站着，凤八站着脱大衣，赵五奶奶立刻过来接着，一面向里面屋子里叫道："玉玲，快来吧。贵客到了！"

只听到里面屋子里，娇滴滴地有人答道："妈呀，你陪过了贵客宽坐几分钟吧。我得梳一梳头发，蓬头鬼似的，怎么好见贵客呢？"高一畴笑道："你在台上，我们八爷早就见了，现在出来是熟人了，没关系。"里面人答道："那么说，八爷我也见过的。"高一畴道：

"你怎么会见过的？这倒奇了。"里面人道："我在台上唱戏的时候，看到八爷坐在包厢里的。"赵瞎子笑道："赵老板，不把我冤透了。你向包厢里看着来的时候，我以为你对我说什么呢，我乐糊涂了，又不曾回电。于是说起来，敢情是瞧着我们八爷呢。"里面人道："赵副官，你这就不对了，怎么可以在八爷当面占我的便宜哩？你不怕得罪了八爷？"赵瞎子站着一伸舌头，低声向同站着的高一畴道："好浓米汤。"凤八听着这些话，明知道是米汤，却嘻嘻地笑了。赵五没有进房来，赵五奶奶收拾了桌子在一边屉桌里取出干湿果碟，在桌上摆着，他们打趣，只当没有听见，向里西屋子里催着道："快出来吧，这孩子！"

随了这喊声，里面嘻嘻地一阵笑，赵玉玲走出来了，这日子女人还没有改穿长衣，她可是旗装，穿了一件月白绸面的灰鼠皮袍，周身滚着三条红辫，头上梳着乌亮的一把轻发辫，打着半月形的刘海发。在左右鬓子，将红丝线扎根，扭了两个小辫，拱起蝴蝶角儿来。衣服穿得那么淡，脸上的胭脂可抹得很红，越显出鹅脸蛋儿上，黑溜的眼珠，雪白的牙齿。她出门来，看见凤八，低头先笑了一笑。赵五奶奶道："傻丫头，见面礼儿也没一个，成什么规矩！"玉玲听了，这才向凤八瞟了一眼，然后走近一步，缓缓地蹲下去，请了个双腿安儿，口里叫了一声"八爷"。凤八口里连说"不敢当"，身子竟站不起来，他倒是糊涂了。

三　叫人底事不魂销

凤八一糊涂，赵玉玲的进攻就势如破竹，见凤八坐在沙发上，便挨着他坐了，因问道："八爷今天在哪里吃的晚饭？"说着，伸过手来，握住凤八的手。凤八笑道："为了我两个贵副官，一个劲催着去听戏，在小馆子里没有吃得好。"玉玲道："这两位副官热心捧场，我倒是知道的。不过八爷是漂洋过来的人，什么角儿没见过，不是他两人在后面盯着催，八爷也不会来。为了听戏耽误晚饭也没有吃好，这实在是让人过意不去的事。八爷想吃点儿什么，趁着现在还不十分晚，到街上叫去。"凤八笑道："你不必客气，我们坐着谈谈吧。我的食量最是有限。"那赵五奶奶在里西屋子里就插嘴道："您别客气呀，以后还望着八爷常来指教指教呢。我到隔壁广东馆子里去叫几样菜来吧。"她说话时，已走出房去了。凤八笑道："赵老板，你这样客气，分明是叫我下次不便来。"玉玲笑道："八爷要是不来，话就可以随便地说。我们倒是愿意客气点儿让八爷不来，可别怠慢了让八爷不来。"两位副官陪了凤八，老远地坐在房门口，现在见凤八和玉玲已像谈得很投机，便无帮腔之必要了。高一畴向赵瞎子啾咕了两句，同站起来，向凤八道："我们到外面瞧瞧去吧。"凤八答道："没听见吗？赵老板叫点心去了，请你们消夜呢。"赵瞎子眯了眼笑道："不忙，改日我们再让赵老板请客。今天晚上，我们倒不扰她。"说着，两人同望了赵玉玲一眼，就出去了。

玉玲见屋子里没有了第三个人，便站起来对墙上挂的大镜子照了一照，又摸摸自己的头。凤八在身上取出扁皮夹子，掏了一支雪茄衔在嘴里。玉玲看到镜子里的影子，立刻在桌上拿了火柴来，擦着一根，弯腰和凤八点烟。凤八见她手掌白嫩，手心里还有化妆时沾染着的胭脂，因笑道："我听说赵老板这红角儿不大好攀交情。今日一见完全不对，你是非常和气的一个人。"玉玲放下手上的火柴盒，就在桌边椅子上坐了，向凤八笑道："我可不懂事，不会招待来宾，以后有招待不周的时候，八爷包涵一点儿就得了。"凤八嘴角上咬着雪茄动了两动，笑道："凭你这又红又白的小手儿和人点着烟，还说招待不周呢？怎么着？怕挨着我吗？"说着，手拍了两拍沙发椅子。那玉玲坐在那里，倒没有答复他什么，低着头下去，微微地一笑，同时眼睛还向他一转。凤八看到这种样子，觉得比她坐了过来的劲，还要亲热些，还要甜蜜些，也就含着雪茄喷了两口烟出来。

就在这时，赵五奶奶推门进来，向玉玲道："哟！你瞧这孩子，也不陪着八爷说个什么。你坐你的。"说着，又向八爷道，"八爷，你会不会玩两口烟，玉玲倒是会烧，想躺躺灯儿好不好？"凤八笑道："只要是赵老板赏脸，什么我也得奉陪。"赵五奶奶道："好！我去收拾灯盘子，你们就来。"说着，她到里面屋子里去了。玉玲手扶了桌子，扭转身来，又向凤八微微地一笑。凤八觉得她这一笑，比台上那要彩的一笑，还要动人，真是满身发痒，不知如何回答才好。赵五奶奶在里面屋子里叫道："八爷请呀，我这里已经亮着灯了。"凤八向玉玲笑问道："这里面屋子我也可以去吗？"玉玲已站起身来，笑道："哟！八爷怎么说这样的话？除非八爷见外呀。"凤八打了一个哈哈，向里屋走去。玉玲随了他进去，赵五奶奶就出来了。凤八这口鸦片嗜好，正是世袭的，当然一切在行。加之有这位如花似玉的赵老板烧烟，这滋味就更好。

他们在里面屋子里，足烧了一小时的烟。叫着消夜的菜面，已经送来了，放在外面桌子上，赵五奶奶摆好了杯筷，才隔了门帘子叫道："玉玲陪着八爷出来吧。回头酒菜都凉了。"玉玲答应了一声，却没有出来。但听了凤八笑嘻嘻地和玉玲说着闲话。赵五奶奶催了好几次，两人才一同出来。有了这次大烟抽着，两人就熟识多了。这桌上放了四盘菜、一只火锅、一瓶子白兰地，两双象牙筷斜角摆着两只浅紫玻璃杯子，电灯照着，颜色倒是很好看。玉玲拿起酒瓶子来，就向杯子里斟下去。凤八笑道："你可别把我灌了，灌醉了我回不去，那怎么办。"玉玲笑道："任凭怎么醉，八爷也可以回公馆。有马车，还有两位副官。"凤八道："若是喝着扶不上马车呢?"玉玲瞅了他一下，笑道："还是不要紧。这旅馆里有的是房间，八爷开一间房间就是了。"说着，两人坐下来。

凤八扶了杯子向她笑道："八爷不喝酒也是醉，倒不如喝两盅更痛快些。"凤八笑道："不喝酒就醉了，这话怎么讲?"玉玲笑道："凭八爷怎么讲都成，反正你心里明白，我心里明白。"说着把酒杯子端起来，向凤八举了一举，眼睛斜瞅了凤八。凤八也举起杯子来抿了一口，向她笑道："你真成，没话说，我算服了你了。你说，要我怎样地捧你? 就是明日起吧。"玉玲笑道："交情是交情，玩笑是玩笑，明日还不要你捧，我得请客。妈，爹在外面吗?"她说着话，突然掉转脸向里屋子问了这样一句话。赵五奶奶答道："在外面陪了两位副官喝酒呢。"玉玲道："您去说，明天我请客，包两个厢，池子里要两排座儿。八爷，够不够?"说着，又望了凤八。他笑道："别的我不敢说，捧场的闲人，我公馆里有的是。你就再定两个包厢两排座儿也不会够。话可又说回来了，你当角儿的人，自己这样定座请客，那不是生意经。"玉玲道："这话不能那样说。为着要得八爷声还会巴结，就是到您公馆里去唱两次堂会，也是应当的。我又不是天天这样请客。这一点儿巴结意思，您就别管了。"赵五奶奶也不再要玉玲说什么，已经出去通知赵五了。

凤八眼睛看花枝，手拿酒杯，又听了人家这一番恭维，觉得在人情上实在是太受着人家的巴结了，便点点头笑道："好，我就依了你，好在往后日子长，我再来感谢你就是了。"玉玲道："话是说得对的，不过字眼儿太重一点儿，应该说提拔提拔才对。"凤八笑道："我又不是个内行，怎么提拔你? 再说，你已经是个红角儿，还提拔你到什么地方去?"玉玲见屋子里没人，手端了酒杯，低头望了酒杯子微笑道："那我怎么说呢? 我敞开来说，你拼命地捧我?"凤八笑道："那有什么不可说的？你这也就说出来了，没见你让我身上落下一块肉。"玉玲只是低头微笑。

凤八吃足了鸦片，精神很是兴旺，见玉玲说话老在有意无意之间，十分可爱。不过今日是第一次和人家见面，也不可过于尽兴了。两人对着火锅子喝了半小时，见旁边桌上的小钟已经到了两点半。便向玉玲点点头道："我该走了，你也应当休息休息。"玉玲道："不忙呀，再喝一杯热茶。"这样说时，也不知赵五奶奶在门外怎么着，就晓得这消息了，便推门进来接嘴道："八爷，你喝口热茶再走吧，外面可凉得很。"说着话，两位副官和赵五都拥着过来了。

赵五老远地垂手站着，放出笑容来道："八爷，你忙什么的。这里旅馆里也没有什么日夜，就是坐到天亮回公馆去也没有什么。"玉玲已经拧了一把热手巾过来，双手递到凤八手上，因回转头来向赵五道："那人家凭什么？"由她父亲那里回看到凤八身上来，眼睛又是一溜。凤八当了许多人也只好微微一笑，再看到两位副官挺立地站在门口，便问道："车套好了吗？"高一畴道："套好了。"凤八笑道："我们该走了，胡搅了人家半宿。"王玲早由衣架上抱了他的皮大衣过来，站在身后替他穿上。然后走到他面前，和他牵扯着大衣领子，笑道："八爷，您明天可得早些来。票子我就叫人送到高副官手上了。"凤八笑道："岂但是晚上我要来，中午我请你吃饭。你说你几点钟可以起床吧，我派马车来接你。"玉玲笑道："八爷赏饭吃，哪怕是早上六点钟，我都会先起来等候着。"高一畴笑道："赵老板说话，真懂交情，大概八爷两点多钟出门，三点钟派车子来接你吧。也许还是我押车呢。"玉玲握了凤八的手，送着走出房门来。赵瞎子和高一畴随在后面走着，低声道："你看，这份难舍难分的劲。"玉玲只当没有听到，真送着凤八上了马车，方才回去。

凤八虽然在香港、上海久去烟花阵中，可是像北方女郎这样热烈、这样爽直、这样温存的滋味，却还没有领略过，心里十分高兴。到了次日下午三点钟，照样约派了马车将玉玲接到饭馆子里去吃早饭。这一晚上，凤八提早到戏馆子去，那是更不需说。一点钟这顿晚饭，又是在德义楼玉玲房间里用过。第三日是凤八正式捧场了。就定了三个包厢、三排池座，包厢里请着几位知心的年轻朋友，池座里却由两位副官发动了几家公馆里的仆从，持票入座。这样一连许多天，不但是惊动了梨园行，便是天津市也当着了一件新闻来传说。因为凤大将军由南北上，已是把天津人士震动了。比远一点，那无疑是把个南越王赵佗，居然引到了长安来。所以凤家人的一举一动，都是社会上人作为谈助的。现在凤八这样地捧赵玉玲，大家都觉赵家人走着幸运，报上不断地载着这段艳史。

在这种情形下，凤八倒是不怎么介意，因为报上载着只某贵公子，并没说出他的姓名，并且贵公子捧角，这也是太平凡的事，无须隐瞒。可是玉玲却在他面前说过好几回，并且向他提议，报馆如是有熟人的话，可以疏通疏通，别让他们尽闹着这段新闻了。凤八笑道："那怕什么的，我凤八捧你，也不玷辱你的身份呀。"玉玲道："不是那样说，唱戏是吃碗人缘儿饭。我把这份人缘都交在您八爷身上了，别人就都会有点儿醋劲，尽管八爷待我的恩典是天高地厚，可是我一辈子绝不能靠八爷一个人。"凤八笑道："就怕你不愿一辈子靠我一个人。假使你真愿一辈子靠我一个人，那也毫无问题。再说，真会因为我捧你，爱听赵玉玲的就不来听戏，也不会有这么一回事。"赵玉玲似乎不肯把话跟着向下说，说到这里，笑了一笑，也就完了。

又过了两天，玉玲突然称病，却向戏馆子里请了一天假。这戏馆几乎完全靠她一人卖座。她不出台，只好回戏了。凤八听到这个消息，十分挂念，不等天黑，打破他向旅馆来拜访的纪录，四点钟就到德义楼了。到了玉玲房间里，见她父母全不在，她一个人坐在里面屋子里，桌上摊了一副牙牌抹着玩。看见凤八进来，便迎上前来和他脱大衣，一面笑道："我袖中阴阳八卦，早已算定，就知道你不等天黑就会来。"凤八让她接过大衣，握了她的手，向她望了一下，笑道："你很好吗，为什么说病了，回了戏呢?"

这时，屋子里炉子里的煤火烧得很兴旺，她穿了一件墨绿海绒夹袍子，反卷了两只袖口，透出里面的水红汗衫来。脸上虽没有涂胭脂，却薄薄地扑一些干粉，越发觉得清丽可人。她见凤八只管周身上下打量着，便笑道："昨天咱们分手，我还是好好儿的，今天我怎么会突然地病了呢？"凤八道："我正是这样想。"玉玲道："这是我们唱戏的人一些手段，那也是不得已而为之。"凤八坐在她床沿上两手一拍道："我明白了，你是想要前台加包银。"玉玲笑道："凭着现在民国六年的行市，一个坤角儿拿到六百块钱，还有什么话说？"凤八道："那又为着什么呢？"玉玲见他手指头上夹的雪茄只剩了半寸了，且不答他的话，打开衣橱来，在里面捧出一只装潢精致的小盒子来。掀开盖来，里面正是满满地盛着雪茄烟，因笑道："这是让我爹亲自到花旗洋行去给您买的，您尝尝合不合口味？"凤八拿起来一看，笑道："这和我吃的牌子一样，有什么不合口味呢？你也不吸雪茄，你怎么知道我吸的是这个牌子？"玉玲笑道："在伺候八爷身上，凡事总得留心呀。"

凤八取了一支吸着，握了玉玲的手，同在沙发上坐着，笑道："你父母都不在这里了，这句话还是得和你说。这样伺候，我实称心满意。你还唱什么戏，跟着我就算了。"玉玲笑道："我有那份儿福气呀？"凤八道："你不要和我客气，说实话，办得到，办不到？你瞧，我们的交情已经不错了。可是你母亲面子上很放松，骨子里可监得厉害。我们在里面烧烟，她就在外面坐着，一会儿送茶，一会儿送点心，我有什么活也没法对你说，干着急。"玉玲笑道："我的爷，你是只替你自己想，不替人家想，人家一个十七八岁的大闺女，陪着你这位花花公子三更半夜同榻烧烟，她有个不啾咕的吗？"凤八摇摇头笑道："这就让我难受，既是叫我和你这样亲亲热热的，又不让我碰你一碰。"玉玲笑道："好好地碰我一下干什么？把我碰倒了，你可得把我牵了起来。"凤八将手拍了她的肩膀道："你不许调皮，有话实说。"玉玲将脸色一正道："我就不说笑话。我的爷你要知道，就是我今天请假，也无非为的你呀。"凤八放了她的手，也就正颜向她望着道："怎么倒为着是我？虽说是租界上，多少我凤家还有点儿面子。你说，有什么为难之处，我一力承担。至于银钱上受的损失，那你更无须为难，我都代你担就是了。"玉玲听了这话，先是叹口气，回头却是扑哧一笑。

四　大势所趋

王实甫说：宜嗔宜喜春风面。女人之专一以笑容动人，那还不足为奇。必须喜怒哀乐，每一表情都打动得了人。在凤八眼里的赵玉玲便是这副情景。她始而叹气，已觉是楚楚可怜。再加上了这扑哧一笑，越发是娇媚得紧。他便伸了个懒腰，在沙发椅上向后靠着，笑道："你这意思，我倒不懂。那口气叹着，好像是说我不大肯花钱。可是你一笑，又好像我只晓得花钱。"玉玲笑道："人也有个良心，八爷这样地在我身上花钱，我还说八爷不肯花钱，那除非是把金子再打一个人了。至于你说只晓得花钱，这倒有几分猜得对。"凤八道："你那意思，以为光花钱是没有用的吗？"玉玲道："自然，天下也有钱买不通的事。不但是钱买不通，而且是越买越坏。你想，下了台我赵玉玲是八爷一个人的人。"凤八笑着摇摇头道："下了台就是我一个人的人吗？"玉玲笑道："你不要打岔，听我说。在台上呢，谁都是我的主顾，一个也不能得罪。你别瞧那花三毛钱，站在池子后面看电影的主顾，他要是不高兴，一样能叫你两声倒好。"凤八笑道："那果然办不到。要我请全天津听戏的人，都给你捧场，别说是我凤八，就是当今大总统下着这样一道命令，也发生不了那效力。"

玉玲笑道："你不也就明白了？况是现在天津人，谁不知道八爷捧我，有的说得厉害些，那简直说我嫁给八爷做姨奶奶了。这么一传说，听戏的人总有几个吃醋的、言三语四的，就不免把话传到我耳朵里来。我自然不理他，我是个自由身子，我爱和谁好就和谁好，就是我爹妈也管不着。可是前台经理他竟看不下去，昨晚上悄悄地对我说，别尽管敷衍凤八爷。别的看客，也得应酬应酬。你猜他为什么说这话，就为了前两天有人请我吃饭，有三四个约会，我都没到。前台经理可急了，他以为这样下去，我会把一些主顾得罪完了，就对我说了许多废话，说什么戏不能唱给凤八爷一个人听。"凤八道："他们真有些胡来了。你不出去应酬人，与我姓凤的有什么相干。"

玉玲听了这话，却把眼睛向他一溜，点点头笑道："我的爷，您真是放着一肚子大爷脾气了。我一个唱戏的人，有人捧我，为什么不愿意？我哪儿的应酬也不去，不就是为着你吗？不就是为着怕你生气吗？你想，没有日戏的时候，我总要睡到一两点钟才起来，随便混混，你就来了。你高高兴兴地来了，我不能把你扔在旅馆里孤孤单单地坐着。而况人家约会我吃饭的时候，也就是你要我去看电影，或者吃小馆子的时候，我怎样又分得开身来。"凤八笑道："照你这样说，果然是为了我了。那我打算怎么办呢？你好好地向戏馆子里请假，那分明是和前台闹别扭，他不更要和你捣乱吗？"玉玲微笑道："捣乱还是小事，也许他还要和我打官司呢。不过我也不怕，有姓凤的和我撑腰，官司也不会输到哪里去。"

凤八口里衔了雪茄，人是躺着坐在沙发上，向玉玲望着。很久很久，他才喷出一口烟，沉沉地想着心事。有十分钟之久，他突然站了起来，两指夹了雪茄，向玉玲指着道："你果然有这番好意，为了我不怕得罪人，甚至于戏都可以不唱，你这番好意，那是可以感激的。我告诉你，我这个人不是那蠢牛木马，决不埋没人家的交情。我现在向你开个保险单子，你只管放心做去。将来有一天你上不了台唱戏，家用开销都归我来负担。"玉玲笑道："也不至于落到那个地步。再说，无缘无故地，我也不能要你承担我的家用。现在我唱戏，你是个捧角的，当然，可以在我头上花俩钱，这一层我也没有什么不安，不过你是在我这里消遣消遣而已。我不唱戏了，我怎能叫你在我头上花钱呢？"凤八笑道："那么我们来个刘备招亲，弄假成真，干脆你就嫁给我好了。"他说着这话时，却注意地望着玉玲。

玉玲笑道："你们府上，是天下闻名的人家，我们没有这福气。"凤八正了颜色道："我真不说笑话。至于要些什么条件，你只管说出来，我是尽力而为。"玉玲笑道:我有什么条件？恐怕你们家大帅，也不许一个唱戏的女人混进了府上去吧。"凤八道："我家大爷二爷三爷，谁都不是几房家眷，还有在班子里讨的人呢。"说着，将手拍了玉玲两下肩膀，笑道，"你若是不愿意的话，自然不必向下说。你若是愿意的话，你总相信我手上的钱够你这一辈子花的。"玉玲笑道："我有什么不愿意呢？你要知道，我这条身子是爹妈的，总得爹妈和我做主。我说句愿意，那是白费劲的事情。这话又说回来了，只要他两位老人家乐意，我不愿意也不行。你想，把姑娘唱戏的人，你那眼光又是一样吧？"

凤八口里衔了雪茄，躺在沙发上细细地想着，觉得她说这些话，有点儿故意让人摸不了一个准稿子，可是她说的理由呢，也不能认为是随便瞎诌，赵五夫妇还指望这个女儿和他挣几年的钱呢，怎会就把她放出来嫁了呢？他想着很出了一会子神，便是那嘴角上衔的雪茄没有了火星，他也不觉得，还是陆续地将烟吸着。玉玲见他在这样出神，便离开了椅子，也挤到沙发上来坐着，握了他的手笑道："什么要紧？我自己都透着不在乎，你倒是好不放心似的。别想了，今天我不唱戏，你带我出去玩玩吧。你说，还是上落子馆听杂耍呢？还是瞧电影去？"凤八抓了她的手，坐将起来，因道："你倒真是放得了心来，果然不出台了？"玉玲笑道："这有什么果然不果然呢？戏馆子早回了戏了，这时还能去上台不成？除非你八爷一个人去看。你就不用管我的事了。既是我得了这一晚闲空，你就陪了我出去消遣一晚上。只管说那戏馆子里的话，让人听了扫兴。"

凤八听她如此说了，只将放了正事不谈，陪了玉玲玩到深夜才回旅馆。这时，戏馆子里前台经理，还在外面屋子里和赵五夫妇开谈判呢。凤八觉得拉了玉玲出去玩，耽误人家戏园子里一晚没做生意，总有点儿难为情。只随便和那经理打个招呼，就回家了。

天气是慢慢地寒冷了，更容易让人留恋着早上的衾褥。次日下午两点钟，凤八在小书房里床上醒过来，早有人将一叠大小报纸放在床边小茶几上。他将被子半盖了身体，举了报在枕上看，却听到高一畴在隔壁屋子里低声问道："八爷他起来了？"凤八道："有什么事？今天玉玲还不唱戏吧？"高一畴悄悄推着门走了进来，笑道："她唱不唱戏，八爷最清楚，怎么问别人呢？"凤八笑道："世界上就有这样吃飞醋的人。我捧捧赵玉玲，花我自己的钱。有人唱，就有人捧，这是很普遍的事，要别人吃什么醋？戏子也不是归哪一个人独自占有的，我捧角也不碍着别人的什么事，为什么也要眼红？"高一畴笑道："我的爷，你不是很明白，戏子也不是归哪一个人独自占有的。现在您一捧她，有的是有子儿的大爷在后撑着腰，对什么人全爱理不理的。人家不知道是她有了钱，架子大了，倒以为是咱们凤八爷霸占了赵玉玲，不许她到外面去应酬。这笔账记着在您身上，自然要吃醋了。外面人吃醋呢，那倒不必管他，咱们依然干咱们的。可是赵五夫妻，就犯着啾咕的病了。"

凤八身穿羊毛绒衣服坐了起来，高一畴立刻在衣架子上取过丝棉袍子来，替凤八披在肩上。凤八穿着衣服下床，因问道："他老两口子啾咕什么？我也不亏负他们，就是你和赵瞎子经手，给他们的现款那还能算少吗？详细数目，我自然记不清楚，大概总也有四五千元。"高一畴道："八爷和玉玲那样亲热，当然没有什么话不谈的。您总不会疑心我们没有把钱交给他们。"凤八道："你们有几颗脑袋？敢吞下我的钱？"高一畴道："这就是了，我们没有敢落下八爷的钱，他自然也就收到了。他们收到了八爷的钱，他们不要啾咕着这个那个，他们那意思还用得着我们猜吗？八爷，您明鉴。"他说时，抬着肩膀将舌头伸了两伸。

凤八将衣服穿好了，在洗澡间里洗脸，一面叫着他在房门口站着问话。他有五分钟不说话了，高一畴伸头向里张望了一下，见凤八在洗脸架上下、周围地探望，分明是在找一件什么。后来他又信口地问道："我给你买的那瓶雪花膏，哪里去了？"高一畴听着，这倒有些奇怪，什么时候他给我买了雪花膏？就没有敢答复。凤八依然在寻找着，他口里随便地道："那是法国货，你用过没有？"高一畴听到，便想起来了，是有那么回事，曾替主人在巴黎洋行买了一瓶雪花膏，送到赵玉玲那里去。便笑道："这是自己公馆里，八爷以为是旅馆里吗？"凤八哦哟了一声，虽没有说什么，高一畴觉着益发猜得很对，便向他笑道："八爷这一颗心全都在玉玲身上了。分明在自己家里洗脸，会跑到玉玲旅馆里去找雪花膏。"

凤八突然扑哧一笑，将头点着走了出来，因道："这倒真是我有点儿着迷。为什么洗着脸，好好的也想到她身上去了。"他脸上笑嘻嘻的，坐在沙发上，家里用人陆续地供应着早餐饮食。高一畴却在旁边站着，不断地说着打趣的话。凤八将桌子一拍，笑道："你不用笑我，八爷有的是钱，只要我狠一下，花个三万五万的，我一定不在乎。八爷在你们身上也恩典不少，八爷现在有了事情为难，你不能不和我卖一点儿力气。"高一畴笑道："八爷还会有事为了难？"凤八道："你别装聋卖哑，八爷有话可就直说了。我觉得赵玉玲很我的心，我要讨她回来做个二房。可是玉玲要愿不愿的，只推在她爹妈身上，我拿不准她是什么意思。但也无非为的是钱。这件事派你和赵瞎子两人去办，只要把人能弄到手，花多少钱我都不计较。"高一畴笑道："我早就料定了，免不得要走上这一条路。"说着，又把肩膀扛了两下。凤八道："你有什么意思，只管实说，不要这样鬼头鬼脑的。"高一畴笑道："并非我鬼头鬼脑，八爷要办这件事，得先依着我们，用点儿手腕。可是这个手腕，只有我们心里这样想着，真说出来，恐怕八爷是不干的。"

凤八两手操着袖笼子坐了，抱了大腿颤动着在沉吟。他见高一畴穿了青呢短衣，两手插在马裤袋里，半歪了身子，做了那么一个架势，便笑道："你那意思我明白了。还是在广东一样，把人抢回家来再说。可是你要知道这是租界上，不能够随便让我们来的。"高一畴笑道："要是能够那样干脆，咱们还用得着使什么手腕。我说的是八爷越是想快快地把人弄回来，他们就越要摆架子。八爷尽管心里想她，面子上可别表示出来。依着我说，最好八爷冷他们一冷。他们以为八爷无心进行这件事了，可以把条件松上一松，那么从中说媒的人，就好说话了。"凤八道："哦！你就说的是这么一个手腕，那也太值不得你替我想什么主意。这种手腕也可以说狗屎万分。人家并没有什么事来得罪我，在论嫁娶一层上，人家要考虑考虑也是本分。好好儿的为什么冷淡起来？何况戏馆子里正和她别扭着，她指望的就是我和她撑腰，这个时候，把人家冷淡起来，那透着我这个人有些落井下石，生成一副势利眼了。"

高一畴笑道："您真是天上圣人，实心眼儿为人，一点儿也不肯含糊。可是在今天一天，你最好是不要去。因为我们正去说着，赵五夫妇若是开的口大大，连劝带说，我们就得骇唬骇唬他。老实说，在天津唱戏，他是个短局，那无所谓，就是不唱戏，玉玲也没什么关系。可是回到北京去，那是她的老窝子，凭了大帅的面子，八爷写个字条儿，也可以请警察总监把她轰了出去。她敢和咱们别扭吗？"凤八道："你这是什么话？咱们这势力没处施展，到一个女戏子身上去卖弄吗？"高一畴笑着向他鞠了一个躬，因道："我的爷，你又过分地老实了。我这里说着了，不过骇唬骇唬他们，谁是真的去压迫她们。这就是当年大帅剿匪的办法，恩威并济。照着八爷的办法，凡事都用钱去买。咱们虽然有的是钱，可也不能拿钱去当水使。有那当水使的钱，分两个给我们这穷鬼救救命，不比给赵五锦上添花有功德些吗？"凤八道："你也想分我的钱用吗？你也不在镜子里看看你的那尊臭脑袋。"高一畴道："我不过是这样譬方着说，谁又敢在八爷面前揩油。八爷吐出来的肉骨头，也要给狗吃呢。我敢说一句，要把赵玉玲讨来，一点儿也不为难。可是只管拿钱去买，把钱花得足足的，也不见得能够称心如意。八爷既然要吃这块肉，就应当吃个新鲜，想要就立刻要到手，若是像您这样拿钱去凑乎，也许凑乎个三年两载，也不能办妥。就算办妥了，她也年老了三岁了。为了要这个人就想马上得着这个人，咱们也不妨使出一点儿手腕来。"

凤八又想了一想，然后拍着椅靠站了起来道："你这话倒是有理。我做事愿意痛快，不愿拖泥带水。反正咱们并不真要把人家怎么样，骇唬骇唬他们也成。今天我就不到她那里去，在家里……不，在家里待不住，找个什么地方等你的回信呢？"高一畴道："我给您出个主意，你可别疑心奴才敢在主子面前做鬼。我说，最好是到北京去玩两天。你若是不愿在二帅公馆里住着，就是住两天旅馆也没关系。等您回来的时候，我保证交涉就办得差不多了。"凤八道："你为什么要我到北京去。你好从中弄鬼，找钱花吗？我避开她两天也就是了。"高一畴站在屋子中间没有作声，见凤八将看过了的大小报纸丢了满地。便弯着腰，把地面上的报纸一张张地捡起整理，就没有去答复凤八的话。

这样总有十来分钟之久，凤八突然问道："你这是什么意思？说了半截儿话就完了。"高一畴这才直起了腰子，向他再鞠一个躬，笑道："请您原谅我大胆地说一句话。您虽答应冷他们一冷，可是您要不离开天津，晚饭一吃，您那心眼里就该活动了。天天到惯了的地方，您还能忍着不去吗？您若是上了北京，自己禁着了自己，这事就好办了。"凤八先是笑嘻嘻地看了他，随后拍了手道："好，我就依了你的话。"有了他这句话，他手下两位副官也就张开线网捉金鳌了。

五　煮熟的鸭子飞了

在凤八商量计划的当日，就悄悄地到北京去了。下午四点钟，他应当到德义楼去画到的时候，他自然是误了卯。那赵玉玲想了一肚子的主意，打算等凤八来了，慢慢地向他进说。在那个时候，头发不曾梳，蓬了一把辫子，脸上不抹粉，也不抹胭脂，故意脸皮黄黄的，带上三分病容。屋子里炉火烧得很热，她脱了外面长衣服，只是身上穿了一件小小的红缎子窄袖紧身袄儿，下面穿了月白缎子长脚裤儿，倒显着娇小玲珑。看看表，过了半个多钟点还不曾来，她透着有点儿急了，便取了一副牙牌在桌上抹着。可是屋子里电灯大亮，凤八还不曾来。赵五奶奶坐在一边吹八寸长的旱烟袋儿，却也望了玉玲出神。玉玲抹着牌，问道："现在几点钟了？"五奶奶道："可不就是这话，到了六点钟了，八爷还没有来。"玉玲道："我倒不是问他，馆子里那个刘经理又该来了。"五奶奶道："怎么不问他呢？他那么个大将军的儿子，把洋钱当水使，若不发他点儿小财，那算你白认识他一场了。昨天不还是和你说得好好儿的吗？怎么今天到这时候还不来？"玉玲道："是你说的，人家是个大将军的儿子，就不许有个应酬吗？"五奶奶道："这一程子，哪天晚上有应酬不带你去？有时怕你不去，还只管央告着你呢。"

赵五笼了两只袖子，在屋子里溜达，倒是留意在听她娘儿俩说话，这就插言道："我瞧这里面有点儿缘故，打个电话给赵副官去问问。"玉玲道："哟！他迟了一两点钟没来，就打电话去问，那也透着太离不开凤八了。以先咱们没有姓凤的捧场，我也唱戏，我也吃饭。"她口里这样数说着，手里依然在抹牌。赵五老两口子，见他闺

155

女一番不在乎的样子，自也没得话说。玉玲又抹了二三十分钟的牙牌，就不感到兴趣了，因将牌向桌心里一推，回转头来向五奶奶问道："晚饭咱们吃什么？"五奶奶道："三点钟你才吃的东西，这会子你又饿了？"玉玲伸了个懒腰站起来道："我白问一声，不行吗？今天晚上，凤八大概不会来了，十二点钟这顿饭可别指望了人请。"赵五皱了眉毛望着她道："依我看来，这件事还是玉玲和八爷去个电话吧。你们成天在一处，知道你什么言语把他得罪了？只有你自己去和他说，这档子事才好接头。"玉玲想了一想，才点点头道："好吧，我和他去个电话。要不，我也受不了你们这啾咕。"说着，她出房门打电话去了。

五奶奶见姑娘去了，着实唠叨了一阵，最后和赵五道："你瞧，这样子，就是玉玲自己也有点儿抓瞎。依着我就不该这样早对人家下手。"赵五板着脸道："你！你知道什么？人家都说财神爷照进了咱们屋子，咱们发财了。再要不跟人家要几个，过两天满了合同，咱们回北京了，凤八还跟到北京去捧玉玲不成？"他二人言语未完，玉玲却是在门外接着插上了嘴。她道："用不着跟咱们去，人家今天就先去了。"她说着话走进来，脸上是特现着懊丧的样子。赵五老两口子，倒不约而同地向她问道："八爷说什么了？"玉玲道："往日电话打到他们公馆里，立刻就由凤八接着。今天那接电话的人，倒问了三四起，才把赵瞎子找来接电话。他说八爷上北京公馆里去了。我问事先没听到八爷说，他说八爷在事先也不知道，是将军临时着他去的。我还要问，他连说电话里不便谈。"

赵五摇着头道："这话怕是有点儿靠不住。他在家里是个十足的少爷，有事也不必着发他跑路吧？"玉玲道："不用瞎猜，赵瞎子说了一会儿就来，听他怎样地说？"赵五道："你别信赵瞎子信口胡诌，说什么五百年前是一家。他吃凤家的，穿凤家的，做凤家的奴才，他不向着他的主子，会向着咱们吗？有道是打折胳臂往里拐，我看还是帮他的主子说话吧？"玉玲道："他还没来，我们先瞎议论一些什么？等他来了，看他怎么地说？"赵五也没跟着言语，闪坐在一边抽烟。

约莫过了半点钟，赵瞎子果然来了，他先笑道："对不住，对不住，我没有早来报个信。"他推门进来之后，站在屋子中间，对各人看了一看。玉玲斜靠了沙发坐着，手里拿了竹针打毛线围巾，好像没有知道有人进来，只是低了头。赵五夫妻自然是忙着张罗了一阵。赵瞎子坐在桌子边，手捧了一只茶杯，向玉玲笑道："赵老板生我们的气了，我们来了这样久，睬也不睬我一眼。"玉玲这才把结毛绳子的针放在怀里，向赵瞎子望了笑道："和我说话啦，贵姓是?"赵瞎子笑道："哟! 和我来这一招啦。我也姓赵。"玉玲点点头，鼻子里哼了一声，笑道："我以为贵人多忘事，原来你还记得是姓赵，还来了个也字儿。这就好说了，无论怎么着，看在这个赵字情分上，多少应该和我帮一点儿忙。可是你在凤公馆里动身起，就预备着一肚子谎话来骗我们。"

赵瞎子两手按住了桌沿，身子强起了一起，向她点上两点头，笑道："赵老板，你是不信八爷到北京去了。你总也算见过大世面的人。可是贵公子哥儿的性格，未必你还能摸得尽。他们家里有的是钱，有的是势，出娘胎以来就不知道什么叫难事。想要什么，立刻就要得着什么。烦腻什么，立刻也就扔下什么。别说是到北京去，他这时候想到外国去一趟，马上叫动身，谁还拦得住? 若单说八爷，也有一个例外，就是他在女人身上不使公子脾气，尤其是对我们赵老板。要不，天天四点钟一过，就到旅馆里来跑着，跑到戏馆子里，戏馆子里又跑回旅馆来，风雪无阻……"

玉玲两手摇着道："谁听你这个? 我们也打听打听八爷什么事生了我们的气。你瞧在这一笔难写两个赵字儿，给我们透点儿消息，我们也好赔个不是。"赵瞎子笑道："八爷生了你的气没有，你问我? 在您这儿的事，我能比你还摸得清吗? 这个我真不敢瞎说。若说到北京去的这件事，那可千真万确。你若不信，我开个电话号码给您，您向北京去个电话，您瞧他能不能接电话?"玉玲听了这话，向坐在一旁的父母看了一眼。赵五奶奶道："照赵副官这样说，大概倒是去北京了，可不知道什么时候回天津来。赵副官，我也不瞒你，痴心妄想的我们还指望八爷给我们大大地做个面子呢。玉玲不就是倚恃着有了八爷做后台，和戏馆子里闹着别扭吗？”

赵五在这时敬了赵瞎子一支纸烟，而且亲自控了火柴给他点着，然后又吸了一支，站在赵瞎子身边，笼了袍子袖子向他拱拱手皱了眉道："这事就是这么一点儿糟。"赵瞎子笑道："糟什么？"赵五道："你想，玉玲是为了这个靠身，同前台闹僵了，前两个钟头前台刘经理还在这里和玉玲商量着，请她明天上台，说好说歹，玉玲只管向他别扭，不肯答应。那就为着和他们翻了脸也不要紧。于今和戏馆子里是闹翻了，八爷又扔了我们。这岂不是两头儿不着实。"赵瞎子笑道："若是为了这件事为难，我多少还可以和你们帮点儿忙。那刘经理我和他还有点儿交情，我去见他，就说是我和你转圜的，明天依然请赵老板上台就是。"玉玲道："这件事是我们梨园行自己的事。赵副官帮忙不帮忙，那都在其次。我要赵副官帮忙的事，赵副官心里自然也很明白。"赵瞎子点点头笑道："明白我是明白，我也不能到北京去把他抓了回来。可是，除此之外，我也愿意尽力的，赵老板说过了，一笔写不了两个赵字。"赵五夫妻听到他说着这些不着边际的话，两个人对望着，不能接着说什么。玉玲道："除此之外……"她说时低头沉吟着，没有把话说完，就这样停止住了。

赵瞎子在身上取出一盒纸烟来，自己点了一支吸着。手上却拿了一只空茶杯子，在桌上盖着又拿起，拿起又盖着，印了几个茶水的圆圈儿，眼望了这圈儿只是出神。赵五奶奶见玉玲低了头结毛绳子，赵五笼了袖子在屋里走来走去，大家全都默然，她倒是忍不住，便向赵五道："玉玲这个脾气，你是知道的，刀子嘴，豆腐心，说话最容易得罪人，其实她心眼里并无所谓。她和八爷混得熟了，就没什么忌讳。准是言三语四地把八爷得罪了，所以八爷一生气就不来了。在天津呢，还怕玉玲打电话啦，托人说情啦，有个麻烦，索性往北京一跑，压根儿让你摸不着边。赵副官，你说我猜得怎么样？"杯子里那点儿残茶，已经给赵瞎子在桌面上印干了，可是他还继续地在印着。自然，他还是向桌面上看了出神。听了五奶奶的话，脸上微微带了一点儿笑容，因道："你那个猜法，不能说不对，也不能说全对。"

玉玲抬起头来了，她望了赵瞎子道："照你这个说法，我已经是得罪了八爷的了。可是昨天我们分手的时候，还是好好儿的，我有什么得罪了他呢？"赵瞎子笑道："老板，你这么一个聪明人，还有什么想不明白的？你成日地和他在一处，彼此之间的事，你自己总知道，我们事外之人哪里猜得透？"说着，又微微笑了一笑。玉玲摇摇头道："我们彼此之间，没什么事。"赵瞎子只是抽纸烟，却没有接嘴说什么。赵五老夫妻两口子听听赵瞎子的话音，也就很明了他的意思，可也不便接了话音说过去，却故意东扯西拉地说了很久。赵瞎子等他们说得烦腻了，然后站起身来笑道："我要告辞了，若有什么消息，我可以告诉赵老板。"赵五笑道："我们并非打听八爷什么消息，不过望八爷能早点儿回天津来，我们好多多地讲捧场。"赵瞎子笑道："我是信口胡聊，你别介意。"他说着，便拉开房门走了出去。

玉玲在他告辞的时候，还坐着在打毛线，但到他随手带门的一刹那，却又感到自己的态度有些简慢，待起身来送客时，赵瞎子已下楼去远了。手扶了房门站着，倒是很出神了一会子。赵五首先发言道："你们懂得赵副官到这里来是什么意思，我看他是来探我们的口气来了。"他说着，两只袖子依然笼住，只管在屋子里来回地走。五奶奶道："探什么口气？凤八是大将军的少爷，玉玲也是坤伶里头数一数二的红角儿。若是别人要说娶玉玲做二房，我们就得向他脸上吐几口吐沫。除非他凤八爷说的，我们是没得一个字回音。"赵五还是笼了两只袖子不断地来往走着。五奶奶道："老头子，现在你也该开开你那金口了。"赵五道："我开什么金口呢？我老早地说了，有了凤八这种人，也就可以把姑娘给他了。若说为了我们以后的嚼裹没有指望了，那就老实不客气，这日子多向凤八要几个钱就是了。"玉玲两手结着毛绳子，抬起眼皮向赵五看了一看。她并没有说什么，又低下头去结毛绳子了。五奶奶道："多要几个钱？你只知道要钱。什么全可以不问。人家是个大将军的家里，可不是胡乱进出的地方，把你闺女送到人家去当丫头奴才，你也全可以不问吗？"赵五还是笼了两只袖子，低了头绕着屋子中间的桌子打圈圈儿走。五奶奶道："你抽风啦，尽溜达什么？也该说话了。"

赵五这才点了一支纸烟，站在屋子中间抽着，然后向五奶奶道："当了姑娘的面在这里，我就敢说一句，不和姑娘提人家就算了。要提人家，像凤八这种人，亮了灯笼哪儿找去？像他们这种人家，谁不是三妻四妾的，何况我是打听得千真万确的，他跟少奶奶不和。那少奶奶也没添个一男半女，我们姑娘过了门子，把公婆哄好了，天下就是她的了。若说怕姑娘受委屈，那也有个法子，他们本房公馆在天津，就可以要求他在北京提另买一所房打个公馆。我看凤八那样花钱，十万八万地向外掏，他也不觉得身上痒一痒，这点儿花费他绝不会驳回。"五奶奶道："哦！你是瞧了他十万八万地花钱，有些眼热，赶快就拿起斧子来敲，你猜想他为了咱们姑娘，也肯十万八万地花吗？可是人家跑了，瞎摸海！"赵五道："你也没有向他提起要十万八万啦。你又怎么断定他不花呢？自从他捧场以来，除了高一畴、赵瞎子从中吃下去的不算，咱们也实得了他好几千。戏馆子里定座定包厢的钱，我还没有算。这样看下来，又怎能说他不花钱？话又说回来了，姑娘唱了五六年的戏，也给咱们老两口子挣了不少钱，只要她找着个好主儿，这辈子有吃有喝，那就行了，咱们还真图在闺女身上发个十万八万的大财不成？我这都是实话，要说找个大将军做亲家，咱们照照镜子，也配？可是说姑娘要找个大将军的少爷女婿，倒也不是没这个机会。"

他说着了这么一串，倒是坐下了，半昂了头只管抽纸烟。五奶奶道："这样说，你是先愿意了，你既愿意了，干吗又做了一个还价不卖的势子？"赵五道："哟！你不是想借了姑娘和前台闹别扭的机会，故意找人家想办法吗？怎么说是我先愿意了。"五奶奶道："这也不过是一套戏法，谁说弄假成真？"玉玲这就不结毛绳了，把手上活计向沙发上一扔，绷着脸子道："你们尽放些马后炮。人家老早去北京了，还想十万八万，还想弄戏法。还不到十分晚，今天晚上不唱戏，也没人来打搅，自由自在地，我该玩玩去了。"说着，她一起身，就坐到梳妆台旁，将梳子拢了头发，望了镜子里道："妈，劳您驾，叫茶房给我舀一盆热水来，我洗把脸。"五奶奶道："你还真要出去。"玉玲道："你不疑心我会逃走吧?"五奶奶道："说起话来，为什么就是这样僵着来的?"赵五道："我去叫茶房，我去叫茶房。"他说着，就代五奶奶把茶房叫来。玉玲不多言语，梳妆一番，换衣自出门去。而她也弄成个生气的样子，倒是赵五所未及料呢。

六 逼 迫

俗言道："打折胳臂往里拐。"那说的是自己人，无论如何是不会因着别人来损害自己的。可是赵五夫妇，在今天情形之下，觉得俗语有些不可靠，他老两口子正仗着女儿这点儿抓得住人的魔力，想敲凤八一个大大的竹杠，不料自他女儿本身起，就有点儿唱异调，吓得老两口子再不敢提一个字。到了次日中午，玉玲草草地漱洗一番之后，赵五奶奶端了一盘天津包子放在桌上，因笑道："姑娘，你喜欢吃狗不理的包子，我就是亲自去和你买了来的。"玉玲坐在沙发上，把天津一张小报捧起来看戏单子。赵五笼着袖子抽烟卷，站在桌子那边斜眼偷看姑娘。玉玲看了报，眼光对了报上，自言自语地道："啊！可和我贴出戏来了，《算粮登殿》，这样重头戏！"五奶奶手扶了桌子角，慢慢地走过来，低声笑道："不是上次说好了这出戏，你没有露吗？今天还是唱……"玉玲仰起脸来问道："今天？今天压根儿我没答应唱戏。"赵五道："人家给了咱们一个面子就是了，也不能永远和前台别扭下去。"玉玲道："叫我和前台闹别扭，是您；叫我别和前台闹别扭，也是您！戏可是由我唱，难道我就不能拿一点儿主意。"说着，她绷住脸子，又捧起报来看。

赵五倒不敢说什么，口衔着烟卷，两手笼了袍子袖，在桌子那边来回走着。五奶奶笑道："这话回头再提吧。包子冷了，你怎么不理？"玉玲将报放在桌子上，站起来望了五奶奶道："一提到什么，你就说着我是你肠子里出来的。你把我当着狗，于你有什么好看？"五奶奶笑道："你可别挑眼。狗不理的包子，天津街的人谁不去尝尝。我说你不理，这就犯了忌讳了。凭我跑上这么一趟路，老远地和你端了包子来，你也得包涵着一点儿。"玉玲道："还要怎么包涵，我要不是包涵，我还不在天津唱戏呢。"五奶奶没有接着向下说，把桌上的茶壶斟了一杯子热茶放在桌沿边，因道："这也是刚沏的好香片，喝吧，姑娘。"玉玲看到父母都对自己这样将就着，也不便尽管跟着发脾气，只好坐在桌子边喝茶边吃包子。

赵五向他女人道："午饭咱们吃什么呢？问问姑娘。她喜欢吃鱼，中午吃大米饭吧？你问问。"玉玲不由得扑哧一声笑了，因道："还问什么，我又不是个泥菩萨，你们这样当面说话，我都不听到。"五奶奶道："好，就是吃大米饭。饭后让老六来和你吊吊嗓子吧？"玉玲斟着茶喝，叹了一口气道："不是我说咱们是生定了这条穷命。假如你们要依着我办，在凤八手上拿过三万五万来，那还真不算一回事。于今抬不起身价来，还不是向下当戏子去。"五奶奶走过来手扶了桌沿，望了她的脸，低声道："你有这意思跟凤八，我们做娘老子的还有什么话说？可是你要知道人家是娶你做二房。"

玉玲微笑道："你当我是个傻子。到了现在，我还摸不清是做大房，做二房。有道是戏法人人会变，各有巧妙不同。"赵五坐在她对面，只是笼了袖子抽烟卷，这时却抬起手来，连拍了两下桌沿道："你既有这番话，女大不中留，我也由你去。指望了你一辈子，直到现在，除了北京置下两所老房子而外，在自己家里乡下也没有置下多少南庄田北庄地。你在凤八那里给我弄五万块钱来，我就让你自由自便。有了这笔款子，就是走不动拿不动了，收一点儿地租，我还可以过日子，那我就不怕了。"玉玲静悄悄地斟着茶，点了头道："我也晓得您的目的是这个。这话又说回来了，除了这个主儿，一下子就想人家拿出五六万来，亮着灯笼也没有地方找去，我也不愿多说了，反正我这点儿意思，您二位老人家也明白。"

赵五夫妇听了这话，不免面面相觑，真没想到姑娘突然地变了卦。这变卦的原因何在，虽不可知，大概昨天晚上她一人出去，多少有点儿关系。赵五奶奶首先这样想着，可也不便直率地向她问着，因道："我们是怕你受委屈。若是你觉得很有办法，不会受人家的委屈，那我们老两口子还有什么不愿意的。八爷说是到北京去了，也不知道是真去了没有？"玉玲道："我也不妨对您直说。昨晚上我和他通了一个长途电话，那倒是实在上北京去了。我自己相信，还可以把他抓得住。不过赵副官、高副官两个人，老爷子可得好好儿地去应付他。事情若是弄不好，也就是他两个人的鬼。您要是信我的话，也许您发得了这笔财。"赵五开着五万块钱的大口，以为这是一件很难的事，不想玉玲考虑也不曾考虑一下，立刻书下了一张保险单子。这就对五奶奶望着，好半天没有作声。五奶奶不敢和女儿说什么，却是沉下脸色对赵五道："没有事，成天在家里穷啾咕，好好儿的事情全都让你弄坏。谁也不是三岁两岁的人，什么事情不知道，老要你盯着出穷主意。我们娘儿们的事不用你管，你出去溜达去吧。"赵五看看女儿，又看看自己老女人，心里也就有八分明白，于是扭转头开了房门向外走。在他走的时候，自言自语地道："不让我说，我就不说。我这件安排，也无非是为了大家好。"这样嘟囔着，他就走出去了。

赵五奶奶等他走久了，才笑嘻嘻地向玉玲道："这老梆子财迷脑瓜，非这样撅他不可！你的终身大事，自然要让你自己来做主，他不能强迫着你，也不能拦阻着你，你放心就是了。"玉玲也没有说什么，吃了几个包子，喝了两杯茶，自到隔壁屋子去梳妆去了。赵五奶奶未便跟着，自呆呆坐在外面屋子里。

不多一会儿赵五又推门进去了，口里唧哝着道："这世界，到哪里也透着人是一双势利眼。势利呢，谁又不是这样，可也别现着太过才好。"赵五奶奶望了他道："在外面多混混儿，不好吗？又啾咕着回来了。"赵五道："并不是我又啾咕着回来。馆子里那刘胖子看风转舵。往先瞧着凤八爷和我们帮忙，他就说着另一样的大话，说是凤将军、龙元帅，那他全不含糊。戏馆子在租界上，官场的势力压不着。其实呢，倒不敢和我们别扭，究竟怕凤八和租界上的洋老爷说话。现在晓得凤八不捧场了，你猜他说什么？他说，姑娘有两天不唱戏，这两天他要姑娘补唱四天戏赔偿他。说是赔偿，其实就是罚四天戏。咱们姑娘大小是个角儿，南往上海，北奔张家口，什么事儿没见过，倒要跑来天津街这地方受罚。"赵五奶奶鼻子一耸，哼道："他敢说这话？罚？"赵五道："他为什么不敢说？他说，若不照唱四天戏，就扣住咱们的行头。当然，他是这租界上有名的混混儿。他要一变狗脸把行头扣着，咱们可也没有他的法子。"

玉玲在里面屋子里，原不打算插嘴的，听到这里，可就忍不住了，因道："哦！姓刘的这样厉害。他虽然在天津租界混得很有办法，可是他也不能永远藏在租界上，总有一天，也踏出租界去的，那个时候，他不怕咱们报仇吗？"赵五笑着摇了头道："孩子话。你一个唱戏的大姑娘，你有多大势力在那里？在租界外又怎么着，难道还能够咬他一口？"玉玲道："哼！唱戏的大姑娘怎么着？她也不能一辈子都是唱戏的，总有一天……哼。"赵五奶奶道："既是那么着，咱们记在心里就是了。现在说也无用。这话又说回来了，现在咱们斗他不过，好汉不吃眼前亏，今天晚上你就顺顺溜溜上台吧。过两天，凤八爷回来了，咱们再看事行事。"玉玲心里藏着一个哑谜，等她母亲一口就说出来了。她在当时带着笑，对镜子里叹了一口气，并没有向下说什么。

在这日当晚，玉玲一点儿没有犹豫，按着时候到戏馆子唱戏。赵五陪着姑娘上戏馆子去，少不得到前台经理房里闲谈一阵，他竟不等散戏，一个人先回旅馆了。等着玉玲回来的时候，见他气呼呼地坐在屋角的椅子上吸纸烟。玉玲推开门首先看见了，便站住了脚向他周身看了一看。因问道："这是怎么了？在前台又听了什么是非？"赵五道："你看，今天戏馆子算是满座了吧？你听前台那些小子说什么？赵老板两天不上台，泄了气，所以今天只有七成座。其余的人，都是地面上的人来听蹭戏的。我吃了一辈子戏饭，没有听到说过两天不唱泄了气就不上座的。何况今天明明是满座。随后就说到合同满了的时候，要咱们多帮几天忙。天津这地方，当角儿的人总是要来的，还是彼此留着交情的好。你瞧他们这话软里带硬，分明是说，要得罪了他们，就别想再到天津来，你说气人不气人。"

说着，他站了起来，就将长袖子连连地在腿上拍了两下。玉玲微笑道："这样看起来，倒是咱们自讨的。晓得找不着一个大保镖的，和前台闹个什么别扭？"她说到这里，把脸色沉下来到里面屋子里去了。赵五以为这个报告，可以刺激姑娘一下，让她拿点儿主意出来，不想所得的回答还是自己的不是，这也就没得说了。他也自宽自解地想着，唱戏的人斗人不过，按着自己本事唱戏就是了。

下了这么个决心，次日就按了这个步骤去做。偏偏是这前台刘经理得一步进一步，十二点钟的时候，玉玲还不曾起床，他就跑来了。赵五迎着他坐下，沏茶敬烟客气一番。刘经理笑道："说起来，透着我们前台不知足。可是赵老板初登台的时候，太热闹了，现在不能让这情形消沉下去。一定要在这两天里，请赵老板打打气。"赵五道："打什么气呢，我们已经唱过重头戏了。昨天是《算粮登殿》，今天又是《悦来店》、《能仁寺》、大半本儿《十三妹》。"刘经理点点头道："我们也不能说这不是重头戏。不过说了起来，总是一出戏。我们不防滑头一点儿，每天请赵老板唱两出。尽管唱一出重头戏，另外随便带一出歇工戏。我们贴出戏报子去，就可以写着双出好戏了。"

玉玲在隔壁屋子床上听到，实在有些忍不住了，便高声道："刘先生出的这个主意，倒是不坏，可是好像咱们合同上还没有提到过这个办法吧？"刘经理向墙壁点了两个头，笑道："赵老板升帐了，诚然是在合同上没有提到过这个办法。可是平白无事地，角儿要休息两天，合同也没提到过。咱们虽然做的是生意，可是还是让几分人情，要像赵老板这样说，打酱油的钱不买醋，那我们就没的说。"赵五拱拱手，向刘经理笑道："她是小孩子脾气，您别和她说着这些。讲到人情，咱们什么都好说。"刘经理笑道："这就是了。赵老板有点儿事情不顺心，要歇两天，就让赵老板歇两天。到了我们前台要请赵老板多卖一点儿力气，多出两身汗，面子拘着，赵老板倒真的好意思不答应吗？开戏馆子的人，少不了伺候角儿。当角儿的也当体谅开戏馆子的。这样两下里一凑，事情就好办了。"赵五道：

"就是这么说吧。不过玉玲身体弱，有些地方也得请经理先生体谅着。"刘经理在身上口袋里，掏出一张字条，交给了赵五，笑道："这是三天的戏码，从明天起，请您和赵老板商量商量看，使得使不得？回头我听你的回信儿了。"说着，他便起身走去。

玉玲照例是穿男装的，这时披了一件羊皮袍子在身，走到外面屋子来问话，可不想刘经理走得很快，已是去远了。赵五手里捧了一张纸条，站在桌子边看，口里不住嘟囔着。玉玲一伸手将纸条接过来，因道："我倒要瞧瞧，他发着命令，让我唱些什么？"看时，一张黄纸条横列着，分三日排写，第一日《鸿鸾禧》《二进宫》，第二日《樊江关》《女起解》，第三日《荷珠配》《打渔杀家》。玉玲扑哧一声地冷笑着，因道："岂有此理？一会儿花旦，一会儿青衣，一会儿刀马旦，我全办了。还有这出《荷珠配》玩笑戏，是那年在北京唱封箱戏，我高起兴来，露出这么一回。难为这位刘经理和我记得清楚明白，全和我写上了。可是我也不是一条牛，唱了《荷珠配》，还能唱《打渔杀家》。他不是要您的回信吗？您去跟他说，要我的命，干脆拿刀来。这样叫我连唱三天，我办不了。"说着将纸条扔在地上。

赵五见她的态度很是坚决，便吸着纸烟，沉吟了道："我也觉得他这样排着戏，有点儿过分。可是看他那个样子，就凭着过分来的。假如不答应的话，也许他会在这里出点儿小乱子。"玉玲道："出什么小乱子，我照着合同唱戏，我也没有什么对他不起，难道他还能说我不唱双出，就去告我一状？他要是这样邀角儿，第二次人家还敢来吗？"赵五道："明的呢，自然他不至于，就怕他使用暗招儿。好在他也是谈交情，咱们也跟他谈交情就是了。咱们答应给他唱两天，你看怎么样？"玉玲红着脸道："您为什么这样含糊他？"说着话，两手挽到一边，自扣衣纽向里面屋子走去。

赵五奶奶在屋子里和玉玲料理着早上的茶点，看这样子，今天又是一份不高兴，便沉着脸向赵五道："全是你会交朋友。人家拿着势力来压你，你就一点儿招架之功也没有。"赵五还没有答复呢，玉玲的琴师陈老六笼了两只灰布皮袍袖子，胳臂上挂了一只胡琴袋挨门走了进来。他没坐下，先笑问道："刘胖子来过了？"五奶奶道："正为了这事，我们议论着呢。你也听到说了，他要玉玲连唱三天双出，在梨园行这可是个新鲜。"老六将胡琴袋放在椅子上，拖了方凳子坐在桌子前面，向赵五奶奶道："这也难怪，刘胖子不能不使劲一下。听说高升舞台，已经邀了小金翠儿，就在这几天要来。刘胖子是想在高升那边还没有哄起来的时候，先做点儿声势让人家看看。"玉玲听了这话，右手拿了一柄梳子，左手握了一把头发，抢出来问道："这话是真？"只看她这点儿惊慌，显然也就是受到威胁了。

七　计决矣

　　女人的妒忌心大，而吃戏饭的女人，也许有不妒忌的，但平常所见到的却是情有甚焉。赵玉玲之为人，便是这样。本来赵玉玲唱赵玉玲的戏，小金翠唱小金翠的戏，当是各不相犯。可是她就有这么一个观念，女伶唱青衣花衫的，只有她一个人可以成一个角儿，其余的人都在自己领导下讨生活。偏是这位小金翠，她也有她一份本领和她一份捧客。哪家戏馆子里邀不到玉玲的时候，改邀着小金翠，却也一样地叫座。这在间接关系上，也不能说玉玲不受一点儿影响，因为她要拿乔的时候，戏馆子里老板就有退步了。自有这情形以来，玉玲是一直和金翠斗争着。不想在这个受戏馆子要求唱双出戏的压迫之下，她也要到天津来，这就出乎意料。天津人听戏的滋味，就和北京不同。虽不像上海观众那样，戏越荤（读作粉）越好，可是多少得带点儿荤。小金翠以花衫见长，就有这股子劲，论起配合天津人的口味起来，那也许比她要差一着棋。只是她嗓子不成，缺少真本钱，这倒是可以找着她的弱点，和她拼一拼的。

　　玉玲在听到陈老六一番报告之后，顷刻之间，就转了好几个念头，情不自禁地，也就到外面屋子来，追问这事真假。陈老六道："怎么不真？明天高升那边就要在街上贴戏报子了。刘胖子他要求你唱双出，那也情有可原。他们开戏馆子的人，虽说目的是挣钱，大小也要顾点儿面子，若是高升的风头赛过了咱们，咱们这就不大好看了。"玉玲站在里房门边，一只脚在里，一只脚在外，淡淡地微笑道："就是这么一点儿事，也值不得怎样大惊小怪。凭我这点儿道行，小金翠的风头，我还不放在眼里。"赵五道："可是这么一来，刘胖子就有话说了。为了大家争这个面子，就得你多多地卖力气。至于你想他多补贴几个的话，那就不用提，一概无望。"

玉玲斜靠了门框站着，两手挽了由肩上拨到胸前来的辫子，低了头老不作声。陈老六在桌子档上，把胡琴袋提过，抽出胡琴来。先吹了吹胡琴筒子上的松香，把胡琴袋盖在腿上，又把胡琴横搁在胡琴袋上，取了桌上烟听子里一支烟卷，衔在嘴角里，把夹在烟灰缸上的火柴盒，由桌面转着向怀里，再取了一根火柴，在盆子上划着。一根不燃，再擦第二三根。只在他这支烟卷未曾吸着的时候，已经耗费了不少光阴。他偷眼看玉玲，还靠了门在挽辫子，便笑道："老板，怎么着？《二进宫》那两段二黄，理一理吧？好久没有唱这出戏了。"玉玲继续挽着辫子，有五分钟没说话，闹得陈老六怪不好意思的，嘴角上的烟卷分明是吸着了的，他又在火柴盒子里取出一根火柴来摩擦。玉玲看到他搭讪着难为情的样子，因问道："六爷，我问你一句话，假如你改行的话，你打算干什么？"

五奶奶坐在一边，见琴师做了一个架势，姑娘直不肯吊嗓子，正感觉到不知要怎样才好。见玉玲问出这种话来，十分诧异，便斟了一杯热茶，递给玉玲，笑道："你和他开玩笑干什么？喝口条先润润嗓子吧。干什么的，总得干什么，说什么改行？"

玉玲道："怎么不说改行呢？六爷是一向和我拉胡琴。我们虽不能说是怎样宽待六爷，可是我要不唱戏了，六爷改着给二路角儿拉胡琴，那透着不合适。要说是个角儿，谁不是预备好了的胡琴？临时不能换人。我想着六爷要不和我拉胡琴了，就得改行。"说着端起杯子来，喝了一口茶，态度还十分自然。陈六笑道："老板唱一天，我伺候着一天。老板一天出了门子，姑爷少不了是个阔主儿，北京大小衙门有的是，求求姑爷给我们介绍一下子，在衙门里闹份小差事混混，那还有问题吗？您怎么陡然想起这句话来。"玉玲把剩下的半杯茶，益发端起来喝了，微笑道："这样受气，实在没意思，说不定把这几天唱完了，我就不唱了。"

赵五夫妇听了这话，各不介意，一个拿烟卷抽，一个进里面屋

170

子去收拾床铺。陈六不能不理，仰了脸向她笑道："这也没什么可气的，显本事总是卖力气的事。我们唱了双出戏在先，小金翠儿少不得跟了唱。她那副本钱，这样下去就够瞧了。"玉玲摇摇头道："我倒不为这个生气。我觉得唱戏这碗开口饭，简直就不能吃。在戏台上是伺候人，下了戏台还是伺候人。人家要我们唱重头戏，我们就唱重头戏。要我唱双出，我就唱双出。跟了人家下巴颏儿走，怪没意思的。"陈六倒不好跟着说什么，只有向她苦笑了一笑。玉玲将茶杯送到桌上来放着，顺便也就在桌子边椅子上坐了，将手臂膀撑了桌沿，托住自己的头，把眼皮翻着，看了垂下来的电灯出神。

陈六扶起胡琴来，工尺工尺地将弓弦拉了两下，笑道："把《二进宫》理一理吗？"玉玲叹口气道："这戏我总有两年没唱过了，倒是真没有把握。唱了这么一辈子戏，回头在台上真来个三条腿、一顺边，那不是一个笑话？"陈六笑道："那倒也不至于，不过有几个新腔儿得试上一试。先来那段慢板，好不好？"玉玲也没有置什么可否，点了两点头。陈六见得没什么问题了，就拉起胡琴来。五奶奶在里面屋子里看到，立刻跑出来，斟了一杯热茶，送到玉玲面前桌上。玉玲唱着，五奶奶操手站在旁边，只是看了微笑。玉玲把大段戏词唱完了，陈六拢着胡琴向她笑道："老手到底就是老手，一点儿没有打绊。"玉玲笑着举起茶杯子来看了看，又从从容容地放下，因道："今天晚上，咱们试试本事，我还是决计不饮场。这点儿能耐就叫小金翠儿没法儿和我比。"五奶奶笑道："你看，方才还说不把人家放在心上，这一会子又要和人家比嗓子了，还是好好儿地把几天戏唱完它吧。咱们就知道刘胖子是个难打发的主儿，认了作难来的。虽说是吃点儿亏，下次咱们再不领教就是了。"

玉玲听了，露着牙齿，淡笑了一笑，因向五奶奶道："你还想上他那第二次的当呢？"说着，掉过脸来，望了陈六道，"六爷也不是外人。您二位老人家，也都在这里。我觉着唱戏的这一碗饭，已经吃满了。唱完了这个合同，我就不唱了。"她说着，大家都怔了一怔。她接着道："我仔细想了一想，凤八要讨我，我就嫁给凤八吧。

171

凤八到北京去，我想是那两位副官使的主意，让他躲一躲，冷一冷，好让我们的条件减低些。这样，那正是凤八想把这件事办成功。我想着，在二三天内，他必定会派人来，探探咱们口气的。这是我的终身大事，到了那个时候，请您二位老人家看我颜色行事。好处当然是要的，总要不即不离儿的，别是失了身份，可也别把我当了活宝。"

赵五坐在桌子下方抽烟卷，他始终是不置可否。这时，把嘴里衔的小半截烟卷取了出来，放到烟灰缸子里去按熄了，那两个夹着烟卷的指头，不肯立刻抽回来，还是在烟缸上按住，只管转动。架在右腿上的左腿，倒有点儿和这个发生连带作用，也随之颠簸不已。垂了他的老眼皮，望了望自己的鞋尖，缓缓地道："你呢，有这么大岁数了，当然不能把你留着。也是咱们先说过的话，咱们并没有在哪里留下南庄的田、北庄的地。你说的……"

玉玲正了脸色，望了他道："这些绕弯子的话还提它干什么？只要能把钱弄到手，我决不反对，反正也不是我的钱。可是要说了很大的数目，钱又弄不到手，白流一阵口沫，可也犯不上。六爷在这里，咱们的事，瞒不过您。捧我的阔人太多了，向来我没有跟人家提过一个嫁娶的字儿。这回我认定了是这辈子一个机会，不能放过。我也不能说和凤八就能和谐到老，有钱的人三日新鲜，谁也不会两样。可是他凤八像东海龙王家里一样，门角落里也是金银财宝，只要我在他家待下去个周年半载，我就是装了金的佛爷，他不要我了，我也不含糊。反正这一趟，比替您老两口子唱个三年四年的还要强吧？"

她说时，陈老六只有望了微笑。五奶奶摇头晃脑的，虽不说话，透着有个大不以为然的意思。赵五听到这里，却禁不住啊哟了一声。随着这声音，他站了起来，分明是要和她分辩。玉玲倒笑着摇了两摇手，因道："您别急，等我把话说完。我并非是说我们合伙儿向凤八打虎，成心图谋他一笔钱就跑。有道是防人之心不可无。假如他真像别个阔主儿一样，就是那么三天新鲜，我们事前总得有这么一手，才不后悔。他要始终如一，那也更好。现在算您老两口子是凤大将军的亲家老爷、亲家太太，怕是人家不认。要说凤八借着他家里那点儿势力，大小做个官儿，他难道敢不承认你是岳老太爷？就是他不承认，我也要承认，你短不了是凤八奶奶的老太爷。”五奶奶笑道：“到底是唱戏的人，你看，我们姑娘什么都肯说。”

玉玲笑道：“怕什么的？这里也没有外人。就是不说，我们各人心里打的这糊涂主意，您以为就没有人家知道吗？好啦！您嫌我嘴直，我也就不再说。老爷子，那个三号包厢，可别让前台卖了，回头您给高、赵两位副官去个电话，请他们今天晚上来听戏。”赵五道：“这三号包厢一向就给他们留着的。他们不来，可也是枉然。”玉玲道：“留不留包厢是咱们的情分，来不来是他的情分。不过你去个电话，他总会来的。他们准知道我和凤八将来是个什么局面，就好把咱们得罪个一干二净吗？”赵五道：“你不说，我也打算给他去个电话，约他两个人今晚上吃个小馆。只要他两个人肯会面，我就有法子把他们说服。”五奶奶坐着，倒是伸长了脖子，向他一噘嘴道：“你把人家说服了？你怕说不服人家，还不是给人家说服过去吗？”玉玲笑道：“那还不是一样？你说服了人家，人家说服了你，都是买卖成功，不过价钱高低而已。”

她说着，笑嘻嘻地走回里面屋子里去。外面屋子里三个人听了她这番说法，倒不由得面面相觑。陈六虽是对着里面屋子的墙壁微笑了一笑，但是他和赵五夫妇一样，都不晓得说一句什么话才算中肯，除了微笑着，便是抽烟卷。在屋子里大家寂然相对了约十分钟上下，还是五奶奶先开了口，她道：“吓！你打电话，你就该去打电话了。这两位副官，你知道要打多少次电话，倒不如马上去个电话。若是这次找不着人，还可以来个第二次第三次。”说时放下尖脸子，瞪眼向赵五望着。赵五笑道：“你倒是比玉玲还要性子急些。”说着，扭身走了。陈六笑着站起身来，拍了两拍身上的烟灰，然后一手拿了胡琴袋，一手拿了胡琴，慢慢向里塞着，望了五奶奶道：“这样子，咱们老板是不会再唱的了。我……”他把胡琴装好，就要向外走。

　　玉玲隔了屋子笑着叫道："六爷，别忙走，我还得唱两段呢。你等一等，我洗好了脸，到商场里去买两样应用的东西来。"五奶奶道："你要买什么，我去给你买了来就是。你出趟门够费事的，又是擦粉，又是梳辫子。"玉玲道："那就更好，我要买块檀香皂，稻香村里买两包酥糖，假如您不嫌远的话，最好您到起士林去和我买些点心来吃。"说着，她笑嘻嘻地出来，把钱交给五奶奶。只要姑娘唱戏挣钱，五奶奶是肯卖力气的，接着钱她就走了。玉玲斟了一杯茶，坐在沙发上喝，两脚交叉着放了，只是颠簸了身子，脸上倒也放出微微的笑容。

　　陈六又把胡琴架在腿上，拉了一段小过门，望了玉玲道："唱什么呢？"玉玲手里捏了空茶杯，交叉的两脚还是颠簸着。陈六笑道："老板，您又想着什么？"玉玲笑着向他点点头道："你猜呢？"陈六笑道："那我可猜不到了。海阔天空的，老板心里的事很多，叫我由哪里猜起？"玉玲笑道："那有什么猜不透的，我在这一阵子里，除了为了嫁给凤八这件事，还有什么更大的事要我想？并非是我财迷脑瓜，想借了这机会发财。也不是动了凡心，不能做姑娘了。我觉着老两口子只图我和他们唱一辈子，我吃什么苦、受什么委屈，全不管。我要是不怎么忍受着吧？说他一辈子吃穿全不用发愁，我就不敢保这个险。现在遇到凤八这个主儿，要他出个三五万真不在乎，我不如给他两老口子抓一笔现钱，让他们以后的日子有个保障。这么一来，我从此跟人做太太少奶奶也好，跟人要饭也好，不用为他们发愁，我的身子是我的了。说句老实话，这也就和窑姐儿赎身差不多。"这几句话吓得陈六啊哟了一声，身子向上升了一升。

　　玉玲道："真话。我要不找着这么一个主儿，能出个几万元，把两位老人家安顿一下，那要谈嫁人，往后真不是一件易事。可是这么个主儿，除了肥猪拱门的凤八，亮着灯笼哪里去找第二个。我说这番话，也没有别的意思，就请您在我们老爷子面前，多进两句话，叫他别错过这个机会。至于我妈，虽说那是张唠叨的嘴，我自有法儿对付。事情成功了，一定按着你的希望，让凤八和你介绍个事情。"陈六笑道："我的大姑娘，你真成。把人全支使走了，和我说这几句话。"玉玲两眉一扬，笑道："我赵玉玲要是没有一点儿本领，就敢到凤大将军家里去当姨少奶奶吗？六爷，记着我的话呀！"陈六听了这些话，知道她有了嫁人的决心。把事说成，自己也落一笔肥水，未尝不是件好事呢。

八 妙计成功

金圣叹说过，天下最容易解决的事，莫过于男女的结合。因为照男女两方公平负担来说，各占着五成希望。在发动者一方面来说，自然是千肯万肯，已占了一半的成功希望了，若是对方略略增加一分，这就是成功的成分多于失败的成分。这话虽然不是强词夺理，但按之实际，倒不能这样把成功成分让男女来公平负担。有时男的占两三分，女的占七八分，有时男的也可占七八分，女的占两三分。所以倒不是一个愿意了，便有二分之一的把握。甚至男女真的平均负担着成功成分，而且也都愿意了，为了外在的原因，还有失败的。你看许多男女为情自杀的，不就是属于后者吗？赵玉玲和凤八，彼此都是愿结合的人，大家也正在向结合的这条路上走，尤其是玉玲一方面，简直是万事俱备，只欠东风了。可是天下事就不那样痛快。

这晚，陈六照着玉玲的意思，约了赵五出去吃羊肉涮锅子。为了好说话起见，陈六找着个小雅座儿，两人单独地坐在这里吃喝。陈六为着让老头儿高兴，等着伙计把火锅子作料羊肉碟儿都端上来了。要了一斤极好的天津五茄皮，两个热炒，斟了酒慢慢地和赵五谈着。先也就着羊肉烧酒谈起，由他年高德劭应该享福，说到赵玉玲的出嫁上去。赵五已有五六分酒意了，脸上出了汗，打皱纹的两颊在电灯光下也透出两块红晕，左手捧了酒杯，右手掌一抹胡子，因道："六哥，你不是外人，什么话我都可以对你说。玉玲这孩子，有点儿财迷脑瓜。她见凤家有钱有势，角儿不愿当，愿到人家去做姨奶奶。二老爹娘不要，愿去亲近那杀人不眨眼的凤大将军。她已起了这条心，有道是女大不中留，我也没法子，可是她将来别后悔，说我做老子的没有拦着她。"

陈六提了酒壶，向他杯子里满着酒，笑道："这个，您倒也是过虑点儿。有道是好汉占九妻。古来皇帝三宫六院，七十二嫔妃，人家有女，还不是选中了一个，胜似儿子中状元吗？挑粪卖菜的，倒是一夫一妻，女人嫁着了这种人，那还说什么？我不像您那样想，有姑娘倒不论嫁给人做三房四房，可要看看这姑爷是怎么个人物。"赵五道："照你这样只要是男家有钱有势，把姑娘给他们当丫头奴才都不问？"这句话来势很凶，陈六几乎没法子答复出来。可是他也不着慌，搭讪着向赵五杯子里先满上酒，然后在自己杯子里也满上酒。在这个时候，低头想过一阵，也就有了主意了，因道："老板，您别这样说。在王侯将相家里当过丫头奴才，可胜似外府州县那些太太老爷。就说凤家赵、高两位副官，还不过是跟着八爷后面做点儿不当权的事。你瞧着吧，那些小官小员见了他们，还不是恭维得天高地厚的。"赵五道："你那意思赞成这件事？"陈六扛着肩膀笑了一笑道："除了现在大总统，就是凤大帅了，我瞧副总统也不过是个名儿，哪里赶得上他？把姑娘嫁给这种人家，那还有什么话说？"赵五道："唉，你们都是想不开的人，说也很费劲。我也知道玉玲儿是让凤家这块招牌给吓住了，她不到那大家庭里去受些折磨，她也不会死心。有道是侯门一入深如海，就怕是将来要悔也悔不转来。"陈六笑道："您顾虑的那些事情，玉玲早比您顾虑得更要周到些。"

赵五连连摇着手道："不说了，不说了，我满盘都是错，什么我都认输。只有一件，我非争赢了不可，就是钱这一个字。我早说了价钱了，不能涨价，可也不能落价。叫凤八得给五万块钱。老实说，闺女就是我的摇钱树，她一年得和我挣多少钱？她今年才十八岁，再唱十年，也不过三十啦。这十年里头，她总不止给我挣五万块钱。我说的这个数目，可真是天理良心。第二件呢？我不能那样不开眼，说是要凤大帅替儿子办喜事，娶姨少奶奶。可是在我这边，总算闺女出门子，我养这么大姑娘，我得热闹热闹。凤八瞧得起我姑娘，就当瞧得起我老两口子，我们这里办喜事，他得赏个全脸，到我们这里坐坐，喝杯寡酒。第三……"他说到这里把挟着酒杯子的手只管搔头发，说不出所以然来，望了陈六出神。

陈六笑道："您还有什么困难？我又不是外人，您尽管对我说。"赵五笑道："哪里有什么困难？我就只想到两个条件。照说应该想出三个条件来才对。但是我也只有两个条件了，第三件要怎么样子要求，我想不出来。老六，你替我想一想看，还有什么可要求的吗？"陈老六笑道："您何必一定要凑上三个条件，就是两个条件，也没有什么关系？"赵五笑道："不是那话。你看，我们嫁出去这么大一个闺女，连三个条件都没有，说起来也怪寒碜。"陈老六向他脸上望了一望，笑道："您并没有喝醉吧？结亲结义，要一个条件也不提出那才是好。何必一定要凑上三个条件？赵五道："不过，我总得凑上三个条件，不那么着，也太便宜了凤八。"陈六道：那也好这还剩下一个条件，让我慢慢替你想一想。您的意思我已经明白了，反正是要把事情弄得更风光些。同时呢，也让凤八爷为点儿难，别让他太痛快了。"

赵五将手一拍桌子道："对了，就是这么点儿意思。"说着，两手齐挟了桌沿，把头向前伸着，低声向他道："打断胳膊向里折，你可别听玉玲的话，把条件说轻了。"陈六笑道："玉玲不唱戏了，我也得另想法子，难道我还愿意她走吗？最好，咱们把条件定得厉害些，让那在北京等价还价的凤八爷，一气之后老不回天津。这样，什么就全不用提了，咱们还是向下唱戏。"赵五左手端了酒杯，右手摸摸胡子，沉吟了很久，因道："果然凤八能照数出这么些个钱呢，我也看破些。我们这大年纪了，有五万块钱，我也勉强可以过下去这半辈子。"陈六听了他最后一句话就也看出了他的肺腑，加之跟着一劝酒，他也就尽入了陈六的套子说话。

酒饭之后，陈六上戏馆子去，便向玉玲回了个信，玉玲自是欢喜。到了次日，陈六又和五奶奶开了一会儿谈判。她倒只顾虑到凤八不肯出这些钱。又说凤八到北京去了好几天，知道他是什么意思？赵副官、高副官倒是来过一次，说几句闲话走了。咱们又要钱又要面子，条件倒想好了，可别害的单思病。陈六见她这样说着，更是好向玉玲回话。可是，凤八老不回来，玉玲也有点儿心里啾咕了。这天晚上在后台的时候，却特地地把赵、高两副官由包厢里请了去。见面之后，把预备了好的三炮台纸烟亲自向二人各敬一支，然后擦了火柴，向两人点烟。先向高一畴点着烟，眼睛一溜，向他笑道："八爷生了我的气，您二位看在朋友面子上，应当和我们打个圆场才是。怎么着？八爷不来，您二位也贵脚不踏贱地。"说着扭转身来，又擦了根火柴和赵瞎子点烟。

赵瞎子弯了腰，把嘴里衔着的纸烟来就火。玉玲且不把火柴去点烟，却举着要来烧赵瞎子的眉毛，吓得他把身子向后一仰。玉玲笑道："大哥，我要把火烧你。五百年前是一家，一笔难写两个赵字儿，人家还叫你一声大哥呢。我们得罪了八爷，可没有得罪您，您也是个将军不露面。"这一声大哥，叫得赵瞎子简直支持不住，几乎要倒下来，闪了腰杆子笑道："姑奶奶，我怎么啦？"玉玲正擦了第二根火柴，要给他点烟，斜了眼瞅着他道："这可是您说的。人家黄花闺女，你叫她作姑奶奶。"高一畴笑道："揍他！胡说八道。就是赵老板将来出了门子，你也只能叫她声四奶奶，你敢叫姑奶奶。"玉玲向他抿嘴微笑，这才擦了第三根火柴，替赵瞎子点烟。这回并无意外，赵瞎子将烟吸着了。玉玲然后回转身来对高一畴笑道："您刚才说什么？"高一畴笑道："我没敢说什么呀。"玉玲笑道："我的事，反正也瞒不了您二位。现在外面弄得满城风雨，都说我要嫁给八爷，我自己就有些莫明其妙。您瞧，也不知道哪一件事或者哪一句话得罪了八爷，他在我正要人捧场的时候，上北京去了。连您二位也在开我的玩笑，好像真有那么回事，可是八爷连一张字条儿也不寄给我。"赵瞎子笑道："本来呢，我也不愿多说什么。什么大事，都等八爷回来说。可是您要说他是生您赵老板的气，跑上北京去的，那可有点儿冤枉。"玉玲道："我就怪您二位，为什么八爷不来，你们也不见面。难道八爷不来，你们和我多说两句话就有什么嫌疑吗？"高一畴笑道："我们当然愿意喝您一碗冬瓜汤。不过——"说到这里，他伸手搔着鬓发。

玉玲已经沏好了一壶上等香片。就在这时，把茶壶提了过来，斟上两杯，双手捧着，先送给高一畴一杯，然后给赵瞎子一杯。因笑道："我不管你二位怎样待朋友，我只把一件小小的事情来试验一下，就可以证明你两人的态度。上次我和八爷通了个电话，不到两分钟就断了，虽是通了话，也不知道什么意思。今天你二位若是能请他和我通个电话，我就相信你二位是真心待朋友。这打电话，又没什么关系的。人见不着面，我也不能在电话线上把八爷拉住。"高一畴望了赵瞎子微笑。赵瞎子道："笑什么？好好儿的事，回头又算假了。"因掉转脸向玉玲道，"他是每天晚上要给公馆来个电话的。既是那么着，我们在八爷打电话来的时候，给你求一求，不是今晚上就是明天早上，准有电话到德义楼。"玉玲在身上掏出一包口香糖来，拆开纸包一个人敬了一片，笑道："不冤我？"高一畴道："冤你做什么？他不打电话给你，我们也不能打电话给你吗？"玉玲一扭头道："不，我得八爷给我通个电话，他真不给我电话，那也没法子，不过我总有一两句心腹话要亲自告诉他，告不成罢了。"

赵瞎子望了高一畴道："这么着，回头咱们在电话里，多和八爷恳求恳求。"高一畴微笑道："那自然。"玉玲道："托你二位的事算是答应了，再说就是废话，我现在订个约会，明日上午，请您二位到菜根香吃顿便饭，赏脸不赏脸呢？"赵瞎子笑道："这就算冬瓜汤？"玉玲笑骂道："又要我损您了，别尽给我们逗趣。能够在八爷面前少挑我们一点儿眼，也对得起那个赵字。我请客，您不但是要来，还要代我邀邀客是道理，你又给我胡搅什么？"赵瞎子笑道："好好好，我明天一定把老高抓了来，几点钟？准十二点不晚吗？"玉玲道："我先一个钟头就到。不另外约人，就是邀着少芬、翠莲姊妹俩作陪。翠莲昨晚上的《鸿鸾禧》怎么样？你瞧着也还够劲头子吧？"赵瞎子和高一畴正在想捧这两个坤角，玉玲这样一说，一宝正押在心窝上，只是嘻嘻地笑。玉玲还要说什么，梳头的已来请她去扮戏。话没有向下再提，也就回到包厢里去听戏。

这晚上，说的那位王翠莲正和李少芬唱梆子《七星庙》。这也是压轴戏，王翠莲扮着刀马旦，出台的时候，就向包厢里赵、高二人使了个飞眼。这一下子，赵、高二人全高兴得不得了，认为玉玲已代为串通了线索，明天这个约会是非赴不可，而玉玲的要求当然也得和她办到。所以玉玲唱完了戏，回到旅馆之后，不上半个钟头，凤八就打着电话来了。

玉玲老早就把电话里的檄文弄好了腹稿的，措辞便十分恰当，开头便说："八爷，您好？公事很忙吧？"凤八说："哪有什么公事？我不过到这边公馆里瞧瞧。"玉玲说："我是天天惦记着您，不敢胡打电话，又不敢写信。您得原谅我，并非我敢忘记了您。"凤八听着，只是在电话里笑。玉玲道："本来呢，我也不敢打搅八爷。因为我要离开天津了，不能不和八爷告辞一声。"凤八道："你合同还有几天啦，就回北京了吗？"玉玲道："要是回北京，我还向八爷告辞做什么？我打算到上海去。"凤八道："真的？你到上海去干什么？"玉玲笑道："我们唱戏的人，还另外有什么事干，无非还是唱戏呀。上海派来邀角儿的人，姓张，说起来，也许八爷知道。合同都拟好了，就差着签字。"凤八道："这可奇怪了，怎么赵副官、高副官全没有通知我呢？"玉玲道："这个不能怪他，我没有告诉他们。就是到现在，我还没有通知他们。"凤八道："你为什么不通知他们一声呢？"玉玲道："我……懒得通知他。唉！八爷，您是天高皇帝远，不知道下情。您说一声就走了，我们是什么事得罪了，自己也全不明白。上次电话里，蒙您好意，安慰了我几句，说是只要我心放明白一点儿，您花个十万八万全不在乎，我可有了胆子了。我心里怎不明白？八爷待我那样好心，我给您当奴才也报答不了。您就是差着一点儿，耳朵根子软，听了人家挑拨是非的话……"说到这里，嗓子哽着，没有把话说下去。

凤八也在电话里把这声音听出来了，因道："你别着急，我天一天二，就回天津来。"玉玲道："我不着急，也不盼您这个电话呀。照着邀角儿的意思，前两天就要我们签字，我傻不过，没有死这条心，总想得您一个电话，可是您怎么也不睬我。谁知道，我眼睛都肿了。"凤八道："眼睛肿了，哭的?"玉玲道："多谢您惦记。但愿八爷明白，我是愿意巴结八爷的，无奈巴结不上。现在通过这个电话，我算了了一桩心愿，大概明天晚上，我们可以签字。"凤八道："你这么大人，还闹小孩子脾气吗? 无论怎么着，你等我回天津来谈一谈，再签字也不迟。"玉玲道："您是贵人，知道哪一天真能回天津来呢?"凤八道："明天一早我就回天津来，十二点钟以前我们就可以见面。"玉玲笑道："您真肯来，倒不在乎这两三个钟头，您睡惯了早觉的人，要您起早赶车，我倒不过意。您还是搭一点钟的快车来吧，下午三点钟，我到车站上去接您，好不好?"凤八道："只要你不着急，我就下午回来。可是你说来接我，倒不必，车站上怪冷的。"玉玲道："我一定要来接，您一下车，我就堵住了，免得让别人抢了去。"凤八听了，哈哈大笑，答应着就是那么说。玉玲觉得这小小的手段，已是施展得凤八主仆三人心服口服，自也十分高兴，也在电话里面嘻嘻笑了。凤八道："笑了就很好，以后不许着急了，明天准见。"玉玲撒着娇，又在电话里叮嘱了几句，方才挂上电话。

回到屋子里去，见爹妈翻了四只眼向自己望着，便拍了两手笑道："凭他什么会耍手段的人，到了我这里，休想讨了便宜去。"赵五道："八爷怎么说。"玉玲笑道："他有什么话说，明天下午回天津来。您去打听打听，哪家银行汇水轻，先将把您要的那五万元汇到北京去。"五奶奶笑骂道："你瞧这孩子说话，有点儿疯吧。"玉玲道："我疯什么? 我全说的是心眼里的话。不说话的，在心里头盘算着，那比我发疯的人还要厉害些呢。"

正说着，高一畴推了房门进来，却把身子向后一缩，手扶了门笑道："赵老板说我疯了?"玉玲已经到里面屋子里去了，她隔着屋子笑道："夜深了，高副官还来了，准是说明天的约会不到吧?"高一畴道："我为什么不到? 我疯了。"他本是信口一句辩白的话，把玉玲父女先说的话一连串起来，这倒很有意思，于是两间屋子里的人都笑了。

九　金屋令人羡

在次日，赵玉玲有两个约会。正午十二点钟，是玉玲自己请赵、高两位副官，约了两个女戏子王翠莲、李少芬作陪，那当然是尽欢而散。下午三点钟，是凤八来了，约了玉玲一块儿出去，上咖啡馆子。这日子，中国人上咖啡馆那是极时髦的事情，和洋人在一处周旋，许多人嫌着别扭，不大肯去。所以凤八坐着马车，带了玉玲去，是个公开的秘密约会，不会撞到熟人。两人谈到六点钟，还是尽欢而不散，接着又到馆子里去吃晚饭。赵五夫妻得着玉玲的暗示，说是所提的条件凤八已完全接受。而且还另外许着一桩好处，便是他答应在北京买一所房，送给二老过老。至于办喜事，更不必赵五夫妻俩要求，凤八自己就愿意办一下子。因为他对现任的少奶奶，恨之无愤可泄，正想借了这个机会，让那少奶奶也着实受一点儿肮脏气。这件事二老虽是高兴，玉玲尤其高兴，她以为踏进凤家的门，就给八少奶奶一个下马威，与本人将来的地位大有关系。也就为了这一层，其余一些小枝小节的要求都已免了。

在这谈判的后七日，玉玲的唱戏合同已经满了。那个戏馆子里的刘经理，曾经要求玉玲在合同唱满后，再帮忙若干天，而且是无分文报酬。现在这个要求没有了，又在唱完了的这一天，在馆子里设了一席丰盛的筵席来请她。在那七天内，凤八还维持着以前捧场的身份，逐晚在包厢里听戏。第八日就自驾马车，把玉玲接到英租界新租的小公馆里去住着，好在赵五夫妇也一路跟了去，以便就在那里办喜事。而且凤八开的五万元支票，也就是这日到期。赵五在一早八点半钟银行开门的时候就去兑了现，最大的心愿已经成功了，自然也就无话可说。赵家一家人欢喜，自不用说，便是玉玲那班同行，也无不由心眼里羡慕着出来。彼此暗下里互相地说，玉玲有这好的地位，不应当去嫁人做二房。可是各人心里头又单独地想着，这个凤八实在是个肯花钱的人，聘礼一出就是五万元，那还不算，另外给岳父岳母置一所房过老。尤其是允许大办喜事，把原配的少奶奶气上一气，这是大家都称心的事。因为坤伶要嫁阔人，免不了总是做二三房。能做到玉玲这个地步，也就很令人满意了。

这些人里面，最欣羡玉玲生活的，那还算是王翠莲。她一切都有点儿模仿玉玲，玉玲有了这么一个结果，她也就不能不亲身体验一番。所以当玉玲乔迁到新居第一日下午，翠莲和她母亲王大婶子，便以道喜为由，前来观看新公馆。这公馆是座四方式的小洋楼，外面是个花木扶疏的园子，将洋楼围绕着。外面一道矮墙，临了僻静的马路，这是在北京所少有的，住惯了北京四合院子的人，对天津这带洋味的房子，不问内容如何，首先觉得时髦。而况唱戏的女孩子，便是在北京这大都城里，也只看看那王公住宅而已，哪里曾身入其境。翠莲心里所想着的小公馆，至多是上海式的弄堂小房子，于今看到这排场，不是地点门牌有了个字条在手上对照着，还以为是找错了人家呢。母女俩站在铁栏门外徘徊着，还没有敢进去，却有个穿黄色制服、着高统靴子的人，在门口一闪。这是天津最阔人家的排场，门口站立着守门巡警。这样越发地不敢进去了。

王大婶子向后退了一步，低声道："翠莲，别进去了，准是错了门牌。"倒是那守门巡警听到了，近前一步问道："你们二位是找哪一家的？"翠莲道："我们找赵老板家，新搬来的。"王大婶子道："不对，是凤八爷新宅里。"那巡警点点头，抿了嘴微笑道："就是这里。我给您按一按铃，就有人出来。"说着，他伸手在门框电门子上按了一下。这就看到出来一个妇人，穿了青绸皮袄，梳着光溜的头。不是她面前系了一方白布围襟，王大婶还真不晓得她是什么人。巡警向她道："这是来拜访老太太的。"巡警又向王大婶子道："这是那边大师公馆里拨来伺候新奶奶的陈妈，跟她进去就是了。"王大婶子听说她也是个老妈子，格外对她注意。她倒是很谦恭，笑嘻嘻地向二人招了两招手，很和蔼地道："请您二位随我来。"当她招手的时候，手腕上露出黄澄澄的一只金镯子。大婶子想打一对金镯子，总因为闺女自己也只有一只，没有成功。这样比较起来，自己还不如玉玲的老妈子了。

随着她进了院子，虽然这是隆冬，还看到密排着许多树枝。几颗大松树夹了一条水泥人行路，直达楼下走廊。推开门进去，那甬道地板上，就垫着有寸来厚的地毯，踏在上面一些响声没有。那甬道正面，开了左右两扇门，遥见里面是所客厅，陈设了满堂的红木雕花桌椅，屋顶上垂下来彩纱罩子，罩着电灯，第一眼就瞥见是个大公馆局面。陈妈没有引她们向里面去。在斜对门，推开一扇门，笑道："请二位稍坐一坐，我去回一声儿。"王大婶子看时，这里也是一个小客室。绿绒面的沙发椅子，斜对着就摆了两套。地毯上摆的痰盂，也是景泰蓝的。临窗有个木桶大的彩瓷缸，里面栽着手胳臂粗的腊梅。平常在北京要买盆腊梅就是好几块钱，这样大的要值多少钱呢？

她正在这里打量着这公馆的布置，却听到五奶奶嘻嘻哈哈一阵说着走下楼来。看到王氏母女，这就笑道："我们屋子还没有归拾好呢。打算这天一天二的，也就该请大家来吃个便饭。"王大婶子蹲了蹲，向着五奶奶道喜。翠莲也请了个双腿儿安笑道："大婶，您大喜呀。这么好的公馆，玉玲姐如意了吧？"五奶奶笑道："不用说，将来也请你妈给你找个好女婿就是了。"翠莲笑着没作声。王大婶子道："天下就有第二个凤八爷，他没有第二个赵玉玲，这可不是人人能想到的事。"赵五奶奶笑嘻嘻地在前面引着路道："上楼来坐吧。玉玲在这里指挥用人归拾屋子呢。"

王大婶一路踏着地毯上楼，并不听到什么脚步响。到了楼上，首先又是一所小客厅。沙发椅子上，垫着紫缎描金的软靠。桌子和茶几上铺着蓝缎子绣花的桌围。靠墙一座玻璃镜子的半截屏风，下面是嵌罗钿的乳漆屉桌，真是光耀夺目。五奶奶让她母女二人在沙发上坐下。王大婶虽是个不肯示弱的人，到了这时也就嘴里啧啧有声，向五奶奶笑道："这一下子，您可是称心如意了，您瞧这公馆里布置得是多么阔呀。"五奶奶笑道："这里可姓凤，干我什么事？"说时，按着壁上电铃。王大婶随着看这壁子，是用外国花纸糊的，那五彩的花纹简直像是绸子。天花板上垂下来的电灯，是用纱罩宫灯罩着，垂下来尺来长的丝线穗子。玻璃窗里，绿海绒的窗帷子，用长银钩子挂着。就在窗户下面，有一排热气管子。有钱人遇事都想得周到，还怕这热气管子烫了人，在外面罩着个红木架子，架子里还有一层白铜漏眼的罩子。这样冷的数九寒天，在这屋子里还没坐到五分钟，就暖和得要出汗了。

这时又进来个年轻些的女仆，垂手站在房门口。五奶奶道："装两碟点心出来。"她答应着去了。先前那个穿白围裙的女仆，手里托了一只银边瓷底茶盘，里面是一把描金细瓷茶壶、一只雕漆描金金烟盒子，都放在桌上。随后她在那玻璃屏风的屉桌里，取出三套细瓷茶杯碟，放到这沙发面前的小圆桌上，从从容容地斟过三杯茶。王大婶子看那瓷杯外面是淡黄色，里面是白色，细得像玉琢的料子，里外都是五爪龙的彩画。接着又是那个年轻女仆，用茶盘托了干果碟子来。也许是凤家有意卖弄他家金银多，这四个碟子，下有五寸高的雕花座脚，全质都是银的，擦得雪亮。这不但是王大婶，便是王翠莲，也有些看着眼热。心里也就想着，凭自己这份人才，也不会比玉玲儿差，为什么她就一步登天，闹到这种程度？心里这样想着，眼睛不免就向屋子四周看着，那脸皮上突然红晕涌了起来，好像是心里有什么感觉。

五奶奶坐在她对面，自是首先看到了，便问道："翠莲，你怎么了？这屋子里太热了吧？"翠莲低了头，微笑了一笑。五奶奶道："王大婶儿，您不知道，凤家是南方人，他到咱们北方来，过不惯这寒冷气候，屋子里总是生着这大的火。有钱的人家，没有冬天，也没有夏天，您相信不相信？"王大婶还没有答复她这一问，就听到玉玲在屋子外面笑了进来，她道："我们的屋子还没有归拾好呢，道贺的客人倒是来了。"她一面说笑，一面走了进来。王家母女看她时，可又另外是一桩打扮。头上戴了一顶绒绳打的帽罩子，身穿淡黄色棉绒睡衣，上面织有红绿花头，非常鲜艳。下面光了白脚，踏着一双绿绒拖鞋。翠莲笑道："你干吗脱得这样单薄，仔细冻着。"玉玲两只手插在睡衣袋里，笑道："哪里是我不穿衣呀。我们这里自己有一间洗澡屋子，我要试试盆子大小，放水洗了个澡。"

王大婶道："哟！这也像大饭店里的洗澡间吗？"玉玲点点头。王大婶道："我也是到天津来了，才听到有这么个洗澡间。由民国二三年往头里算，谁听到说过，不想你们家里现在都有这玩意儿了。"玉玲笑道："这倒是凤家他们这点儿排场，大概大总统家里有着什么，他们也就会有着什么。八爷说了，现在汽车也都行到天津北京了，他们家大帅有了二辆，北京公馆里一辆，天津公馆里一辆。过两个月他也给我买一辆。我说要买就买，到了两个月以后，那就不新鲜了。"王大婶也拍了腿笑道："这话就对了。要买什么、置什么，你就趁着当新娘子的时候，捞个现的。明天你要是把车子买到家里，可让我们试试。"玉玲笑道："那还用说吗？可是他买不买还说不定呢。"王大婶笑道："只瞧凤八爷给你收拾得屋子这样天宫似的。你要月亮，他绝不肯给星星。"玉玲微笑了一笑。

五奶奶这就笑道："大婶也会逗趣。既是您尽夸她，索性引你到她屋子里去瞧瞧吧。"翠莲听着这话，先感到了兴趣，站起来笑道："新房不忌人吗？"玉玲瞪了她一限，将手在她肩膀上轻拍了一下道："你怎么晓得这一些？"五奶奶正要卖弄她家这份阔绰，便笑道："好的，趁着八爷还没有来，我带你们去瞧瞧。"说着，起身引了她母女出了客厅，就站在夹道里，四处指着道，"对门也是一间客厅，不过那里摆的旧式的红木家具。这东边门里，是楼上小饭厅。西边是正房，正房隔壁是八——"玉玲瞅了她母亲一眼："您啰唆些什么？引着人家瞧瞧就得了。"

五奶奶笑着在前面招招手，拐过了一个弯，先推开一扇门，站在门口向大家点着头，笑道："请到这里来坐。"王家母女随着走了进来，见这屋里又是一番气象，所有家具一切都是粉红色的，仿佛也是小客厅的样式，桌几上、雕花架格上，陈设了珊瑚架子、白玉瓶子、御窑瓷器，这还不过是阔绰而已。这里面有座小套间，是红纱帐幕，挂在花格落地罩上，隔开了内外。在地毯上，更铺了皮毯子，踏进了那里间屋，有两张长沙发，紫绒的面子，放了紫缎子绣花垫枕。这两张沙发上斜角儿摆着，夹了一张矮圆桌，一面铺了紫绒桌围，五彩龙凤瓷瓶供着鲜花。斜对角，一座紫漆雕花玻璃橱，一座红绸绣着双凤朝阳的四折小屏风，斜斜地掩了屋的一角。

王大婶估量一会儿，笑道："这间屋子，卧房不像卧房，客厅不像客厅，什么意思呢？"玉玲笑道："我原来也不晓得。据八爷说，这是仿着大帅公馆里的排场，倘若来了心腹人，躺着谈心用的。"翠莲插嘴笑道："谁还是你们的心腹人？还不是你两个人躺着谈心。"王大婶笑道："她和八爷谈心，还用得着躺在这里谈吗？你这傻孩子。人家有这么多屋子，不这样铺排，那不会空着？"

五奶奶听了这话，越发高兴，由这小屋子拐了一个弯，推门进去，她笑道："这就是他们的新房了。"王家母女走过去，首先让他们注意到的，就是迎面一张大床，金光灿烂，倒真是见所未见。五奶奶似乎明白了她们的意思，便笑道："你瞧瞧这张床，看起来没什么特别，来路可远。凤大帅为了五夫人，在香港买了这一张铜床来，八爷将它留下来，给我们玉玲睡。打电报到香港去，另给五夫人买一张。这是真正英国货。柱子和床栏杆都是白铜的，床垫子里的弹簧，又结实又软和。"说着她掀开碧罗帐子，用手在床垫上按了两按。

可是翠莲倒另发现了一件事，就是红缎子的被、白绸的褥子，以至于枕头，都绣着大小凤凰。便微笑道："我们这位姐姐，真也是到什么地方说什么话。于今是凤家少奶奶了，生怕人家不晓得你姓凤，什么地方都有这凤凰做记号。"玉玲笑道："我哪有这些工夫？这都是八爷家里的老排场。"翠莲看看这屋子里面，又是配合了这铜床的颜色，家具都漆了芽黄色。玻璃雕花的橱子，在格子里面衬托着大红的绸子，对床安置了立地的一架大穿衣镜，把一间屋子照成了两间屋子。梳妆台上，对照着两架银座子彩绸宫纱的电桌灯，和穿衣镜子对照，梳妆镜里是映着很深。屉桌下层，有一排玻璃空格，配置也安合好了，随了格子放着各种鞋子。床面立着一架小几桌，有一只景泰蓝的彩凤，嘴里衔着一个红瓷罩子，罩了一盏电灯。总之，虽是这些家具，人家也可以办到，但一定有几个特点为人家所无。比如那床面前，人家至多铺一张狗皮毯子罢了，而他这床面前，毛茸茸的是灰白的狼皮毯子。

五奶奶笑道："照说呢，玉玲唱得这样红，给人当二房，是受一点儿委屈。可是要看到八爷在她身上这样花钱，也就很可以了。"翠莲笑道："好是好，怎么不给我玉玲姐买两只好皮箱呢？他们在南方买铜床？还不能在南方买皮箱吗？"玉玲虽深自镇定，不肯露出夸张的样子来，可是她也不愿人家寻出了她的短处。她听到了这句话之后，立刻向翠莲招招手，笑道："你跟我到这儿来瞧瞧。"翠莲见她很快地向床后面一间屋子里走，也就跟着走去。一进门，却看到是所洗澡间，白瓷砖面的楼板和墙壁，屋子里安着大的澡盆、小的脸盆，这是在大饭店里见过的。原来这里还有个梳妆台，三面镜子围绕，那镜子下摆的化妆品，比小洋货店里的还多。这旁边墙上安了一面镜子，下面靠地，倒不知是何用意。玉玲轻轻一推，那镜子变了一扇门开了，向里看去，是一所小夹道，有许多白铜衣架子，挂着玉玲的衣服。她笑道："预备穿的，都挂在这里。"说着，她掩上了门，又向外面两步推开一扇门，她索性挽了翠莲一只手同走进去，原来这里面又是一间房，大大小小的皮箱，堆了有二三十只，笑道："可不少吧？就是一层，这里面多半是空的，没有许多衣服去塞起来。不过八爷也答应了，迟早总要替我把这些箱子装满。"翠莲看到了这些箱子，本来有一句话要问，这里面是不是空的？玉玲这样说着，翠莲倒只有站着发怔的了。

十　第三者眼里

　　女人有许多地方差男子一筹，自然是生理上受到了限制。而女人虚荣心比较旺盛，未尝不是一个吃亏的原因。玉玲这么一夸耀，翠莲母女当然弄得心动神移，其实玉玲自己也就欢喜得有些不能自支。越是这样，她也就越不让人看到她有什么漏洞，所以在翠莲询问箱子有无东西在里面的时候，她先就说了，凤八要和她做许多衣服，把箱子塞满了。翠莲母亲随在后面，也是由欣羡里面透出了一点儿妒忌，这就插嘴道："这些箱子，要一个个都塞满起来，当然不是一件易事，不过也看是怎么样子的塞法。假如塞些皮棉衣服，有个两三件也就可以凑一箱子了。"玉玲笑道："你想，凤爷那种体面人，可肯做这样的事？若是愿意那样塞满箱子来，倒不如弄两床棉絮在里面塞着了。我还和八爷定了个条约，这箱子愿意他慢慢地和我装满来。为什么呢？除了皮货不算，什么衣服，一年有一年的样子，老早地做了很多，自己穿不过来，到了穿的时候，那又不时兴了。"王大婶子究不能不敷衍玉玲的面子，因点着头笑道："还是我们八奶奶想得前后周到。"玉玲笑道："我们自己人，别那样称呼，听着怪肉麻的。"

　　赵五奶奶倒是怕引起了人家的误会，立刻将脖子一伸，哟了一声道："这有什么使不得，还不是正明公道的吗？就是人家称我一句外老太太，我也只好受着。"王大婶子笑道："是啦，您该享福了，真是那话，现在您是名利双收啦。往后，您什么也别操心，北京买好了新公馆，老老板玩个花儿，买个鸟儿溜了。您就找几个有钱的街坊，斗个牌儿，聊个天儿，那可比现在跟着玉玲后面，里里外外

190

照应个周到，那就舒服多了。"五奶奶笑道："您翠莲儿比玉玲还年轻，您要能够放手，还不是一样吗？"王大婶子道："她哪有那么大造化？中国四万万同胞，可到哪儿再去找第二个姓凤的呢？"

这句话不但说得玉玲母女高兴，而且门外有个人哈哈大笑，高兴地走了进来，那正是并无分店的凤八爷。大家打着招呼，只有翠莲透着尴尬，微笑着红了脸。凤八笑道："天下有情种子多着呢？何必一定要找姓凤的。假如王奶奶愿意做外老太太，在我朋友班里，我可以给你找一个姑爷。"玉玲笑道："你说这话，倒不怕你那两个心腹副官要吃那飞醋。他们可是很给我们王老板捧场。"凤八道："他们？什么癞蛤蟆想吃天鹅肉。若是捧场的人，都起着野心，当名角儿的，还敢受人家的捧吗？"翠莲还是低了头，却抬起眼皮向凤八瞟了一眼。凤八笑道："你别瞪我呀，我这不都说的是实话吗？"玉玲笑道："这是我不好，只管说八爷，可没想到流弹中了别人，这应该罚我。八爷，您那由上海带来的香槟酒，还有没有？我要留王大婶子在这里吃饭。"凤八道："那边公馆里有，我打个电话叫人去拿就是了。"

王大婶子道："你们还忙着收拾屋子呢，我改日再来打搅吧。"玉玲道："打什么搅？又用不着我们动一动手。八爷替我找了个北京厨子，试试他的手艺怎么样。"凤八道："到楼上客厅里去坐吧，我到外国公司里买了许多洋陈设回来，大家都去瞧瞧吧。"五奶奶听到又买了东西回来了，总是值得卖弄的，一阵风地又将王氏母女引到楼上厅里来。那桌上大纸盒子、小纸包儿，放了一大堆。桌上放不下，又在地毯上堆了许多包裹。王奶奶站在旁边，笑道："你瞧，这又不知道花了我们八爷多少钱了。"

玉玲看到这些东西，更透着是小孩子脾气，已把放在桌上的那些大小纸包，一一地透了开来。后来在个精致的小木盒子里，取出了个小钟。那钟的原质好像是翡翠，做了个罗马宫殿式的模型。除了雕刻得细腻不算，那窗户和大小门里面，还有很小的古装西洋人。那钟面在三层楼上，倒占的地方不大。玉玲捧在手上，仔细看了一遍，笑道："这玩意儿倒最合我的意思。我就烦腻着平常人家桌上，摆着一口钟，俗里俗气的。可是这种报告时间的东西，又不能不有。这个钟就很好，摆在桌上，倒像一样古玩，这颜色也绿得好看。"凤八坐在沙发上，架起腿来，口里衔了雪茄，眼望着这位新夫人。新夫人笑，他也笑。见玉玲尽管夸赞，便笑道："项项都好，难道没有一点儿褒贬?"玉玲笑道："可惜这是洋式房子，要是中国式的样子那就更好了。"凤八笑道："这个小小玩意儿，就是八百块钱，你还嫌着洋气呢。"

五奶奶立刻接了嘴，回转头来向王大婶子道："你听听，这就是八百块钱。这一堆买的东西，要多少钱? 把这钱省下来干什么不好?"凤八笑道："你说省下来干什么呢? 我们是愁着吃，愁着穿，或者愁了没有房子住?"王大婶子听了凤八这样代她们说着大话，也是心里头替她们醉醺醺的，因笑道："虽然有了八爷，我们五奶奶什么也不愁了。可是把您花费的这些钱，拿去置田地房屋不更好些吗?"凤八道："这些我都给他们打算好了。再置下些收了粮食是卖钱，收了房租也是钱。尽积攒下那些钱，又做什么用? 至于玉玲她本人，更用不着说积钱的话，我的钱就是她的钱。纵然说没有放在她口袋里，不能算她的钱，可是放在她口袋里的钱，也……"

玉玲瞅了她一眼，微笑道："我的八爷，你不用再说了。幸而王大婶子还不算外人，要不然，人家说我们吹得太厉害了。龙王爷家里宝多，还怕遇着一个河干海浅的日子呢。"王大婶子笑道："就算龙王有个河干海浅，你们凤大将军家里的钱，也不会有个用完的日子。"凤八在这日子，当然要顺从新夫人一些意思。见玉玲不愿太夸着富有了，便也点点头笑道："我也因为不是外人，就随便开开玩笑，我父亲他就不肯说怎么有钱。人家说我家里有钱，就不过是为了我家名声太大。中国真正有钱的人，在北方看不见，要在香港就可以见识见识他们的威风。这就是平常所说发洋财的人，他们真把银钱当水用。"王大婶笑道："那么，八爷您自己说，您是把银钱当什么使呢?"凤八笑道："也无非钱当钱使，银子当银子使罢了。反

192

正这辈子不会那样寒碜，把铜钱当银子使，把银子当金子使。"王大婶听了这话，倒有些感触，心想：莫非他讥笑我们把钱看得太重了？可是对这种有钱人，稍微沾着一点儿边，也有很大的好处，纵然受上一两句话，自也故意坦然地受着。

这时，玉玲正陆续地拆开纸包来，看这样看那样，王氏母女随着附和一阵接上也就吃饭了。饭后，凤八先搬出家里的话匣子，开了几张片子，又拿出照相机来，和翠莲照了几张相，半天的周旋，厮混得很熟。凤八见翠莲很欣慕玉玲手指上戴的钻石戒指，当她照相时却悄悄地对她低声笑道："那戒指也不过千多块钱。今天我在洋行里买东西，看到有个小些的，我明天买来送你。"翠莲听了这话，心房立刻跳了几跳，可是红了脸微笑着没答出话来。但她晓得，凤八绝不拿空话骗人，虽是只这两句话，也就心里感激得了不得了。也就因为这种事太可动心了，当日回到家里，按捺不下这秘密就悄悄地告诉了母亲。

王大婶子听了这话，两手拉了女儿的手，脸上带了五分郑重的颜色、三分秘密性、两分高兴，向她低声道："这事若让玉玲知道了，那可得把三百年前的陈醋坛子全要打翻。不过像凤八这种人，拿了洋钱当水使，既和他认识了，不沾他一点儿光，那也算白认得他。咱们不即不离儿的，敷衍他一点儿，先把那戒指弄到手再说。"翠莲道："有了我就得戴上，假如玉玲看到了，我怎么说呢？"王大婶手道："哟！你就这么一点儿出息吗？人家有本事的女人，一张床上养两个野汉子，谁还不知道谁呢？"翠莲呸了一声道："这就是您做娘的人教给女儿的吗？"王大婶笑骂道："你是好孩子？你要是好孩子，人家方才和新娶的姨奶奶布置公馆，可又私下许你一只金刚钻戒指。"翠莲笑着，一低头跑走了。

在这种情形下，当然她母女都是极愿意瞒着玉玲，把那戒指弄到手的。只可惜凤八正沉醉在玉玲身上，很随便地向翠莲许的一个心愿，过后也就忘了。自那次后，王氏母女有了机会就到玉玲家里去，以便凤八见面之后，自会想起这件事来。无奈先两次会面，都没有说话的机会。第一次是赵五在馆子里办喜事，在许多熟人中间，翠莲找不着一个向凤八亲近的时间。第二次是凤八在小公馆招待他一班年轻朋友，虽然有许多女戏子在一起厮混，偏是同时凤八找了一班唱杂耍的在家里凑趣，琴弦鼓板，热着一团，依然没有空隙说话。但是翠莲却给了他一个暗示，在陪酒的座上，抬起手来，只管看着手指。她这种暗示倒是发生了效力，当凤八送客出门的时候，在楼梯口上笑着向她说："我答应送你的礼，几乎忘了，过两天，我一定给你买了来。"翠莲免不得要问，你在什么地方交给我呢？可是这么一句话，既不便轻易出口，又怕让别人听到，只是怔怔地站在楼梯上，对凤八望了一望。凤八笑道："我明白，我明白。"他要说第三句话，又一批客人下楼了。为了这个缘故，翠莲希望没有绝，三五天借着一点儿事故，便要到玉玲这小公馆里来坐坐。

过了半月，那戒指居然到手了，但立刻不去，也怕玉玲疑心，而且也继续想得到凤八一点儿好处。这条路不愿断，唯其她是有意而来，冷眼看着玉玲的生活，觉得是逐日地不同。家里的东西，本来任何物品不缺，便是要买，男女用人上十个，尽可随时支使人上街。但玉玲过一两天，就要坐着凤八的马车，到街上去足买一阵。有时是由绸缎庄买回来，有时是由洋货店买回来，有时更由水果行糕饼店买回来。像绸布洋货这类东西，买回来不用，放置在箱子橱子里，这也并没有任何关系。像水果点心这类东西，虽在冬季，不见得就坏，但凤八的公馆里，过着西洋人的避寒法，热气管子昼夜地放着热气，屋子里暖和得比春末夏初一样，食物东西放着不吃，也很容易腐化。玉玲虽也吸两口鸦片，这瘾却还不怎样地大，因之吃水果甜食的嗜好，也没有一般瘾君子那么厉害。所以她买回来的东西，多半是吃个三停中之一半停，其余便放在一边腐坏，等到有了气味，或变了颜色就叫人拿了出去。有一次她第一天买了三双鞋子回来，第二天又买三双鞋子回来，原因是第一天买了鞋子以后，经过别家鞋子店，觉得所买的鞋子样式过于老一点儿。可是第二批买的鞋子，在鞋子店里匆匆试脚的时候，觉得很合适。到了家里再穿，不想全小了，待要拿去调换，却又嫌着麻烦。正好翠莲在这里，她的脚是比玉玲要小半个码子的，于是这三双鞋都送了翠莲。

翠莲得了三双鞋子，口里自然是谢了又谢。可是她心里就暗忖着，把东西这样糟蹋，有钱也透着过分。凤八虽然说过，她田地房屋都有了，用不着再置，把这糟蹋的钱拿了去周济穷人，自己反正不在乎，人家可要念上一辈子。譬如同班子唱戏的女孩子，一天累死了，只拿几毛钱戏份儿，把这买整大包点心水果来馊来臭的钱，这冬天一个人送一张米面票子也好。她心里有了这种观念，回家来也就向王大婶子提过。王大婶子道："你可别发傻。有钱的人最怕麻烦，你若是把这些话，让唱戏的那些穷女孩子听到了，真去找她救济，她对着熟人，谅来也不好说什么。可是凤八爷那份儿公子哥儿脾气，还不大爱瞧穷人。你三天两日地向他们那里跑，也得了不少东西，可别塞住了这条财神爷的路子。你听我的话，好好地敷衍玉玲，对凤八可以和他客客气气地让他看来没有什么，好像又有什么。"翠莲红着脸道："你这是什么话？"王大婶子道："什么话呢，无非看到人家整筐子捡元宝，叫你也去捡点儿元宝边。不过这几天去得勤了，你可以歇两天再去。这样，就不会怎样地露着痕迹了。"翠莲道："您以为我爱去呢。人比人，气死人，我愿意到那里去瞧着生气吗？"

王大婶子自女儿得过凤八的钻石戒指以后，却也另眼相看。既是翠莲如此说了，暂时也就不想在她身上出什么主意。可是只歇着一个星期没有到凤家去，这一天便有个男用人来传达口信。说是八爷给新奶奶买了一辆汽车，今天下午要和新奶奶去试车，请王老板一块去坐车玩玩。翠莲连声答应好好。等来人去了，便笑向王大婶子道："他们倒真不忘了我，有新汽车坐，也让我去试试，天津市上，除了外国人，我还没瞧见多少中国人坐汽车。也不晓得坐着这车子在街上过，是个什么滋味？"王大婶子道："什么滋味呢？也不过快就是了。"翠莲笑道："将来我一定也让您试试。"说着，很高兴地就去梳辫子，搽粉抹胭脂。凤八原请的是下午去试车，并没有

195

约定钟点。翠莲怕失了这个坐汽车的机会，更怕向凤八失约，所以到了一点钟，已入下午的时间，就向凤家小公馆里来。

一个礼拜的小别，这里许多事情又换了样子。第一是楼上楼下两个客厅桌围和椅套，全换了大红缎子绣花的。后来据玉玲说，快过年了，天津人过年，喜欢穿个满身红，八爷觉得那倒有个意思，益发把床上桌子椅子都换上红吧。算一算这笔用费，据说就是整千。第二是八爷给玉玲置了几样活的玩意儿。一是银架子上，银链子上拴了一只红嘴绿鹦哥，这是四川种，能说几句话，共是二百元。二是一对羊毛小狗，只有猫那样大小，是西洋来的，说是外国人送的，虽没有花钱买，用鸭绒和绸子给狗做了两个小窝，用紫漆柳木做着笼子，每天吃着牛奶牛肉面包饼干，比平常一个人的吃用还多几倍。第三是用真正的水晶缸子，养了几条异种金鱼。那水晶缸有面盆那样大。平常一副水晶眼镜，也得十来元，这缸的价目也就可想而知了。

翠莲所以能把这些东西细细地赏玩一番，却因为来得太早了。一点钟，在翠莲以为是下午，可是到了他们这里，两口子还不曾起来呢。五奶奶住在这里，当然也有她一间房，便将翠莲引到她屋子里去坐。她这屋子里也放了一张大沙发，可是五奶奶就不是平常人家那样对付这舒适家具，竟放了一个铺卷儿在上面。屋角热气管子上放了一把茶壶，又放了赵五两双破旧袜子，烘得臭气扑人。很好的一张黄漆架子绷子床，倒堆了些红毡毯、蓝花布被窝，她还是对付土炕那种办法，床脚放了两口箱子。翠莲坐在沙发上笑道："您这屋里，大概八爷不进来。"

五奶奶皱了眉头道："你瞧，过这舒服日子，我那糟老头子还赚着不惯。用人进来收拾屋子，都给他轰出去了。在家里穿件短袄子还只嫌热，他就成天地在外面跑。家里有厨子做的菜饭，他嫌规规矩矩坐着吃别扭，听差站在一边，盛饭筛酒，受着不好，不受更不好，还是出去吃小馆。这倒不是他，我也这样，倒杯茶喝，也得按下电铃子叫人，这排场我弄不惯。可是不这样，又不像外老太太外老爷子。过两天，我老两口子，还是回北京去。"说着，把热气管子上的茶壶提在手上，到处找茶杯，茶几上、小桌上都没有，还是在楼板上找了个茶杯斟杯茶递给她，笑道："今天是我们姑奶奶请你坐汽车来了吧？"

翠莲笑道："我倒不是想试试这滋味，开洋荤。我们玉玲姐的面子，叫我来，不能不来。"五奶奶放下茶壶，坐在床上，两手按了膝盖，叹口气道："我们玉玲本来就手大。翠莲，你没有瞧见，现在更花得不成话了。往日是坐着马车向马路上随处溜达，大一提小一包向家里买，买来了白放着，于今有了汽车，又快又阔，更要跑了。"翠莲笑道："怕什么的？八爷家里的金子堆成山，当水使也使不完。"五奶奶摇摇头道："不是那么说。日子多似蒙蒙雨，往后日子长啦，这样用可不行，再说有钱也不应当这样糟花。"翠莲笑道："您劝劝她两句就是了。"五奶奶道："我怎么不劝？她答的话，让我没法儿再说什么。她说，他家将军耍一宿钱，输赢就是几多万，这算什么。反正也不花赵家的钱，您老两口子这辈子够了就得了。"说着，她又不住摇头。翠莲见她已是看不下去，这觉得自己的观察总算不错了。

十一　试车之日

　　赵五奶奶和翠莲谈上一阵，把心事全掏出来了，这倒引起了兴致，就只管把话说了下去。那穿得齐整的女用人，胸面前系了白布围襟的，就有一个从从容容走了进来，因向五奶奶做个请安的姿势道："老太，八爷起来了。听说王小姐来了，请一路去用早点。"翠莲笑道："我们午饭都吃过了，现在还用早点呢。"五奶奶道："你去陪着他们聊聊天吧。就是你吃过了，你去喝半杯牛乳，也不打紧。"翠莲道："那么，我娘儿俩一块儿去。"五奶奶叹了一口气，接着又笑道："我的姑奶奶，我虽然不懂事，我也不能浑蛋到那种程度。就是从前八爷到我家里去，我们这老梆子也要躲得开开的。于今他虽是我的姑爷，我不懂文章，我也常听到人说过什么新婚燕尔的，我这老厌物混到一处去做什么？"翠莲道："这样说，我也就不必去做那萝卜干了。"

　　五奶奶将手轻轻推了她两下肩膀道："你懂得什么？小姨子最吃香的人了。这件事，你娘知道，不信，回去问问你娘。"那女用人听了这话，站在一边，抿嘴微笑，闹得翠莲怪难为情的，通红的脸，更不好意思走开。五奶奶两个手轻轻推了她道："去吧去吧。我们这姑爷姑奶奶都是急性子，你再不去她又要派人来催了。"一言未了，果然又来了个老妈子，站在门外，便笑道："王小姐，我们八爷请你去吃早点心，正等着你呢。"翠莲却也怕得罪了凤八，搭讪着向五奶奶道："你也去吧。"五奶奶道："你先去，我随后就来。"翠莲有了这下台的台阶，她一面走着，一面道："你可得就来呀。"随了她这话，人也就走到很远的地方去了。

凤八这小公馆里虽依然有饭厅，但是他用早点却并不下楼，就在楼上小客厅里。翠莲一进门，凤八先由沙发上站起来，笑道："我的小姐，你怎么这样难请。我们这样熟的人，你还闹一份子客气吗？"翠莲笑道："我客气什么？我早就吃过午饭了。"玉玲笑道："就是他，晚上尽聊天，不肯睡，到了白天，起来不了。"她本来坐在同一张沙发上的，就捏了小锤子，轻轻地捶了凤八一下腿。真是新婚燕尔，看他两人那一份亲密高兴的分儿，真叫人说不出个所以然来。翠莲抿了嘴微笑，站在一边。这小客堂正中，原有一张小圆桌，上面蒙了很厚的绒毡毯子，这时换了白布，上面摆了吃西餐的刀叉。翠莲心想，还真像那么回事。凤八移动着上方一把椅，笑道："王小姐，你就这儿坐，不要拘束。我在公馆那边调了一个西餐厨子过来，给你姐姐换两天口味，等她吃腻了，我再把这厨子调回去。你高兴，这两天可以到我们这里来吃西餐。有时候我不能在家，你姐姐一人吃西餐，就怪没意思的了。"玉玲道："真的，没事，你就到我这里来玩。"

　　说时，一个穿白衣服戴红帽子的西餐厨子，手捧着托盘，送了食物进来。本来西餐厨子，应该是戴白帽子的，但是这位凤大将军吃西餐而又不信西俗，他嫌白帽子丧气，改了水红的。而同时身上穿的白褂子，也都镶滚了红边。凤八把这厨子调到小公馆里来，又进了一步，把布质的衣帽改了绸子的，为着厨子站在面前更顺眼些。翠莲见那厨子手洗得雪白干净，将碗碟缓缓地向桌上送，两个老妈子垂手站在一边。这年头儿吃西餐，就不怎样普通。翠莲大小是个角儿，多少有点儿应酬，倒也偶然吃吃西餐。可是现在看看凤八家里这番排场，就比馆子里还设想得周到。桌子上大大小小，摆了许多瓶瓶罐罐，珊瑚色的玻璃瓶子装那新鲜牛乳，碧玉色的玻璃缸子装着白糖，像这一类的陈设，看去热闹，可也透着俗气一点儿。

　　当她这样张望的时候，凤八倒怕她外行，首先要做样子她看，便把面前一团白绸子扎的花朵扯了开来，是一方很大的围巾，展开来铺在膝上。玉玲这就想起了一件事，她坐在翠莲下手，伸手捏了两捏她的衣袖，因道："你穿的还是皮袍哇！"翠莲笑道："到你们家来，真有点儿担心。里面太热，出去了容易着凉。"玉玲道："你到我那挂衣服的橱子里去，随便挑一件衣服穿。衬绒的也好，驼绒的也好，丝绵的也好，你爱穿哪样的，就穿哪样的。"翠莲笑道："那我就不客气，照着你的话去挑件衣服穿。实不相瞒，我里面的小衣服汗都湿透了。"玉玲道："你自己拿吧。哦！我还想起了一件事，我那里还有几条夹裤，你也随便拿一条穿就是了。"

翠莲听了这话，初不介意。到那衣箱房子里，只见那挂衣服的玻璃夹道门正是半掩着，前两天看到这衣架钩上还有空钩子，现在可就挂满了。翠莲掩上房门，先把身上皮袍子脱了，先凉爽凉爽，然后在衣架钩上取了一件水红绸衬绒袄子穿了。穿起来之后，到外面亮处，对穿衣镜子一照，不觉哎呀了一声。原来梨园行的女孩子，在这日子是得风气之先，全是女扮男装。穿了长袍子的小背心，甚至小马褂，两条腿总是穿了扎脚裤子，质料是向来不大讲究的。这时翠莲将短袄子一穿，在穿衣镜里看到下面穿的那条青布棉裤，实在不相衬，怪不得玉玲让自己穿她的裤子，她早就想到这里了。一个人有了钱，终日无事，便在吃穿上打主意。果然她想得周到，预知道我穿了上身，下身就不相衬。这也用不着难为情，穿起来就是。说不定她倒难为情，不好意思把这两件衣服收了回去。这样一想，复又走进那挂衣夹弄里，要挑一件颜色和袄子相配合的裤子穿。也是这里衣服太多了，一时不知选择哪种颜色的才好。还是原来挂水红袄子的衣架里边，横格棍上搭了一条青缎子裤子，仿佛是老早配好了的，换穿起来，再一照镜子，又雅又艳，自己看了也十分满意。再回到小客堂里去，玉玲点头说穿得很好看。翠莲笑道："这件袄子颜色艳了，必定要配上这条素净些的裤子才对。"

凤八正拿了刀叉，切着火腿鸡蛋盘子里的火腿吃。见她两人都在称赞这件衣服，便也回头向翠莲身上看看，然后又偏转脸去对玉玲道："她穿着很合身材，她又很喜欢，我们就送给她穿吧。"翠莲不料所幻想的又成了事实，笑着道："那可不敢当，玉姐大概还没有穿过几回呢。"玉玲笑道："你喜欢你就穿着得了。我的话好办，我若愿意，再照样做上一套就是了。"翠莲见面前已放下了一杯牛乳，带了微笑，抿着嘴喝。玉玲问着："看你这样子，好像心里头有许多话要说。"翠莲笑道："许多倒是没有。我想玉姐您现在真过的是神仙日子，要什么有什么。本来您就慷慨，现在您手头方便，越发地慷慨了。"玉玲笑道："那除非是你，对于别人，我当着八爷，也不能把他的东西这样慷慨给人。"翠莲笑道："把东西慷慨送我，难道就不怕八爷见怪吗？"玉玲道："他见怪谁？他疼你还怕疼不够呢。"

这句话把翠莲说得脸飞满了红晕，只好低着头，端起杯子来喝牛乳。凤八哈哈地笑着，因道："王小姐脸皮怪薄的，咱们别占人家的便宜。"说到这里，正好厨子和她也送了一碟火腿蛋来。便给拿了刀叉架在盘子上，因笑道："多少你吃一点儿。"翠莲笑道："我在家里吃了午饭来的，不想到了你们这里又要吃早点。"凤八笑道："虽然你吃不下去，你也得尝尝这火腿的滋味。这是真正的云南宣威火腿，这天津市上，除了我家，别家公馆里未必有。至于馆子里，那更不必说了。"玉玲向翠莲笑道："你听听，就是平常煎荷包蛋的盘子里，放上两块火腿，还有这么些个来历。你姐夫可不算平常的一个人，你让他疼着一点儿也不坏。"翠莲不知道她这是醋话呢，还是开玩笑呢？为了凤八在当面，又不便把这话完全驳回去。便故意装成撒娇的样子，要笑不笑，要哭不哭的，将身子一扭，向玉玲微瞪了眼道："玉姐，看你。"凤八放下刀叉，将手轻轻拍了玉玲的肩膀，微笑道："不说笑话了，不说笑话了。吃过了，新车子该开来了，我们应该一路出去试试车子。"翠莲也不便跟着向下说什么，只好装着傻子，用刀叉切了火腿来尝。

这餐说是早点，倒上了两三道菜，随后又是麦片粥、鸡蛋糕，最后才是柠檬红茶。看看凤八两口子，也只是每端了一盘子菜来，随便切着尝上一点儿，何曾会吃出什么滋味。果然，就在这时，听到呜呜的门外有几阵汽车喇叭声。凤八端开面前的杯盘，站起来道："我看看车子去。"说着，移步就向屋子外走，玉玲一伸手将他衣服扯住道："你要到哪里去，你不看看你身上穿着什么吗？"凤八低头一看，才发现自己身上穿的是一件绒线睡衣，而且下面还赤了双脚，踏着一双缎子拖鞋。因笑道："我们家里的热气管子，也烧得太热了。我一定要开着窗户，透进半个钟头的风，我才敢穿衣服。回头告诉烧煤的老刘，明天少添一点儿煤。快拿衣服给我穿。"

只这一声，两三个女用人忙作一团。有的拿衣服，有的拿裤子，有的打手巾把。翠莲自是不吃了，只把冷眼看他们乱。一会儿凤八将衣服穿好，就到门口去看车子，因向玉玲道："外面大概很冷，你就在楼上，隔了玻璃窗子望着得了。"玉玲真个挽了翠莲的手，同站在玻璃窗子前向外看着。那西北风由窗户缝隙里吹来，虽是冷飕飕的，却也奇怪得很。便是这西北风，也是个极势利的东西，吹在有钱人家里，不但不冷，而且像六月天的东南风一般，吹在身上，却十分舒适。要不然，也不见得这屋子里热气管，热到什么程度。这时，凤八在门外看看汽车，按得喇叭呜呜乱叫。然后他又跳进门来，站在楼下院手里，向楼上乱招着手。看他那笑嘻嘻的样子，自然是很高兴。一会儿工夫，他跳着跑着，笑着上楼来了。因向玉玲笑道："很好的一辆车子，比我们老爷子的那辆还好多了。据说，这次同样的车子，只来了三辆。一辆运上了北京，听说是总统府要了；一辆是银行团的代表要了；这一辆便是咱们的。"玉玲笑道："那我们怎么高攀得上呀！"凤八笑道："管你高攀得上，高攀不上，反正车是我买了。我买的车子，你就可以坐。"玉玲笑道："我们有个想头，再迟三五个月坐车子就好了。"

凤八在身上掏出纸烟盒子来，架了腿坐在沙发上，正待擦火吸烟。听了这话，手上捏了纸烟，倒呆住了，望了玉玲道："那为什么？"玉玲道："你瞧，坐汽车的人，都是大富大贵的人。现在天津市上，也没有多少汽车，坐着车子出去，让人怪打眼的。再过些时候，街面上车子多了，那就无所谓了。要不然，我坐了车子出去，人家把我当了个了不起的人，我倒有点儿受不了。"凤八坦然地吸着纸烟，笑道："你很郑重地说了出来，我以为有了什么大了不得的事，原来是为了怕人知道。知道又要什么紧？西南凤家，漫说是北京天津这在朝的人拥挤之所，便是走到云南山坳子里去，提起凤大将军家里，没有人不称赞一声的。你嫁了姓凤的，你还怕什么名不符实吗？若论坐汽车，恐怕天下公论，也正应该由我们这里坐起。我们是非摆一点儿场面不可。若不摆场面，人家倒要疑心我们装样子。"说到这里，他见翠莲坐在旁边微笑，因道："王小姐怎么样？你觉得我这话还有两三分对吗？"

翠莲笑道："怎么只说两三分对，简直全对。请问，您府上若不算头一份儿有钱，谁该算头一份？"玉玲道："说是这样说，我们也无法子否认，其实也不过是个虚名儿罢了。若像我们排那本戏，南京沈万山那样有钱，也透着过余点儿。"翠莲指着她笑道："你才到凤家做儿媳妇几天，也跟着凤家人一样说话了。你们家有钱，都是个虚名儿，那要什么人才算是真有钱的呢？"凤八哈哈大笑道："我倒不那样假客气，说我有钱，就算有钱吧。这外国人生意，倒是说一不二的。洋行里让我们试一天车了，明天可得开支票给人钱。现在快两点钟了，我们还不应当出去试车。你这一化妆，不知道又是多少时候？玉玲道："一急起来，你就急得什么似的。我也总得洗把脸，梳梳头发出去。要不，就这样蓬头散发，黄着脸蛋子出去，也是您八爷的面子。"凤八道："好！我限你半点钟，快去收拾。"

玉玲笑着，带了翠莲到洗澡房里打扮了一阵。翠莲坐在一边看到，倒有些和她着急，因笑道："玉姐，你不会快一点儿，这样子下去，非一点钟也收拾不完，八爷又该催你了。"玉玲笑道："你信他胡扯，限我半个钟头完事。根本他还没有过早瘾，这一顿大烟，你怕他不要两个钟点吗？"翠莲道："现在日子短，一混是四点钟，你们该晚上出去试车了。"玉玲道："可不是？每天也不知道怎么弄的，糊里糊涂的天就黑了。所以到了晚上，我们就整晚地聊天，非到两三点钟不能睡觉。"她一面说着，一面擦粉抹胭脂。她专有个梳头的女用人在这里伺候着，站在她身后和她梳篦抹油，挽了个如意头。直等诸事料理清楚，玉玲换了一套衣服，方才出去，果然费时一点多钟。

楼上那间小房里，是凤八的烧烟室。走去看时，窗户帷幕，全都掩个密不通风，屋子里电灯倒亮着。他穿了短衣服，躺在床上，两手拣了烟枪，口对了枪头，吸得呼噜有声。一个女用人坐在床沿下小方凳子上，左手托住烟斗，右手夹了烟签子，对了灯火，双目注视，聚精会神地烧着烟。玉玲站在房门口，便回头向翠莲笑道："你看怎么样？人家过瘾还是正来劲呢。"凤八将那一袋烟一口吸完之后，紧紧地抿了嘴，抬起身来，扶着烟盘子边的茶壶，嘴对嘴地喝了一口。然后伸着脖子，将茶和烟一齐咽了下去，这才笑道："忙什么的。这又不是有什么约会，怕误了钟点，你总应当让我过足了瘾再说。"玉玲回头望了翠莲笑道："你看怎么样？我说我们这口子他不会忙吧？他不但不会等我，简直地还要我等他。"凤八笑道："你们就在这里坐坐吧，至多还有十分钟。"说时，那女用人已把第二个烟泡插上了烟斗，把枪头伸到他嘴边去。

翠莲倒比他们两口子急，要尝尝这新车的滋味，眼看天色越来越晚，倒怕误了这试车的机会，便坐在烟铺另一边等着。手里玩弄着烟盘子里的玉石烟膏罐子，笑道："这玩意儿无论说怎样的好，我总觉得它有点儿耽误时候。"凤八听说，由口里扯出烟枪来，哈哈大笑，因道："你觉得抽大烟的人太啰唆了。"翠莲笑道："先是你催玉姐，这会子你把什么都预备好了，反要等你。"凤八笑道："我原是烧着烟等她的，不想一躺下就是一个多钟头。"说着，坐了起来，向玉玲招了二招手，笑道，"我够了，你来两口。"玉玲坐在外屋子里沙发上，将手一摸油光的头发，笑道："人家刚梳的头，又把它睡毛来吗？你没有醒的时候，我就先过了瘾，为着就是怕出去晚了。"凤八道："那也好，你回来再过瘾吧。"

那个烧烟的女用人立刻放下烟枪，在墙上电扭上按了两下，这就另有老妈子打了热气腾腾的手巾把子来。凤八擦过脸，另有个用人走来，将小木托盘托着一盖碗牛肉汁来，他端着喝了一口，便放到一边，这才起身向外西屋子里走。女用人取过皮袍来，披在他身上，他仅伸手穿而已，连纽扣也是人家代扣着。翠莲以为他这该出门了，不想他又在沙发上坐下，那烟烧的女人取了一支雪茄来，递在他手上，擦火和他点着。凤八吸了两口烟，才夹了雪茄指着翠莲道："你穿短衣服出去，可冷。玉玲，你把那件狐皮袍子借给她穿穿吧。"翠莲本想说，还是穿自己的羊皮袍，恐怕一谦逊，又得耽误不少时候，就没作声。候着玉玲传话老妈子把狐皮袍取来，又是十来分钟。翠莲只好不客气地穿上。凤八算没有什么事了，在衣架上取了獭皮帽子戴上，对立着的大镜子端相了五分钟，方才出门。翠莲看看天上漆黑，满街是灯了。

十二　如夫人进行曲

从前贾宝玉不肯承认富贵闲人这个雅号，那自然是虚谦。不过富贵闲人这四个字，也大可斟酌。在现时代的富人与贵人，很难得着这个闲字，而且最富最贵的人，也许就是最不闲的人。事实上可以闲者，却正是贾宝玉之流，富贵人家的儿女。凤大将军，位等封王，贵矣，财可敌国，富矣，可是他就不得闲，每日要看一尺多高的一叠公文，会几十位客，和参谋人物商议几点钟的事，甚至睡在鸦片床上，还想着他部下这个月饷，四五百万如何着落？饷不是北京财政部未拨，是财政部早已拨来了之后，拖着做了别的用途，舍不得发给部下，所以真到了非发饷不可的时候，又得打别的主意了。古人说是作伪心劳日拙。在鸦片床上想心事的人，他是绝不会闲的。富贵如凤大将军也不能闲，还会有什么富贵闲人？可是真没有富贵闲人，何以又有这个名词？实在的便是凤八爷当富贵人的儿女，代了这个位置。所以富贵闲人这个名词虽然是早已有之了，而这样一个人，却要父子两代凑起来做，才算合适。就是富贵是父亲的，闲是儿子的。现在凤八的身份，便达到了这个阶段。玉玲跟着凤八，也就大有闲的资格。不然，也不会起床便打算出去试车，直到满街电灯发亮，才得出门。他们试车在外的时候，少不得吃喝娱乐一番，回家之时已有十点钟。

翠莲虽然十分愿意和他们一处鬼混，可是也怕误了场，回去要被母亲见怪，只管催着要走。凤八益发给了她一个全脸，却把汽车送她到戏馆子门口。这时候坐汽车，那是极惹人注意的事，翠莲这一度摆阔，弄得戏馆前后台的人都把她当了新闻，以为凤八又看上她了。不用说，她母亲王大婶儿又要发注横财。其实凤八只是找机会花钱，并未尝对翠莲有意。把那王大婶倒逗着做两场好梦，立刻拿起娇来，不许翠莲到凤八小公馆里去。那凤八既未介意，加之又在开始闹家务，也就不曾理会原来他那原配凤八奶奶。

凤八奶奶是伍督军正室生的小姐，和他为配，身份勉强已够。只是这位小姐既生得十分丑陋，又是被时代所淘汰了的一双小脚。所幸她在娘家，却念了不少的旧书，很能遵守旧道德。虽丈夫十分讨厌，也毫无怨色，而且在娘家找了几个极漂亮的丫鬟来陪嫁，随便凤八挑选使唤。而凤八为了讨厌伍小姐，连伍家丫鬟也看不入眼。伍小姐明知道凤八在外寻花问柳，却无法加以拦阻，也只好由他。自从听说凤八娶了赵玉玲，心里到底有些难过，不免在暗中多方打听。后来索性听到在外面租了公馆，而且人家对于赵玉玲也以八奶奶称之，这就让她酸心高起，那一肚子诗书，无论如何压不下去。因为这封建思想的女子，对那"唯名与器，不可以假人"的说法，却十分固执，所以坚不愿让。只是向来没有和丈夫争吵过，对于这事怎样着手抵抗，却煞费思想，闷极无聊，便暗中垂泪一番。

可是凤八带了玉玲整日整夜在外狂欢，家里再大的事他也不放在心上，八奶奶在自己私室里垂泪他如何会知道？八奶奶这样哭了多日，算是凤夫人知道一点儿消息，便叫她到自己屋里劝过几次，说是要警诫凤八。其实凤八有整个星期不曾回大公馆，连要警诫他的消息也一点儿没有听到。八奶奶听说婆母要警诫丈夫，也就存着一份欣慰的心事，要等这回警诫之后，看看他是否略微敛迹。不想等了一个星期，凤八连大公馆也不曾回。她想来想去，并没有第二条出路，就把凤夫人抽的大烟膏子偷来一小盒，悄悄地吞着吃下去。恰好这事被一个丫鬟看见，立刻去报了凤夫人。

凤大将军向来是不管家庭琐事的，听了这消息，也大吃一惊。凤将军手上也不知杀了多少无辜百姓，一个年轻女人他又何必介意。只是这八奶奶的父亲伍督军，是自己政治上一位有力的朋友。自己现在到了北方，是个欠缺地盘实权的武人，幸是南方还保留一部分军队分属在两三位原来合作的督军之下。他们利用了自己在北方索饷，自己利用他们的声援保留虚名。其实自己那十万军队，绝不能调之北上，只是个纸扎的老虎吓吓人而已。若是伍督军一翻脸，这纸老虎要戳穿。所以听到凤、伍彼此取得联系的伍小姐吞了鸦片，这一急非同小可，立刻请着医生来和她救治。因而发救得快，人是救活了，可是儿媳之间的交涉，就透着濒于破裂，非给儿媳一点儿面子不可，因之把凤八叫回家来，当了伍小姐的面痛骂了一顿。但是凤大将军的军权，能加于儿子身上的，也只是痛骂而已。他不能为了这事，将凤八拿去枪毙。凤八一气之下，当天就带了玉玲向北京一跑，先躲开个三五天，后来听得父亲怒气息了，又带玉玲回天津小公馆。

玉玲知道凤八这颗心完全属于自己，却无半点儿醋意，越发伺候得凤八心软口软。当回到天津的第三天晚上，凤八带着玉玲坐了汽车，看电影而归，时候还是十一点。凤八回到屋子里，脱了皮袍，换上丝绵袍，就叫用人找拖鞋。玉玲却亲自斟了一杯玫瑰茶送到他手上，然后挨着他在沙发上坐了，笑道："今天你还打算睡在这里？"凤八愕然道："你这是什么话？我不睡在这里，睡在哪里？"玉玲笑道："你别装聋卖哑，你听我说。我虽是个唱戏的出身，也略知大体。你那一位虽是长得丑陋一点儿，可是究竟是一位督军的小姐，身份是有的。虽然，你府上是中国数一数二的人家，不在乎什么阔亲戚撑腰，我想将军也不愿为了儿女小事，得罪伍督军吧？为了父亲的关系，我想你还是受点儿委屈，每星期敷衍她一两次吧？不是我说得损德一点儿，你进房的时候，闭着一双尊目就得了。只要你不看她那副尊容，你也就心平气和一点儿。"说到这里，她就扑哧一笑。

凤八听了这话，越是心头冒火，因道："你知道我心里难受，你还故意把话来损我。"玉玲笑道："我损你做什么？你不是为了她不合意，你为什么娶我呢？那个女人也免不了吃醋，天下哪有那种贤良女人，把丈夫推到人家怀里去？不过我是个大处着想。我们图个白头到老，这后来的日子就长着呢。既是事情图个长久，就得做个长久打算。无论我算正牌儿的也好，算副牌儿的也好，我总是你凤家的人，我自然也就望凤家太平无事。你瞧，她那知书识礼的人，竟会为了丈夫讨个新奶奶就寻死寻活，那岂不是个大笑话。你暂时回去敷衍敷衍她，先让她不寻死，然后慢慢地开导她。有道是不孝有三，无后为大，她来你家许多年，小产也没有闹一次，不让你八爷娶人，要绝你的后不成？久而久之，她自然说不过这个理去。我呢，蒙你看得起我，粉身碎骨，也难报你的大恩。只要你不受委屈，让我干什么都可以。凡事有个先来后到，我不能讲那蛮理。只要她肯和我讲三分道理，我就叫她一声姐姐，都心甘情愿。第一，总要堂上二老，不为这个生气。第二，也要和你接上一条后。第三，年头儿变了，于今外面有应酬，总是双双地请，双双地到。你现在是少爷，应酬也许少一点儿。但是将来你自己到政治上去做事业的时候，那就不能没有应酬。她呢？长得好看不好看，那倒没什么。第一她那双三寸金莲，怎好到交际场去来往？你慢慢地把这些话说给她听了，她也许为你着想，要回心转意。难道我一个唱戏的女孩子都明白的道理，她一个督军小姐倒不懂得。"

凤八捧着那杯玫瑰香茶，慢慢喝着，将玉玲的话每个字听到心坎里去。可是她说得越有理，越觉得那位原配简直不成个东西。便重重地将茶杯子向桌上放着，打着桌面扑地一声响。因站起身来道："你不要提了，你越提起来，倒越让我心里火烧。我心里烦得很，到小屋子里过瘾去，你把新学得的《黛玉葬花》那段反二黄唱给我听。"玉玲听说，自是依了他的吩咐。到了那小屋子里烧烟的时候，玉玲果然坐在烟榻旁低声慢唱，陪了他烧烟。这样有两小时，两人的烟瘾都差不多了。伺候晚班的用人，在外西屋子里摆上了消夜的点心。说是消夜，其实有时还胜于正餐，桌上摆了许多菜肴，而且还和凤八备着有小酒壶。吸鸦片的人，晚饭要晚些，但也不过九点钟上下，到了这夜深两三点钟的时候，相隔五六小时，当然是肚子饿了。必然要正正经经地吃上一顿，方可有精神。不然，候到明午一点钟，方才用早点，那就令人难受了。

这时，凤八坐上桌来见四周摆了四碗菜，中间却是个火锅子，因道："我们这厨子，大概是不想干下去了。天天老规矩，还是餐餐老规矩，就不晓得换个花样。这样餐餐吃火锅子，也容易上火。"玉玲笑道："可是，我又要和厨子申辩一句了。你八爷在烟榻上那个磨咕劲，真没有准稿子。有时候把菜放在桌上大半天，你也不能起身，满桌子吃的喝的全冷了。若是不预备只火锅子，全是冷的，你又该生气了。"说着，提起小酒壶来，向凤八面前放的烫酒杯子里斟上了酒，一看是天津五茄皮，因道，"这倒是该说用人们一声，家里现放着许多中国酒外国酒，好的多得很，他全不用，又是这土货。"凤八笑道："你埋怨的也是不对，这是我交代他们预备这个酒的。我觉着自斟自饮，还是喝点儿五茄皮上口些，而且这也大补。"

玉玲看着身边用人走开了，向他溜了一眼，低声撇嘴道："大补，你要是肯听我的话，比吃什么补药也要好些。"凤八笑道："从明天起，听你的话就是。"玉玲道："这奇怪了，为什么不从今天起，要从明天起呢？"凤八道："我今天心里烦得很，我不愿再受什么拘束。"玉玲笑道："原来如此！我怕你真听了我的话，要回公馆去看看呢。"凤八手端了酒杯，眼望了她道："天这样晚了，你倒真叫我回那边公馆去不成？若是如此，明明白白，是回去陪那丑货。人都有块面皮，你让我在家里成群的用人面上，还保住一点儿体面？"玉玲也正色道："只要你肯回心转意，倒也不忙在今晚上。我觉着大家弄个好日子过，还是你回去敷衍敷衍她为是。"凤八点点头道："我倒明白了。你是怕她在我母亲面前拨弄是非，怕我父亲租界当局去一张名片，不让你在这里安身，所以希望这件事不要闹大来。"玉玲道："将军是个办大事的人，大概不会做这样的事。可是我要在你凤家长久做人，我就得让公婆都欢喜我。"

凤八端着杯子，接连喝了两口酒，笑道："你果然有这意思，我倒可以指你一条明路。我母亲在我父亲面前，那是一个字说不进耳的。能和我父亲做六七分主意的，就只有四夫人。你若肯到公馆里给四夫人磕上一个头，天大的事都过去了。只是我有点儿不输这口气。"玉玲也是手端了小杯子陪着喝酒，听了这话，眼珠转动两下心里有了主意了，因道："你先别问我肯去不肯去。你先说，为什么不输这口气？"凤八道："我家的事，你也多多少少知道一点儿。我父亲七个太太，我弟兄姊妹十一个人，有的是正太太生的，有的是二夫人三夫人生的。最近，七夫人还生了个小弟弟。只有这四夫人却没有生得儿女。她有权，她也有钱，就是没人叫她一声妈。我们是正太太生的，更不大睬她。见了面，至多叫她一声四姨妈。她也曾和我父亲商量，想引个大一点儿的儿子放到自己名下来。巧啦，二夫人三夫人都只有一个儿子，谁肯让出去。我同母兄弟，算是有四个，谁肯不做正太太的儿子，去做姨太太的儿子！我们这位四姨妈，什么都心满意足，就是差了这一点点。"

玉玲听他这话，一面看他的脸色，因慢慢地答道："我是无所谓的。假使你真有这意思，愿意我去磕一个头，我就去磕一个头。我自己就是做人家的二房，我怎能够瞧不起庶母？"凤八笑道："你可别误会，我瞧不起庶母，那是另一回事，因为她太霸道。我对你，并没有把你当二房三房，我是把你当原配一样看待。所以这些用人，都是叫你八奶奶。"玉玲笑道："不是的争不来，是的赖不了，你怕你说瞧不起姨太太的话，让我心里难受吗？"凤八笑道："没有的话，没有的话。我不对你说了四夫人、四姨妈吗？既是你有这种见解，那就好极了。四夫人是起来得早的，大概每早十点钟就起来了。你可以挑一个早上，径直就到那边公馆里……"玉玲抢着拦住道："你一说得容易起来，就透着太容易了。我也不用经过什么人先疏通一阵，糊里糊涂就到你家去。若是来个不承认，我这脸向哪里搁？"凤八道："这就叫不入虎穴，焉得虎子了。"玉玲将筷子放下来，伸手掏了凤八一下脸腮，笑道："你有这样打比喻的吗？"

凤八被她一句提醒，才明白过来，笑道："我们自己关了门说话，那有什么关系？我家那房子，你以为像咱们这小公馆一样，站在楼上可以望到大门口。各人住着一幢洋楼。前幢楼房唱武戏，也许最后一幢楼房，还不知道有这件事。四夫人她单独住了一幢楼房，我父亲常睡在那楼上。你叫赵副官引了你去，随便说是哪位小姐求见。你见着她，凭你这张能说能逗的嘴，三个头磕着，一声妈叫着，人心都是肉做的，她好意思给你不下来。她没得着个儿子，先得着个儿媳妇，那也不坏。若是先疏通她，她倒要考虑这层，考虑那层，例未必就肯要你见面，你去的时候，当然我也去，万一有变……"玉玲怔怔地听了他向下说，听到这里突然将手在桌沿上一拍，笑道："好！我就试试。成功了，是一辈子的事。不成功，厚着两块脸回来就是了。说办就办，明天早上就去。你向公馆叫个电话，叫赵副官明日早上十点钟等我。预备失败，这事连我父母全不让知道。"凤八也笑着举了杯子笑道："祝你成功。"

自这时起，玉玲就打着腹稿子，要怎样解决这个问题。虽是喜欢睡早觉的人，次日早上九点半钟，就起来了。她一起来，凤八就跟着起来。这么一来，家里上上下下，都透着新奇，这两口子怎么会这样早起来的呢？因之由上房里女仆，直到厨房里厨子，都乱了秩序，不知怎么好。玉玲向女仆道："你们不用胡乱，我和八爷要到车站上去接个朋友，一会儿就回来。现在，和我们弄口茶来喝就行。有牛乳呢热两杯牛乳也好。汽车夫阿唐谅是没有起来。"女仆道："也起来了。怕着就是八爷要出去。"玉玲道："赵副官来了没有？叫他上来。"玉玲忙着吩咐的时候，已是匆匆盥洗完毕了。这样早，梳头老妈子是不会来的，便自己在洗澡间里对了镜子梳拢。不消半小时，她已将发髻梳得油光，自己一面解着预脖子上遮油花网、手绢，一面走到楼上小客厅里来。见凤八架腿坐在沙发上，赵瞎子虽不站在面前听话。玉玲掉转背来让凤八看了，笑道："你看我梳的头怎么样？"凤八望望头道："很好。"玉玲笑道："我们也并非没有用人，就得剪了头发做姑子。"凤八笑道："虽然是那样说，可是天天要你梳头，就透着麻烦了。闲话不用说，十点半钟了。该走了，"玉玲问道："你对赵副官说了吗？"凤八道："我还没说呢。"便掉转脸来向赵瞎子道："今天你多卖一点儿力气，八奶奶立刻要回那边公馆

212

里去。"

赵瞎子大吃一惊，肩膀扛着，全身震动起来。看看凤八，又看看玉玲。凤八道："这也犯不着吓得这个样子。"赵瞎子这才正正经经答道："八爷明鉴。这事若是引得大帅发怒了，八爷有什么了不得，赵炳臣说不定会遭枪毙。"凤八哈哈笑道："平常，什么无法无天的事，借了我这块招牌，你都干了，今天这小事一场就不敢了吗？"赵瞎子道："八爷以为这是小事？"玉玲本来一鼓作气，毫不考虑地，就要向大公馆里去。现在见赵瞎子吓成这个样子，似乎不算平常，这让她也就把勇气减少了几分，那要见四夫人的主张也就大为动摇了。

十三　巧媳妇见公婆

　　本来凤家主仆之间，那阶级观念是很深的。但是有时到了相共秘密的时候，主人翁往往就失其尊严。这时凤八见赵瞎子不敢担当担子引玉玲向公馆里去，便放下笑脸道："我和八奶奶，都待你不错吧？现在要你负点儿责任，你就打退堂鼓吗？我以为只要大帅不办你的死罪，你都应该替我去碰一碰。"赵瞎子道："我没有什么，就让大帅办我一场罪，我算报答八爷千百分之一的恩。可是八奶奶要下不了台的话，那面子可蚀大了。"凤八走向前一步，拍了他的肩膀道："只要你肯这样负责任，这事就好办。我们这位四夫人的脾气，我是知道的，你将八奶奶引着去见了她，让八奶奶一个头磕下去，我们就胜利了。你的责任，只要将八奶奶引到四夫人那幢洋楼里去，有什么不行。"回转脸来，向玉玲笑道，"胆大拿得高官做，去吧！你想谁还能到四夫人那里去把你怎样吗？凭你这份机灵，也不至于把这摆好了的阵势偃旗息鼓而去。"玉玲十指交叉了两手，放在胸脯下面，低了头望着地面，沉沉地向下想。凤八道："不用踌躇，我陪着你去就是。若是要拼命的话，我先拼了这八字。不要考虑，越考虑越胆小。"说着，拉了玉玲就走。玉玲道："你也等我换好了衣服呀，这可是去见婆婆。"凤八见她依允去了，便又坐下来候着。玉玲换了一件蓝缎面灰鼠皮袄，系着青绸裙子，才和凤八一路下楼登车。

　　赵瞎子便坐在司机座上。第一句话，凤八就叫司机开回大帅公馆。司机也吓了一跳，问道："开到那边公馆吗？"凤八道："八奶奶今天回家，一直开去就是了。"司机虽不懂得这个哑谜，主人吩咐了，那就这样办吧。玉玲今日坐在车上，却反比平常镇静，一个字也没有说。凤八有时看她一眼时，她却微微一笑。不多时，车子到了大帅公馆。原来这里是放马车直出直入，很大的门，可以容汽车开了过去。权贵人家的阍人，首先就是在衣服车马上看人的。那凤公馆门口一些仆从，见天津市上还属稀有的汽车，直闯进大门去。大家以为是什么阔人来了，都站起来致敬，让汽车过去。及至看到凤八带了玉玲坐在车厢里，大家都吃一惊。汽车停在花园里，赵瞎子首先下来和凤八开了车门。凤八挽着玉玲下车，便向面前树丛里一幢小红楼指了道："那就是四夫人的屋子，你去吧。我就在这里等着你。"赵瞎子回头看了看，已在前面走去。玉玲虽是心房有些蹦跳，但既到了这里，绝对地义无反顾，便遥遥跟了赵瞎子走去。

走进那所楼房廊檐下，赵瞎子暗暗向玉玲点了个头，站在屋子夹道口上。正有两个打扫房屋的女仆下楼来。赵瞎子道："四夫人起来了吗？客来了。"那两个女仆看到玉玲是大家闺秀的样子，老远地便蹲下身子去请安，向赵瞎子答应着："大帅昨晚不在这里，刚起来呢。"玉玲觉得这第一关还可蒙过去，便含笑站在楼梯口上。赵瞎子道："王妈，把这位赵小姐请到客厅里坐吧。我去报告四夫人。"女仆也不知道是哪里的赵小姐，但看到是赵瞎子引来的，当然是位贵宾，便很恭敬地将玉玲引到楼下客厅里去。玉玲隔着玻璃窗子向外张望，便见凤八的影子在花园走廊上一闪，分明是他在外面巡风，胆子又壮了些，且坐在沙发上等候着。

不到十分钟，赵瞎子就悄悄地推着门进来了，因低声道："四夫人就下楼了。"说着，回头看了一看，又低声道，"我说是赵督军的大小姐来了。"玉玲点点头，将手挥着，让赵瞎子退出去。自己坐在沙发上，极力地将精神镇定着。唯其是自己极力把精神镇定了，越是觉得心房卜卜乱跳。那屋角里立有两面穿衣镜，偷眼去看自己的影子，觉得那面孔红红的，颇有些欠着自然。于是站起来牵牵衣襟，摸摸头发，方才坐下。便是这时听到门外一阵脚步响，料着是四夫人已到，便先站起来。果然赵瞎子先抢一步进门，站在一边。随后一个中年妇人也是穿了短袄长裙走将进来。看她那瓜子脸儿，点漆的眼睛，薄薄的嘴唇，都带了几分精明的样子，于是退后一步道："这是四夫人了？"四夫人道："赵小姐请坐。"玉玲恭恭敬敬站在下面，因低声道："我今天冒昧前来，要请四夫人先恕我一行大罪。等我行过大礼，再向四夫人说明。"说毕，立刻跪了下去，从从容容地向四夫人磕着三个头。吓得四夫人手脚不知所措，立刻向前将玉玲搀着。

玉玲站起来之后，又是一鞠躬，才低声道："实不相瞒，我是赵玉玲。"四夫人听说，啊了一声，随着站得怔了一怔。玉玲偷看她的颜色虽是有些惊愕，却不曾发怒。这就更觉得心里坦然了，于是接着道："八爷娶玉玲的事，四夫人谅是知道。玉玲是由父母做主，出于不得已。既是木已成舟，这是退不得的。可是这样暗里住家，又不像话，总得公开出来。听了八爷说，四夫人最疼他，只有四夫人能和他做主。玉玲是算不得什么，八爷像您亲生的儿子一样，凭您疼八爷的分儿，玉玲高攀一点儿，就当您生了个不成器的闺女，特来请您给玉玲做一份主。玉玲没有什么可报答您的，将来有机会站在您面前，烧烟捧茶，您算得个贴心人儿。"说着，又跪了下去。

四夫人笑道："这是老八出的主意，叫你三顾茅庐吧？"玉玲道："不是，早就要来给四夫人磕头。"四夫人笑道："你起来，有话慢慢地说。"玉玲这才站了起来。四夫人道："你坐下。"玉玲道："这可不敢。玉玲虽是出身低，也识得一点儿大礼。您要是收我这么一个儿女呢，儿媳妇怎敢在婆婆面前坐着？您要是不肯收呢，玉玲是个什么人，敢在四夫人面前坐着。"四夫人笑道："你左一声四夫人，右一声四夫人，倒说我不认你。"玉玲道："玉玲大胆，叫一声妈了。妈请上座，让玉玲行拜见大礼。"四夫人笑道："刚才拜过了。"玉玲道："那是妈没有承认时候磕的头，不算。您得端端正正地坐着，我大拜八拜，才算定了身份。"

这时，四夫人随后的两个公仆和赵瞎子站在一边，早看透了，这是个定局。顺水人情，落得讨好。便由赵瞎子搬了一把椅子放在正中，笑道："大喜呀，夫人，请坐下吧。"女仆也道："这是应该的，夫人请坐下吧。"于是一个女仆扶四夫人坐下，一个女仆搀了玉玲下拜。四夫人掌了多年的家权，受儿女这样恭维，这还是破题儿第一次，乐得心花怒放，也不肯端坐受拜，挨着椅子半站了，口里赞道："好！你夫妻同偕到老，多子多孙。"玉玲拜罢起来。四夫人笑道："照说呢，没有告诉大帅，我就收了你这个儿媳妇，冒昧一点儿。可是大帅也早许过我了，拨一房儿女给我。我就和老八讨一房人，放在我名下，大帅也没得话说。何况你们本是水已成舟，只是拜我一拜，这也不犯大罪。大帅自己就六七位夫人，儿子讨两房人，也是他们家的家教。我既认了你，你放心得了，就算我的媳妇。坐下吧，让我问你话。家无常礼，见过大礼，就可以随便了。"于是和玉玲坐下。

赵瞎子一凑趣，给四夫人请安道喜，女仆也请安道喜。这一下，早把全楼用人惊动了，全来道喜。四夫人笑道："你们也会讨好，回头每人赏块钱。老实说，我心里也高兴，在凤家熬了半辈子，算熬着半房儿女了。你们瞧，这不是挺好的一个人，比哪位少奶奶，也比得过去。你们还不给新八奶奶道喜。"说着，向环绕在周围的用人微微瞪了一眼。大家巴不得一声，又向玉玲请安。玉玲道："我妈已给钱赏你们了，我本来不敢说个赏字，回头请八爷每人送你们五块钱买包茶叶喝吧。"大家笑着道谢去了。

四夫人道："老八在哪里？怪不得这一阵子见了我，透着恭敬一点儿，原来是找靠身来了。就是那么着，自己也该出头呀。就凭你这位女将，天霸拜山似的，硬向公馆里来。算我这窦尔敦，还给镖客一个全脸。要不，这台戏可不唱砸了。孩子，你说是不是？"玉玲笑道："八爷来了，送我来的。要不，我有老虎胆，敢来。八爷怕妈说他，在外面站着听信儿呢。"四夫人道："现在事定了，他可以进来回话呀。"只这一声，用人一迭连声叫八爷，凤八笑嘻嘻地进来了。他不叫四夫人了，也不敢叫四姨妈，站着一鞠躬，笑道："多谢您替玉玲做主。"四夫人道："照说呢，我受不了你一声恭维。可是就凭我替你娶了花枝般的媳妇，你也该谢谢媒人。我在你父亲床前站了，敢是你的娘，你就和我磕一个头，也不委屈了你。现在凭我这点儿功劳，你得磕头谢我才好。"

凤八听了这话，虽然不免一怔。可是他早已想到，要和原配的夫人作外交战，非找一个强有力的同盟国不可。对这位四姨妈，有什么条件，可以让他帮忙的呢，除非是给她磕头了。因此四夫人一提到，但笑道："这还用得着您说吗？任何时间要我磕头，也不算过分，更不用说道谢了。您请上，我这儿就跪下了。"四夫人站起来，笑道："有道是打铁趁热。有了个占便宜的机会，我也不能放过。你这位新媳妇，已经叫我作妈了。我也不能那样要强，盖过你的亲生母去。叫我作妈，怎样叫你的亲生之母呢？自今以后，你改口叫我四妈，删了那个姨字，使得使不得？不为别的，将来这个儿媳妇生下一男半女，我也好做个正牌儿的祖奶奶。"凤八听她这话，说得很婉转，便道："四妈请上，我这儿磕头了。"说着，真的磕下去，恭恭敬敬，磕了三个头。四夫人当了许多用人的面，占了这样一个十足的上风，几乎快活得晕了过去。亲自把凤八扶起，笑道："没什么话说，你两口子这一小拳打在我痒上，我十分高兴。我今天得大大地破费一下，花两个可心钱。你说吧，你们要些什么？"玉玲见这个泰山已是稳拿在手上，心想就乐得大方些，因向四夫人道："您随便赏我们一点儿东西，就够沾您的福气了。以后日子长呢，您疼还疼不够呢。"四夫人道："不是那样说，你两口子今天给我磕了个头，就是个纪念日子，我就得给你点儿纪念品。好吧，说起纪念品，还是我给你一点儿首饰吧。"

这里说笑着，把这个凤公馆都传遍了，说是新八奶奶来认婆婆来了。一批一批的人站在窗子外面，向里面偷着瞧。四夫人有了儿媳妇，又有嫡房儿子给她磕头，这比凤大将军升了上将，还要高兴，大家越起哄，她也越起劲。就在这时几个用人一迭连声地向客厅里传递了消息，大帅来了。凤八听了，立刻一怔，玉玲也自椅上站了起来。四夫人道："没关系，天倒下来，还有屋梁顶着呢。家里闹得这样惊天动地，大概他是有所闻而来。来了更好，三个巴掌一下响，打人也痛快些。老八暂时避开，少奶奶随我来，一块去见你这天下闻名的公公。"说着，携了玉玲一只手就向外走。

玉玲这时，自是一喜一俱。喜的是益发见了公公，俱的是这位公公，是杀人不眨眼的魔王，若翻了脸，那怎么办？心里如此啾咕着，可是手被这位新认的婆婆牵住，低了头只是跟着她走。不知不觉登梯上楼，转弯抹角，到了一间房门口。玉玲也无心打量这屋子是什么样情形，反正将四夫人做了挡箭牌，自己羞羞答答的，掩藏在她身后。但见有人将门帘子一掀，糊里糊涂地走进了屋子。近面沙发上，坐着一位八字胡须的老头子，两手扶了大腿。多不敢看，只觉如此而已。四夫人站定了，笑道："大帅，我今天得向您讨两个喜钱。伺候大帅这多年，现在熬出头了，熬着也有人伺候我。我今天收了个闺女。大帅认不认，我不敢勉强。既是我的儿女，也不能不让她来拜见大帅，来恭恭敬敬地磕三个头，这是老爷子。"说着，身体向后一闪，将玉玲露出来。

上面坐的这位凤大将军，尽管是一位威震天下的人，可是他在夫人面前，那威风就施展不出来。尤其是这位四夫人面前，他总是英雄无用武之地。再广泛一点儿地说，他看到女人，譬如那一百二十吨重的坦克踏进了泥坑，泥越是稀烂，这钢铁倒越是陷涩着，丝毫不能移动。这时他一抬眼皮，见面前站着一位美丽的少妇。虽是服装并不十分鲜艳，无如那雪白鹅蛋脸儿，点漆似的眼睛，微笑着，掀动两个小酒窝儿。乌亮的头发边下，斜插了一朵鲜花。人不移动，两耳上垂下的长环子，摇摆个不定，早有七分风流动人。见这么一个人，无论如何，也不好无故发怒。玉玲到了这时，只有硬着头皮，软了脸子，将眼珠向他一溜，然后低声道："给大帅磕头。"说着，磕了下去，分花拂柳，从从容容磕了三个头。凤将军情不自禁地，也就欠了一欠身子。玉玲磕完了头，站在一边，微低了头。

凤将军向四夫人道："这就是老八在外面弄的人。"四夫人道："现在算是我和老八娶的新少奶奶了。我膝下没个儿女，就要一个儿媳妇吧。他们将来生了儿女，便算是我名下的孙子。"凤将军皱眉道："这话说远了。"四夫人道："怎么说远了呢？大帅是儿孙满堂的人了，可是我总是个姨祖奶奶。若是我自己娶的儿媳妇，生下孩子来，就不敢这样叫我。他们都年轻，年一年二的，不就可以让我抱孙子了吗？"凤将军道："这件事我也不能反对，你说的也是人情，这些房太太就是你没儿女，你怎么不想。可是事前你该和我商量一下。"四夫人道："怎么没和大帅商量过呢？商量了两三年啦，您哪个儿子也不肯到我名下来。只有老八，多少还晓得我疼他，可是以前他也没干脆叫我一声妈。大帅总是说，将来再想办法。"凤将军道："我说的是今天这件事，事前没和我商量。"

玉玲听到这里，心想，若是四夫人一说，她事前也不知道，那就有点儿难交代。可是四夫人却取了一支烟卷来，递到凤将军手上，然后擦了火柴，给他点上烟，笑道："请大帅恕我一个初犯。"凤将军笑道："哈哈！初犯，你还想给老八讨一个吗？"玉玲也眼珠一溜，酒窝儿一掀，低头微微一笑。四夫人手指玉玲道："不是我夸口，这样一个人，哪一点比不上我家现有的几位少奶奶？只要人才配得过老八，我就先斩后奏，也没有什么大罪。"凤将军口里衔了烟卷，眼望了玉玲道："倒也不像是个唱戏的孩子。认得字吗？"玉玲低声道："回禀大帅，勉强认得几个字。"

四夫人道："你老爷子，位分太大了，当了人的面，我们叫声大帅。可是背着人的时候，还不是你我老爷子这样随便称呼吗？老八他们弟兄和少奶奶们都叫爸爸，你也叫爸爸就是了。"凤将军道："你一高兴，什么事都安排妥当了。你也得思前想后，仔细打算打算。"四夫人道："还打算什么呀。借着你的儿子，我娶一房儿媳妇，沾着好大的光吗？若是怕花钱，这孩子一切开销都算我的。"凤将军道："不是那话。"说着，喷了一口烟。四夫人道："少奶奶给你公公倒碗茶，先孝敬孝敬。"

玉玲听了这话，觉得这位新认的婆婆真成了自己的诸葛亮，如何不高兴？回头一看，旁边茶几上茶盘子里，放着画了盘龙的茶具。便向前去斟了一壶茶，两手捧着，缓步走到凤将军面前，低声道：

"爸爸请喝茶。"她直挺挺地站在面前，两手举了茶杯，只等他接过去。凤将军见她半低了头，耳环子颤巍巍地摇摆着，分明心里有些战兢兢的。看她那双嫩葱芽儿似的手，捧了茶杯不敢放下，可也不便老让她为难。只得笑着点了一点头，将茶杯接下，因道："并非我对这事，不肯成全你们。老八虽没儿女，年纪还轻。这个时候，就娶二房，太嫌早一点儿。现在既是有四夫人和你做主，还是那话，木已成舟，我又有什么法子？以后你们好好过活，好好地孝顺你这位疼你的婆婆，少生点儿是非，也就罢了。我既承认你了，那就是凤家人，回头让四夫人带着，和家里人都见见面。在外面住小公馆，那也不成话，将来可以搬了进来。"玉玲见一帆风顺，这事通了天了，益发要讨公公欢喜，又向凤将军请了个双腿安，算是谢恩。这才敢放胆偷看这位威震天下的凤大帅。见他五十上下年纪，长方脸，蓄有八字短须。除了两道浓眉而外，倒也不见有甚煞气。他穿了件古铜色绸面灰鼠皮袍，微卷了袖口，露出两只手臂，也是雪白的皮肤，并不粗糙，真不相信他这两手会提刀动枪，随便杀人。现在心里头，完全是一番高兴，原来那一番恐怖的情绪，就不知丢到哪里去了。

十四　在压迫中进展

俗言道："南宫歌舞北宫愁。"玉玲在四夫人这边屋子里见公婆，明定身份。可是那位赵少奶奶伍小姐，听到了这消息，却十分难过。可是一位深受着旧礼教的女子，而且是一位大阔人的小姐，叫她像平常女子一样打翻了醋缸，一哭二闹三上吊，她如何办得到？若是置之不问，丈夫已是不睬自己了，再加以公婆为这位女戏子主持，那简直没有了地位，恐怕连男女用人都要瞧不起自己了。如此想着，却掩上房门，横躺在床上，哭了一阵。她手下却很有个伶俐俊俏的丫鬟，看了这情形，也大为不平。因为如此向她建议，闭起房门来哭，徒惹人家笑话，那绝不是办法。别人见了公公，那完全是靠四夫人的面子。自己赶快去拉住正号的婆婆，总比别人走小路的要来得硬些。伍小姐哭泣着想了一阵，到底是忍耐不住了，起来洗了一把脸，抹了一点儿粉，换着一件干净衣服，便到正夫人屋子里来。

这里坐了几位少奶奶，正在谈着今日这件新闻。看到伍小姐来了，大家都停止了谈论，默然相对。伍小姐照着大家规矩，向凤夫人问了好，因强笑道："母亲屋子里，今天也是这样热闹。"这在她，虽没有提到什么，显然是言中有物。凤夫人便点点头道："我也知道你心里不好过，只是少奶奶也应当知道我的苦处。我是有名无实的人，老八另找了台柱，我也没有法子。好在你是知道大体的人，话也不必我多说。无论如何，这个女戏子，她来路不正，不能把她当一个什么角色。等你公公到这里来了，我要和他办交涉，不许那女戏子再进我的大门了。"伍小姐微笑了一笑道："那怕办不到吧？四夫人叫进来的人，哪个敢拦着她？我也不想做到那个地步。这女戏子既是进门来了，她就应当照着家规，先拜公婆，后分大小。只要大体上说得过去，我也就不计较什么。若照今天这样子进门来，不但是目中没有我，恐怕是目中还没有你老人家吧？别说是个姨少奶奶了，就是老爷子再娶一位姨娘，也不能不到妈这里来行个礼。这位女戏子倒不知是什么大来头，在凤公馆里直进直出。"凤夫人听了这话，不由得脸上红了一红，淡笑一声道："我要是像你这样看不破，现在我还有命吗？我老早……"拖长了声音，没有把话说下去。伍小姐默然了一会儿，因点点头道："是的，依着你老人家的话，把事情看破一点儿。好，我有办法了。"说着，起身回自己屋子里去了。

这位伍小姐虽是大军阀家的小姐，一肚子旧书，却是非比等闲。于是悄悄地拟了一封电报稿子译成密码，交给收发处去发。那收发处看到是拍给伍督军的电报，这是自己大帅好友，三两天就有一回电报的，当然用不着考虑。他们家里打电报，向来是用官电纸的，交到电报局里去，也不愁他不拍发出去。这凤大将军自也不会料到有这大胆的人，敢拿了他的官电纸发出电报去。直过了十余小时，伍督军打了复电来了，凤大将军才晓得少奶奶打了电报回娘家去。所幸这伍督军有自知之明，他知道自己女儿长得丑陋，勉强凤家少爷敬爱她，那是办不到的事。所以电文上的话，并不反对凤八纳妾。只是说彼此都是体面人家，不能不讲点儿礼节，请凤将军从中主持。想能治其国者必善齐其家，殆毋庸多说云云。最后两句话，可说把凤将军挖苦一个够。他对于这位儿媳妇尽可不理会，但是这亲家督军，彼此政治关系尚深，却不能为了儿娶了位姨少奶奶，却把伍督军来得罪。于是特意到正夫人屋里来小坐片时，却把伍小姐叫来安慰了一番。又说，以后有什么要商量，只管正正经经、大大方方地说出来，不必打电报回去告诉。令尊公事忙，哪有工夫去管这些儿女闲账？又说，只要少奶奶提出办法来，大体上，一定要给少奶奶下得去。这些话虽都是伍小姐所愿意听的，可是一个年轻儿媳妇，怎能和公公说起争风吃醋的话，只答应了一切请父亲做主。

凤将军在儿媳口里得不着消息，少不得就暗下问问自己的老伙伴，到底少奶奶有什么意思。这正牌子的夫人，当然援助着正牌子的少奶奶。因为和少奶奶说话，也就是和自己说话，正好借别人家酒杯，浇自己块垒。凤将军听了她所提的一些条件，很透着不愿意。未加许可，默然地走了。

　　到了晚间，凤将军到四夫人这边来烧鸦片烟，在烟榻上谈着家常，就转到赵玉玲身上来，因笑道："这种不相干的小事，竟牵涉到政治上来。亲家督军，今天可打了个电报来问这件事。"四夫人道："别人打电报来还可说，伍督军自己的太太就比你的多。这还罢了，他的几位少爷，哪个又不是几房妻室，难道我们的少爷娶了他的小姐，就不能多娶一房妻室吗？他的少奶奶也是人家的小姐，为什么就不反对呢？"凤将军笑道："当然你总是偏于这一方面的。但伍督军也并没有说把赵玉玲推出凤家大门。只是要在这个礼字上有点儿讲得过去。他希望赵玉玲和八少奶奶见见面，分个大小。"四夫人道："这句话我就听不过。哪个是十二个月出娘胎的？哪个又是八九个月出娘胎的？都是十个月生下来的女人，又同样嫁了一个男人，为什么要分个大小？"

　　凤将军听四夫人的话音，已牵扯到他自己上来，这话就不大好往下说。默然地笑着，吸了两口鸦片烟，很久才问道："老八今天回来了没有？"四夫人道："下午他和玉玲同来了一趟，陪我吃了午饭才走的。这样，大帅白天不到我这里来，我也不怎样寂寞了。"凤将军躺在床上烧鸦片，不是自己烧，可也不是四夫人烧，他另有四个伶俐丫鬟坐在床沿边，轮流伺候着这件事。凤将军一抬腿，将脚放在床前丫鬟肩上，轻轻敲了两下，因道："她们这些人，难道不能陪着你解除寂寞吗？"四夫人笑道："靠她们解除寂寞？"凤将军道："好了，就算你说对了。只是他们常到你这儿来，公馆里这些人她就像不认得一样，这似乎说不过去。应该……"四夫人道："不用说应该不应该，先让我来说一句。这个儿媳妇，算是我娶的，我承认她是儿媳妇，这就够了，至于别人承认不承认，那自有她的权柄，我

224

也不管。不过既是我的儿媳妇了，有我认得就是。其余的人，认得不认得，有什么关系？他是我的儿媳妇，我有权叫她认识谁或不认识谁？"凤将军道："你看，我只说了一句，你就啰啰唆唆说上这样一大篇。"

四夫人笑道："并非我喜欢多说话，我看大帅就带了锦囊妙计来的。我这个人性子直，有话也搁不住；与其等着大帅说出意思来，我再说个办不到。倒不如我先把这意思说了，免得大帅费神。本来呢，既是一家人，本来也应当见一见面。只是家里人新旧见面是桩喜事，要彼此愿意，才有意思。若是彼此之间，根本就成了个冤家对头，见了面，说得好是面和心不和。说得不好，那不是煞然风景的事吗？"凤将军道："赵玉玲若是恭恭敬敬，大礼相见，谁又好意思和她过不去？"四夫人接着丫鬟递过去的烟枪，缓缓地抽过了那口烟，这才将烟盘子旁边的小茶壶拿起来，对嘴抿了一口茶，和烟一齐咽下，然后向凤将军笑道："大礼相见，已经是很难堪了，大帅还要加上一句恭恭敬敬的，这可……既是我的儿媳妇，说句自私的话，我总得照顾她一点子。暂时不要提这事，让我和她商量商量吧。"凤将军说了许多话，才有一线机会可寻，自也不愿太说僵了，因道："自然！这也并不是急在今天明天的事，等着她和家里人熟识些，再谈也好。"四夫人只要这方面不进逼，自也不提，在鸦片烟榻上，这个问题就这样过去了。

到了次日下午一点钟，四夫人起床用过了早点，就向赵玉玲打了个电话，约着五点钟到公馆里来吃午饭。电话是玉玲在楼上烧烟屋子里亲自接着的。她将手里拿了听筒，偏过头向烟榻上的凤八笑道："妈又来电话，约我去吃午饭呢。"这个妈字，少不得也由传话筒里，送到四夫人耳朵里去，她听着是十分舒服。在电话里又叮嘱了一句，务必要来。玉玲放下电话，躺在烟榻上来，向凤八笑道："在家里把烟瘾过得足足的吧。到了公馆里去的时候，就不必这样大吹特吹了。"凤八横躺在床上，身上披了细绒睡衣，小呢帽子被枕头挤着，歪到一边去。左手拿了烟膏小盒子，右手拿了烟杆子，对了

225

那盏其光如豆的烟灯，正细细地烧着烟泡子。听了玉玲的话，将烟膏盒子放下，拿起象牙滚烟泡的小板子，将烟杆头子上的烟泡，不住在来回滚着，眼望灯火，只是出神。

这烟盘子旁边，有两个碟子，一份装着五香花生米，一份是西洋糖果。玉玲抓了几粒花生米在手心里，挨次地送到嘴里去咀嚼着，因向他笑道："你为什么不作声，觉得我这话不受听吗？"凤八道："我另有一点儿心事，倒不妨先告诉你。四夫人既然掌权，不用说，也唯有她最有钱。她就常说过，她身后的遗产要交给一房精明强干的儿女。若是找不到这种儿女，她就把钱都交到慈善机关去做慈善事业。以前你和她毫无关系，我用不着告诉你这些话。现在她既是把你当自己女儿看待了，你是得她那份家产最有希望的一个，你必得让她相信，你是精明强干的人。"玉玲将眉毛一扬道："难道我这脸上，还会挂着什么蠢相吗？"凤八道："你别看四夫人终日陪着我父亲烧烟，说来你不信，直到于今，她还没有上瘾。我看她那样子就为了我父亲抽烟，她不敢反对。其实她是最讨厌人吸烟的。"玉玲抓了一粒花生米，放在四个门牙中间，慢慢地咬着，只管沉吟着凤八这话。凤八笑道："你为什么也不说话了。"玉玲抓了一粒糖果，塞到凤八嘴里，笑道："你这一篇话，总算你对我一点儿真心。我今天去，就有话说了。既是如此，你就不必和我一路回公馆去，我好和四夫人谈心。"凤八笑道："你尽谈心，可别卖了我才好呢。"玉玲道："怎么会卖了你呢？"凤八道："你也可以说，原不赞成我吸烟，只是陪陪罢了。"玉玲笑道："徒弟一出师就打师傅，那也是常情，你小心点儿就是了。"小两口吸着烟调笑了一番，主意是有了。玉玲真个把烟瘾过得足足的，然后，洗脸梳头，换了素净些的衣服，坐车向公馆里来。

汽车到了大门口，直驰而入，门口坐着的听差们都站了起来。赵副官在里面一幢楼下看到，老远地抢出来，代开着车门。玉玲心里，这就有了个感想，只要将军和四夫人都承认了是一房儿媳妇，其余的人不怕他不承认。当时下了车，走向四夫人这边屋子，她早站在楼梯口上了。玉玲老远就娇滴滴地叫了一声妈。四夫人笑道："让你四点多钟来，你早来了一个钟头。"玉玲道："我怕大帅在这里没走，要不我老早就来了。"四夫人道："大帅在这里也不要紧呀。前天你见了他，他不也是很喜欢你的吗？"说着话，同进了四夫人屋子。

这里双套式的里外间，外边是卧室，里面是烧烟室。她牵着玉玲的手，同到里面屋子来。玉玲见烟盘子放在床中心，烟灯还亮着呢，因道："大帅刚走不是？烟具还没有收呢。"四夫人道："收起来干什么？大帅不定什么时候来，来了又重新张罗起来，怪麻烦的，摆着就让它摆着吧。"婆媳两个人说着话，同在沙发上坐了。丫鬟仆妇们就不断地前来问好。四夫人笑道："玉玲你看，你也很有个人缘儿，这些用人哪个不欢迎你呢？"玉玲笑道："做小孩子的，也不能那样不懂事。这不都是沾妈的光吗？要没有妈这样疼我，不但不会欢迎我，恐怕这公馆的大门，还不大容易进来呢。妈，我这是实话，你说对不对？"

四夫人点点头道："这就是你懂事的证据。你是这样懂事，我就不白疼你了。今天我叫你来，倒不光为了约你吃午饭，我也有几句话和你谈谈。昨天你公公和我婉转说了许多话，好像你到凤家来，就只认了我这个婆婆，其余的人全不睬，透着有点儿不对。又说八少奶奶打了个电报回去，报告这件事。伍督军就来了个电报，要你公公做点儿主。你别慌，听我说完。他们伍家，比咱们家更乱。他们几位少爷，谁不是好几房女人？凤八多娶一房，他实在没有话说。他打电报来的意思，就是争个大小，要在礼节上过得去。要说是一家人大家见个面儿，上馆子也有个先来后到，咱们退让一点儿，也没有什么不可以。可是老远地打电报来，把这家庭小问题当了国家大事办，未免过余一点儿。再说我们大帅，就是当今大总统，也要看他金面三分。伍督军那一张电报纸，就能压倒大帅吗？不过这种话，我没有和你公公说，他和伍督军总是好朋友，我也不能挑拨他们老朋友的感情。我只是给他胡搅，我说人都是一样出娘胎的，没有什么大小。大家见见面，没什么。只要是客客气气地相见，哪一天都可以，等大家心平气和了再说吧。其实我的意思，就是等了你来，好好儿地商量一下。你看这事要怎样办呢？"

玉玲笑道："我的面子就是妈的面子，妈说怎样办，我就怎样办。您过的桥，比我走的路还多，您给拿份主意就比我自己想周年半载也强，干吗还要找我商量呢？"四夫人道："论经验呢，自然我比你要丰富些。不过这究竟是你自己身上的事，总得问问你自己才好。"玉玲道："这就是您疼我的地方。您真和我拿了主意，答应大帅怎样办。今天我来了，我还能说个什么吗？"四夫人点点头笑了。她走到床边，亮了一亮烟灯，便在床上横躺下。玉玲赶快搬了个四方皮凳子来给她搁了脚。四夫人道："你也躺下来，我们烧着烟谈谈。"玉玲答应是，却没有个真躺下，在旁边拖过丫鬟坐着烧烟的矮凳子，放在床面前，然后坐下。四夫人道："你公公不在这里，你躺躺儿不妨事。"玉玲道："我不用躺，我给妈烧两个泡子就是了。"说着取过碧玉烟盒子和银子烟杆子在手。

四夫人道："你在家里过了瘾来的吗？"玉玲微笑了一笑，因问道："妈有多大的瘾？"四夫人笑道："说给你不相信，我只是陪你公公烧烟罢了，我还没有瘾。成天成晚躺在烟榻上，居然没有瘾，你看我这股子忍劲不容易吧？"

玉玲笑道："我娘儿俩简直是一条心。我也因为两个老人家常玩两口，学着会烧，唱戏的时候，吸两口提提神，还是真不敢上瘾。为什么呢？年纪轻轻的人一有了瘾，就不免耽误工夫。二则呢，也消耗精力。女人是别提了，有几年烟一抽，什么花容月貌也没有了。所以我总不敢放手抽烟。自我伺候了八爷，我更想着，八爷身体弱，不能一辈子做少爷自己不做点儿事。就是做一辈子少爷，八爷整日地躺在床上，我也整日地躺在床上，自己身上这份儿穿衣戴帽的事，都得人料理，也觉人生一世太透着无用。本来呢，咱们家这份声望，别说吸大烟，便是吃金吃玉，也吃不穷咱们，倒不是怕花钱。就是这东西叫福寿膏，上了岁数的人，可以说吸着去享享福，这年轻的人总应当在外挣出一番事业来，不应该整日躺在床上。现在我初跟八爷，日子还浅，将来我就想劝着八爷，把烟忌了。身体好了，工夫也有了，前途就有指望。咱们怎敢说爬到老爷子这个位子，像老爷子这身份，中国有几个？不过借了老爷子这点儿门面，要做起事业来，比人家容易十倍。只要八爷肯干，老爷子手下提拔的人就多了，到了自己人身上，老爷子哪有不栽培的道理。八爷将来自己也立一番事业，您还做做老夫人，我也有点儿面子。人家不敢小看了唱戏的人，我自己也挣口气。说来说去，这一大篇话，就是不能让八爷把大烟跟着吸下去。若一吸烟，自己先起不了床，还谈什么？您说是不是？"

四夫人先默然地听她说这篇话。听完了，突然坐起来，将手拍了她的肩膀道："我的乖乖儿，这是我心坎里话，你都全掏出来了，真叫我快活死了！"

十五　解除桎梏

孔夫子说，君子可欺以其方。连大圣人也承认君子爱受貌称同志的骗，平凡的妇女像四夫人，有什么法子可以例外呢。这时她把玉玲的话听到心坎里去了，便把玉玲看成了自己传授衣钵的人，吃过午饭，还特地约玉玲多谈了两小时的话，方才放她走去。玉玲本也不愿在这热劲头上，把锅罐移走了。无奈自己的烟瘾，支持了六七小时，不能再等了，只得回家去过瘾。凤八是自坐了汽车，陪她回小公馆的，在汽车上就得知了一切的消息了，到家之后，就一路笑说着上楼，预备酒，预备案，也好与得胜回来的元帅贺功。玉玲瞪了一眼向他笑道："我的爷，你可少胡说。家里这么些个用人，把话传到那边去了，还不知道我用了什么手法才回来。其实，我娘儿俩倒说的是百年大计。"凤八笑道："哦啊！成了你们娘儿俩了。那也好，反正与我没有什么坏处。这西餐厨子，你说他口味做得很好，这可留下来了。难道有了这么一个有钱的母亲做后台，这一点儿开支，你还有什么顾虑吗？"

玉玲回得家来，急于到烟榻上去躺着，对于凤八的话，并没有十分加以理会。凤八陪着她也在烟榻上对面躺下，因笑道："你以为我这就有点儿露穷相了吗？老实说，三万五万，在老人家身上去拿，总丝毫不成问题。一个月去拿两次，我们这里也用不了。我在银行存的两笔款子，根本用不着去移动。"玉玲已自烧了一个大烟泡子插上烟枪吸起来了。吸完那筒烟之后，才笑道："你为什么对我说这些话？假使对你凤八爷都嫌着露穷相的话，这世界上不会有什么人不穷了。我妈在我唱戏的日子，总嫌我手大，说是拿了钱不当钱使。

将来不唱戏了，哪里找那么大的一棵摇钱树去。于今有了主儿了，这事可相反过来了，你就怕的是我不会花钱。本来我就不怎么愁，到将来，有了四夫人给我一撑腰，我心里就更踏实了，我还做那守财奴，有钱不花？"凤八道："也并不是我们与钱有什么仇，非花不可。无奈我们的声名在外，若是透出寒碜相来，人家绝不会说我们图个省俭，一定说我们有福不会享，那又何必呢？"

有福不会享，这五个字倒是叫玉玲听得很动心，从这日谈话起，她又把手放大了一层，最受实惠的，要算了凤公馆里的内外仆从，每个人都得着零钱花。就是直接遇不到玉玲的，只要到小公馆里来给新奶奶请个安，绝不会让他白来，多则超过百元，少也几十元。公馆里那些男女仆从，他们管你什么妻妾大小那些问题，自然是哪里有钱，他们就向哪里去活动，因之凤公馆里的用人，仅仅只有八少奶奶伍小姐手下的丫鬟老妈，为了关系密切，不便去弄这笔财喜而外，哪个不认识新奶奶。唯其是大家都用过玉玲的钱，所以玉玲到大公馆里，十分方便，要什么有什么。

那挂着正牌儿的伍小姐本是个旧式女子，就没法能干涉玉玲到公馆里来。加之下面一层，全是站在玉玲那方面的，纵然要干涉，也因为消息被封锁得十分严密，玉玲来了没来，伍小姐也完全不知道。可是她也有她的想法，自己的父亲是个现任的督军，手上握有二三十万大军，公公要想再上政治舞台抓着实权，非拉拢自己父亲不可。他那样一个好大喜功的人，绝不肯拥一个大将军的头衔，藏在天津租界上做寓公。公公要拉拢亲翁，他就不能太予儿媳以难堪。婆婆是不必说了，完全是站在自己这一边的。只要自己把公婆抓在手上，赵玉玲就没有法子可以进凤家门。这样，她就有所恃不恐了。赵玉玲虽然聪明绝顶，可惜她念的书太少，料不着家庭以外的事。只要伍小姐不能干涉她到公馆里去，她就不进一步攻击。况且自己和凤八住在外面小公馆里，吃喝抽烟，十分自由，她也无须过虑什么。何必到公馆去，受那拘束。凤八是不必说，终日在小公馆里。腊尽春来，赵五夫妇回北京去过年，安顿过下半辈子去了，玉玲一人在小公馆里，没有人陪伴，那就片刻不能安定，因之凤八越是在小公馆里不能离开。

如此相持到半年之久，半天里放了一个晴空霹雳，却是凤大将军病故了。凤家忙碌了个把月的丧事接着便是家务。第一个是四夫人为大众所不容，而她也不容大众。前一说是她掌过大权，手上拥有很多的存款，以前人家没奈她何，于今不容她掌权，还想她吐些钱出来。关于后一说呢，却是四夫人无权可操了，住在大公馆里，既不能如以前一样，动辄收入十万、八万，若要当家，恐怕还要拿钱出来给人用。以前掌权时候，种下的私仇很多，于今没有了大帅撑腰，零零碎碎受别人的报复，势所不免。若赶快离开大公馆，就可少掉很多麻烦。她这样一转念，凤八的小公馆虽然是一幢小洋楼，却也一切齐备，而况他已承认了做自己的儿子，也当趁了这个机会依靠过去。所以就和凤八提议，母子儿媳要合并一处。她还怕凤八不愿意，抬出了父死从子的大道理来。凤八倒罢了，玉玲却认为时来运至，肥猪拱门，立刻答应着，并腾出正房来让四夫人住。

这一个变迁，影响受得最大的，要算八少奶奶伍小姐。第一是所挟以自重的政治作用，完全消失。大将军一死，几位少爷，乐得没有管头，无拘无束，足逍遥快乐一阵。谁也不打算做官，谁也不要利用什么政治势力去联络伍督军。第二呢，凤八跟着有钱的继母，带着有色的娇妾，无人管束，益发不回到大公馆来。当然这大公馆的一切开支，还是照大将军在日一样，这些钱要正夫人拿出，既没有了政府的津贴，而上海香港商业和财产的收入，一向是未加整理，于今急切中也无可挹注。况是各位少爷小姐都吵着要分财产，根本不会维持这个大局面，于是由凤大将军的两位兄弟三帅四帅出来做主，把家分了。凤八自然也得一股财产，他硬将存折房契股票等项拿去，剩下的一些衣服金银首饰为数有限，才由正夫人交给伍小姐。伍小姐没有那勇气，敢到小公馆里去和凤八同居，只有跟了正夫人依旧住在大公馆里。其中虽曾托人向凤八劝说，自己情愿让步，与玉玲姊妹相称，大家住到一处，而凤八却是不睬。三帅四帅对各位侄子，向来就不管，凤八和四夫人住在一处，余威犹在，也无从加以压力。伍小姐不能要求自己公公做主，叔公自更要求不得，只有在大公馆里与孀居的婆婆住下去了。

可是人世上的炎凉姿态，最为兑现，在凤大将军去世之后，将丧事闹过了，那车马盈门的现象立刻停止。便是自己家里的几位夫人，各各分得了财产，带了儿女，陆续离开大公馆另外居住。或入北京，或回香港，不愿再受正夫人的管束。正夫人就只带了自己几房儿女住在大公馆里，四五幢洋楼空闲了一半。这是凉秋九月了，北方天气凉得早，树叶是大部分焦黄了，洋房外旷大的花园，落叶满地，西风吹着草木瑟瑟有声。凤公馆无甚车马往来，广阔的大门已掩闭了，由大门中间开的小门出入。原来的卫队，已调到三帅四帅的北京公馆里去了，门口只有两个门房，也清闲得白昼睡觉。大门如此，园子里面，如何会热闹？但见稀疏的树上，漏着黄黄的太阳，地面上的草也没有人修理，长得尺来长，在东风里歪倒。伍小姐住的楼上，开着窗子，正对了几棵半大不小的洋槐。这时三停之二的，落去了叶子，已感萧瑟之象。树下有两块花地，原来也栽些草本或木本的花，丧事之后，三个园丁裁去了两个，剩下的一个，也不过管管盆景，园子偏僻的所在不曾顾到，这些花就七颠八倒躺在深草里。

伍小姐本来是个愁人，肚子里又有几句可解不可解的诗文，对了此情此景，真是愁上加愁。有一晚，刮着强烈的西北风，家中人开始穿着棉衣。她隔了玻璃窗户向外一看，才大为惊讶一阵，满园子绿的颜色没有了，半绿半黄的颜色也没有了，树都成了权权丫丫的枯条。她身边站了一个陪嫁的丫鬟几句话提醒了她，丫鬟道："要不是大总统住在北京，我们真不必到北方来。这个时候，我们南方到处都是青山绿水，至多穿着夹袄。这又该缩在屋子里过冬了。大帅在的日子，公馆里热热闹闹，就是冬天，我们也没有什么不痛快。于今大帅去世了，这里冷冷清清的，还没有到冬天呢，就凄凉得很。将来真到了冬天，这日子就不知道要怎样过下去了。"伍小姐忽然省悟过来，点着头道："你这话提醒了我，我还有一个寻快活的所在混下去，我何必在这里苦下去，我明天回南方去了，今天就预备一切，明天搭火车到浦口去，由南京再转上海。"

丫鬟道："小姐若肯回去，那是再好没有的事了。反正八爷也是不回来的了，我们回得家去，虽不能十分快活，也不用得天天愁眉苦脸。小姐那二十万陪嫁的钱，一个也没有用掉，足过一辈子的了。不是我说句吃里爬外的话，凤家这群人除了吃喝嫖赌抽，他们懂得什么？他们家纵然有像海水一般的金钱，不上几年，也会精光。我听到说，那个女戏子，每月开销则五六万块钱。"

伍小姐道："是的，你说的这话极好。若不走开，我这二十万块钱，也会一齐让他们搜刮了去用。好了，你去和账房里彭先生说，和我在火车上要一个包房。"丫鬟道："我们要走，也不急在一日，还没有告诉给老夫人呢。"伍小姐道："当然，是要告诉的。但是准我走，我是走，不准我走，我也是走，倒不一定要告诉了之后预备。"伍小姐已下了十二分的决心了。在这场谈话二十四小时以后，伍小姐带了她几个陪嫁的丫鬟离开了天津。凤夫人虽觉得有些歉然，可是她仔细想了，留着这个儿媳妇在身边守活寡，倒不如离开这里。和父母在一处，还可受一点儿天伦之乐，这是就伍小姐说。就着自己说呢，也落个耳目清净，免得日常闹着这房儿媳的婚姻问题。

凤公馆里用人虽然少了，但是凤八的耳目依然遍布上下，由伍小姐开始打行李，直至津浦通车离开了车站，这边的电话继续地向小公馆里去报告。直到最后一个电话，证明了伍小姐已离开天津了。凤八走到内室里梳洗房里向玉玲拱拱手道："恭喜恭喜，那个厌物已经走了。"玉玲对着镜子，梳拢她的头发，就向镜子里笑道："我倒并不认为她是厌物，她过她的，我过我的，碍不着我什么事。她要安分守己，我就赏碗闲饭她吃，也不破费什么。她去了，我倒可怜她，为什么老天给她生上那一副丑相，不带点儿人缘出世呢。"凤八道："你可怜她做什么？她有个做督军的老子，受什么委屈，说不定她心里自尊自傲，她还要可怜我们呢。"玉玲向镜子里撇着嘴，微笑了一笑。在这种情形下，凤八究竟有一种如去桎梏的痛快滋味，也不管是否在服中，吃过午饭就带着玉玲出去听了半天的戏。

那四夫人虽对伍小姐之离开与否，不发生切身利害问题。可是伍小姐因为自己袒护着玉玲的缘故，她很是表示着敌意，她现在已经走了，也算除了自己眼中钉。所以在精神方面而言，自身很欣慰这件事情的。不过也有些不快之点，自从和玉玲住到一处来了，慢慢地发现她许多短处。就像吸鸦片烟这件事，玉玲原来是说没有什么瘾的，但是到了现在，就证明她的烟瘾并不小于凤八。又像她往常到公馆里去，总看到收拾得整整齐齐的，于今可也就大为变更了，在两点钟以前看到她，总是蓬了一把头发，极好材料做的衣服穿在身上，也歪歪斜斜、斑斑点点，露出许多脏迹。这证明以往所见的赵玉玲伶俐干净整齐，许许多多，全是故意做出来，给她自己看的。好在她究竟是个天生尤物，虽然蓬头乱服，还有几分动人之处。尤其对老前辈那份谦恭的态度，却始终不懈。每日妈长妈短地叫着，四夫人有生以来，实在没有尝过这种滋味，所以纵然发现玉玲一点短处，也不好意思加以批评，只得含糊过去。

玉玲和四夫人本来无冲突可言，并非像平常的婆媳，住家过日子，在柴米油盐账上，往往有问题。这里小公馆，是中餐一个厨子，西餐一个厨子，婆媳爱吃什么，全可随意。凤八这个家，自己本可维持，而四夫人更要强，别不需要这个非正式的继承儿子供养，总是悄悄地开着支票，替他们开销一切。玉玲更想到四夫人身上的钱迟早是自己的，何必这个时候要她拿出来。不如更慷慨一点儿，拒绝她交付家用，这样银钱也没有问题了。吸烟的人，多半是没有什么脾气的，玉玲大半日消磨在鸦片榻上，更不会于婆媳之间生出什么闲是非。而且伍小姐走了，四夫人还另存了一种希望，儿子是人家生的，儿媳妇是半路上拾来的，也都是暂时权利的结合。只有这个时候生下一个孩子，亲手自小培植起来，那才可以做自己亲信。而孩子是要由玉玲肚子里生长出来的，究竟还不能不笼络她一点儿。这样，玉玲这时所处的环境是宽容多了。

以前伍小姐在这里，大家怕她是个督军的小姐，竟不敢把玉玲太捧起来了，叫伍小姐生气，大家还叫玉玲作新奶奶。于今伍小姐走了，就像那投票公决一样，全体通过，叫玉玲作八奶奶。玉玲当大将军在时，怕公公的干涉，又嫌上面还有个伍小姐正牌儿的八奶奶压着，不大到社会上去应酬。于今是无人能加以干涉的了，这八奶奶就由小公馆开到天津社会上去。百足之虫，死而不僵，凤大将军虽是去世了，他那威名还很深地印在社会人士的脑筋里，并没有磨灭。凤八奶奶所到的地方，都得着人家另眼相看。那日子稍久，天津交际场上，为了这么一个凤八奶奶的名称，玉玲也就渐渐地忙碌起来。

　　在民国四五年之间，男女社交虽未曾公开，但富贵人家沾着一点儿洋气的，也自有一种雏形的社交。这社交人物，女性一面，包括着太太小姐少奶奶等，消遣是票京戏、学昆曲、赌钱、家中请客、红白事出分子，偶然也集团听戏，或者捧坤角。有极少数的人，也参加外国人的团体，加入茶会之类，那就女子交际通了天了。玉玲因为少念书，洋气是更不曾传染，所以除最后一项之外，其余的交际都也和人家谈得来。好在这种交际，绝不到男女混杂的程度，凤八也并不加以干涉，由玉玲去自由发展。玉玲自到了凤家，眼界展宽了十几倍，花钱毫不在乎，也不把什么巨大的耗费加以惊异。交际场上总是豪华的，既然肯花钱，自然站得住脚。不到几个月，京津报纸上也就偶然露着凤八奶奶的大名了。

十六　又一出风头机会

凤大将军的威名变成了凤八奶奶的芳名，这在玉玲本身，又是一件惊人的进步。可是这与凤大将军享威名却相反的，便是凤大将军名利双收。名与利的发展，是成正比例。到了玉玲这里，却成了反比例，乃是名声越大，利的损失也越大。玉玲出入交际场上，总是花钱，而且为了不肯在朋友面前示弱，这钱还是花得比一般人多。比如交际场上，有了写捐，最大的数目有人写了一千元，她至少就要写一千二百元。这自然是少有的事，还不能说影响她所有的利字。又比如在酒楼歌场上出入，为了这个面子关系，酒肴要吃那最贵的一份，座位也是要坐那最贵的一方。只求面子上风光，费钱却不在乎。

便在这种情形之下，发生了一个锦上添花的机会，是凤大将军去世周年之后。天津的中外名流，发起赈济黄河水灾游艺会。有许多京津不轻易露面的名票，都约到天津来会串。不过这个时候，女票友却不公开在外面演戏，为的是女子根本没有什么社交，在千百人面前粉墨登场，这却是遭物议的事。在这次邀请票友的办事人，忽然想到天津市面上最出风头的凤八奶奶，是坤伶赵玉玲出身，要她上台唱戏，她绝不会含糊，而且她号召的能力，也许会在一班男票友之上。有了这么一种想头，明知道她是凤大将军的少奶奶，家教森严，不容易破这个尊严的面子，却挽了这赈济会的正副会长，写了一封公函，给凤八夫妇，请她八奶奶完成这个义举。

论着这位正会长，不过是前任内阁总理，于今的天津租界名寓公，这实在不足为奇。凤家前一年的时候，这样的人物就终年在家

237

里进进出出。但这位副会长，在凤八看来，却可为惊异。他是一个西洋人，在中国多年，许多的义举都有他参加。不但中国人对他十分重视，便是在华的外侨也相当敬重他。凤八传袭了他父亲的思想，便也把西洋高于一切的主义，深深印在脑筋里。他看到这封信之后，便在鸦片烟榻上，和玉玲对面过瘾，闲闲地谈着，因道："你瞧，这可不是一个难题目？这义赈会居然正式函邀你上台票戏。虽然这是襄助义举，很有名誉的事。可是亲友方面，怕有什么议论。说是咱们老爷子的孝服，还没有满三年呢，少奶奶和京津票友在一处唱戏，未免男女混乱。要说是不让你去吧，这副会长符里德在天津租界上，可有天字第一号的说话能力，把他得罪了，可是不大妥当的事。"

玉玲在未接到这公函之先，已经在女朋友口里得着消息义赈会有此一举。两年没有上台唱戏，真也有点儿嗓子痒。可是这样一件事，凤八绝不会同意的，等社会上都去和他商量时，再看他是怎样应付。因之直到现在，没有说什么。这时凤八和她说起来时，她笑道："你这有什么不明白的。他们写这封信来，是一种竹杠意思，无非要我们出几个捐款罢了。"

凤八摇摇头道："那倒不尽然。他们全是第一等名流，无论做什么事，都要顾到他那种绅士身份。他若真要我们捐款，那就老老实实写信请我们捐款得了，还客气什么？于今他写信要你登台，那倒是比向我们捐款还要来得重大。你想，真是送本捐簿到咱们家来，咱们填上三百五百，不能说少。就凭着他外国人的面子，咱们捐上一千罢了。咱们老爷子去世了，咱们又没有开银行，也没有混差事，这款子就也很多。他们现在要你这鼎鼎大名的凤八奶奶上台票一出戏，卖个几千块钱捐款，那还事小，他们要别人帮忙，别人就不好推辞了。他那意思是凤八奶奶那样有身份的少奶奶也粉墨登场，别人就不应当说推辞的话了。"玉玲向了他笑道："你倒把我的身份，看得那样高。"

那凤八两手捧了翠玉镶头的烟枪，正唏唆唏唆地大口吸着烟。那床沿外坐着一个小丫头，正将银制烟杆子，对了烟灯上的火焰，拨着烟斗上的烟池，向斗眼里输送。凤八要一口将这筒烟吸完，他只管吸着，不能松劲，却两手捧了烟枪，嘴抿了烟枪头，紧紧闭着，一丝不由嘴角透露出来。但玉玲这话，又不容不答复，却把两只眼睛翻着，望了玉玲，那意思便是他有话说。凤八将这筒烟一口气吸完了，嘴依然抿着，赶紧半起了身子，将烟盘子旁边放的一把小茶壶端了起来，嘴对嘴地喝了，把烟将茶送下去，然后才向玉玲笑道："怎么着，你凤八奶奶自己，倒不把自己怎样看得高贵吗？我就知道，他们这义赈会在世界上也是很有名的团体，不是最有面子的人，他们也不肯失那身份来求你。"

玉玲笑道："照你这样说那好像还是不去不行呢。"凤八道："他们是个慈善团体，又不是什么机关，他还能强迫我们票戏不成。不过这是中外交际场上，最有体面的举动，人家把你邀请在内，你反倒不去，人家会说你不识抬举。"玉玲笑道："这倒不是我搭架子，我们家人多嘴杂，恐怕不会赞成这件事。就是我们这里的老太太，也就常对我说，老八若是要在政界上活动活动呢，少奶奶出去交际，倒也用得着。于今老八成天躺在烟榻上过日子，出去交际，无非是花钱，消磨时间，那又何必。你想只是我随便交际，母亲还要反对呢？若是这样大吹大擂登台唱戏，恐怕她老人家，不会随便答应吧？"

凤八又在吸着一筒烟，虽不像以前那样兴奋地和玉玲说话。可是他也向她先点了两点头，表示有话可说。然后慢慢地将那筒鸦片抽完，才笑道："她纵然劝过你，你也没有听过她一句，劝与不劝，还不是一样。而且她也很相信外国人的，你说是外国人出面邀请你，她就会没得话说。再说，她和我们合住有一年多了，你娘长妈短地叫着，她可没有一万八千地给你，你还做那个指望，想她一高兴，给你个十万八万吗？"玉玲把脸色一正，指着烧烟的丫鬟道："这里就只桂容是第三个人，你这话让人听了去，可不像话。难道我们听老人家的话，全是为了想得她的钱吗？"凤八笑道："我这话倒是实心眼子说出来的。你以为四夫人那样精明的人，不知道你那番

239

深心。"

玉玲摇着手道："这话越说越远了。我们谈着是玩票，怎么会扯到家常上面来？只要你的意思决定了，我就去和老人家商量。大家说是可以去，我反正是个唱戏的出身，说上台就上台，没有关系。大家说是不能去，我就不去，这也没有什么为难的。"凤八见玉玲大有活动的意思，默然地抽了几筒烟，然后答道："好在开游艺会，还有三个星期，咱们别忙，再考量考量。反正他们也没有限定我们三天两天就回信。"玉玲笑道："可不是这样？我根本没有怎样介意，急着来商量的还是你八爷自己。"凤八道："我也是心里搁不住事。你想，人家外国人家仰慕你的大名了，我总得捧捧场。"玉玲道："你这话就只说个半边理。你想，没有你凤八爷，我这凤八奶奶会从地底下长出来吗？我有面子，还是你凤家面子里分出来的。赵玉玲若还是个赵玉玲，要她唱一台戏，有什么难处。堂会的价钱，也不过是五百块钱。现在人家和我客气，可为的是凤家一位少奶奶。凤家少奶奶也上台唱义务戏，这才透着稀奇。"凤八笑道："你就是这一样好处，为人爽直，有话搁不住，肯说出来。那也好，我明天向外面去打听打听，还有别位小姐少奶奶参加没有？是你一个人，透着孤单，若是再有别人，一定让你在国际的交际场上露一露脸。"玉玲也觉他这是实心话，不能再有进一步地表示了，微微一笑。

到了次日，凤八正有一场宴会。在宴会上偶然谈到义赈会这件事，大家都凑趣，主张让玉玲上台露一回。而且打听得义赈会方面，另外还约了两位小姐一位少奶奶，合演昆曲《游园惊梦》。这两位小姐的身份虽然不及凤家这般高，然而他们都是总长的女儿。这位少奶奶的父亲虽不是现代的官，却是前清一位的总督，更也不在凤家门第之下。凤八如此想着，心事又活动了两三分，回得家来和玉玲谈着，玉玲笑道："果然如此，我就去不成了。"凤八道："你还和人家一争个什么戏码子不成？"玉玲道："戏码子当然也要争，但是我想到真要我上台，这戏码排出来，不会在外行的前头，我倒用不着顾全。你回来这一说，我倒想起了一桩心事。你说到两位小姐一位少奶奶同演《游园惊梦》。必然是丫鬟小姐公子，三个人担任三个角色，在台上就没什么男女授受不亲的毛病。若是要我上台，比如唱《武家坡》吧，我一个唱青衣的人，就得做人家的媳妇。虽说在台上是戏，可是让你在台下看一看，一定会有些不舒服。就说我不唱这一路戏，可是一个女角儿绝不能唱一台戏，反正总要和男角儿一块儿唱着。"凤八道："这一层我倒不顾虑，我就晓得你不会和男角儿一块儿配戏，真要你上台，还不是到坤伶班子里去找一批女角儿来凑合。不过别人既可以找女票友配戏，你就也应当找女票友配着。还是你那话，找戏子唱堂会，那有什么稀奇。"

玉玲一听他这话音，简直有了大八成儿答应。这样一个大出风头的机会，绝没有放弃的道理，便向凤八笑道："你焉知他们没有函约第二个女票友？"凤八道："倒不是他们不约，天津的名门闺秀学唱京戏，就是一件秘密的事情，这义赈会的人，从何处知道她们会唱戏？就是知道，人家没有公开过的事，也不敢去找钉子碰。至于那三位唱昆曲的女票，正因为她们在昆曲会里表演过一次的缘故，义赈是有例可援的。"玉玲道："这话也有道理。我有两三天没出门，也不知道我这女朋友里面，有人被邀过没有。明天下午，钱太太约在她家里打小牌，也许可以碰着几位爱唱戏的闺秀，顺便讨教讨教她们的意见。"凤八道："女人家虚荣心重，只有你被请，她们没份，一定不高兴。"

玉玲正要凤八这样猜想，等凤八过瘾的时候，却悄悄地打出去一个电话，通知所谓约请打牌的那位钱太太，请她明早来个电话催请。便请她转约几位小姐少奶奶太太，自己要借钱公馆的河南厨子请一回客。这一种手腕，她们常拿出来，欺瞒着丈夫的钱太太既是同类的人，自不把这件事认为稀奇，便照着玉玲的话举办了。

次日下午四点钟，玉玲一批女友在钱公馆里集齐。玉玲为了在烟榻上多迟疑了片刻，到钱公馆时已是最后的一个人了。大家见了她，齐声笑着迎道："名票来了，名票来了。"玉玲笑道："今天你们才知道我是票友吗？"其中有一位李四奶奶，丈夫是外国进出口公司的买办，在他们家里的习惯上，外国名人的邀请那是一件意外的荣宠，这就首先迎着握住玉玲的手，向她笑道："报上都登载过了，说是义赈会的符里德，有一封信邀您出来，参加游艺会，您打算演什么拿手戏呢？"玉玲道："这件事，我还没有和八爷商量好，唱不唱，还没有决定呢。"

李四奶奶将脸色一沉，深深地点了两点头，望了她道："八奶奶，这个机会您可别错过。他们义赈会出面子办什么事，可没有碰过人家的钉子。本来嘛，这里面的董事，虽说是中外各半，可是出力出钱的董事，都是西洋人，中国人自己倒是只挂一个名。人家为了你中国的事那样热心，邀着你中国人自己出来参加，怎好推辞？所以凡是他们看中了可以帮忙的人，就是当今大总统也只好挺身出来，接受那一份义务。您府上在租界上那么些个产业，也应当联络联络西洋人。"玉玲和她拉着手，同在沙发上坐着，因道："那些呢，我们都还顾不着。不过大家在社会上混，都是一个面子，人家客客气气，把我们当个人物看待，我们就不能不给人家一个面子。"在场的女友都赞成这个说法，一致说是。玉玲笑道："我们这位八爷，也不知几天忙些什么，报纸都没有工夫看。总要到晚上十二点钟以后，先过完了一遍烟瘾，然后才躺在烟榻上，对了烟灯看报。这消息大概是今天报纸上才登出来，我自己还不知道，正打算憋着一肚子话来报告各位，再来请教。既是你们知道了，这就和我出个主意吧。"

这些女客中，有一位尚太太是年纪大一些的人，虽是容颜不能和这些人比美，可是在经验方面，她比所有的女人都丰富，大家都喜欢和她交朋友，以便应付家庭和男人。因之每次聚会，都有她参加。这时，在座的女人就都向尚太太道："老大姐，请你给八奶奶拿一点儿主意吧。"那尚太太也斜靠在一张沙发上坐了，架了腿，右手做了一个兰花式夹了一支银质镶翡翠的纸烟细管子，上面插着一支烟，略略地沾了嘴唇，未曾去吸。她没有说话，先向玉玲微笑了一笑。玉玲笑道："看尚太太这个样子，好像有什么话先要审问我。"尚太太将烟管子送到嘴里吸了一口烟，然后笑道："审问是不敢当，我倒是能猜一猜八奶奶的心事。据我想来，八奶奶是一百分愿意一千分愿意过上这么一回戏瘾，只是八爷还没有答应下来。可是为了那义赈会的面子太大了，八爷也不便完全拒绝，于今还在似可不可之间。八奶奶这顿饭，就是要我们给她出个主意，怎么让八爷也愿意。"

玉玲笑道："他倒也无所谓，不过我想到我凤家人多嘴杂，这事总得多想一想。"尚太太将嘴一撇笑道："八爷事事都怕你，只有这一件事，你略微怕他一点儿，那也不生关系，你又何必瞒着。你既然不肯说真心话，我们也就没有法子和你做诸葛亮了。"玉玲点着头笑道："好，就算你猜得对，你有什么法子教给我呢?"尚太太摇摇头道："就算猜得对，分明是我还没有完全猜对。既没有完全猜对，我说出来的主意也未必合用。"玉玲站起来，拍了她一下肩膀，笑道："我的老姐姐，这也够瞧的了，你一定要亮出我的想法，说我怕老爷吗? 就是把我形容得太不堪了，与你这好朋友，也没有多大的面子吧。"尚太太点头笑道："听你说得可怜，我就和你出点儿主意。"于是她喷着烟说出她的锦囊妙计来。

十七　请得外援

这位尚太太出的是一条什么妙计呢？她这条计策不用远求，遣兵调将，还是就在面前。她点了一支纸烟，斜靠了沙发缓吸着，因道："李四奶奶，这件事可用得着您了。"那李四奶奶正坐在斜对面椅子上，欣慕着尚太太混成了交际场上的老将，有许多人恭维她而包围着。这时她喷出一口烟来，向自己先微笑了，便有点儿心动。及至她说出来，居然是要借重自己，真是喜出望外。便起了一起身道："凤八奶奶的事，有什么可说的？只要用得着我，我没有个不竭力去办的。"尚太太道："这也用不着你下多大的力气，只要您回公馆去给李先生下一道命令就得啦。"

李四奶奶笑道："别开玩笑，这事怎么会绕弯子绕到我们家去了？"尚太太道："我说这话，自然是有道理的。李先生不是天天和西国人来往吗？我想，这些西人里总也有加入义赈会的。"李四奶奶道："那多了。我们洋行里经理协理，都是义赈会里的名誉会员。"尚太太道："我猜着，像李先生这样在西商队里活动的人，又和政界接近，他必是认得这副会长符里德。"李四奶奶点头道："认得的，说起来还是老上司呢。"尚太太道："那就好极了。现在有两件事要托您去办一办。第一件事，是请您转托李先生，请符里德副会长再写两封信出来，请几位名门闺秀的女票友，加入游艺会出演。这为什么呢？为的是凤八奶奶是牡丹虽好，也要绿叶儿扶持，她不能独演一出戏，必定还得几个女票友当配角。"

玉玲这就插嘴笑道："这话有毛病。在天津的几个女票友，还不都是咱们圈子里的人？说起来大家凑份热闹，并无不可！若简直说出来请人配戏，哪个肯来？"尚太太两手夹了纸烟，放在嘴角里吸着，望了玉玲微笑。玉玲道："您笑什么？我这还不说的是真话吗？当票友的人，只有比内行的脾气更大。"

尚太太笑道："您说都是咱们圈子里的人，您这话就替我答复出来了，还说什么？您想，太太小姐玩票的，谁不公认您是半个师傅，和您当配角儿，还有什么话说？我的话也还没有说完呢。这要请的，哪里还有什么外人，也就是我们眼面前的人。"她这话刚说出来，在座的吴太太郁太太袁三小姐同声笑着道："可别拉上我们啦。"尚太太笑道："这就是您三位的不对了。平常总是私下商量着，你们要配出戏找个地方露露，于今真有了机会，为什么又端起牌子来了呢？而且这对你们出马，还有给八奶奶帮忙的义务，更是非同平常。"

袁三小姐指了郁、吴两位太太道："她二位不成问题，两个都是须生，正好和八奶奶配戏。我对于这样大出风头的事，可不能不征求家庭的同意。可是真要去征求同意的话，我家老爷子就绝不能够赞成。"尚太太道："我问你，你跟着八奶奶学戏，袁总长知道不知道？"三小姐道："都是女人来往，瞒他干什么？"尚太太道："这就结了。现在我们再托义赈会里来信，就是给令尊大人，说是听到三小姐戏唱得很好。要求令尊许可你出来襄助义举。自然凭这义举两个字，令尊大人未见得肯让小姐出来唱戏。可是有了义赈会出面函请，还是副会长外国名人符里德出面，令尊大人就不便拂了这个面子。有一天令尊再上台的时候，借起外债来，用着人家的地方就多着呢。无论什么古板老先生，提到那事在政治上与他有关，他就不能不通融一点儿。"袁三小姐笑道："您别把话说远了，还是谈着本题吧。"说时，脸上泛出一片红晕。尚太太这才省悟，未免把袁总长批评得过分一点儿，便笑道："这并非我说洋人的面子要格外大些。但是西洋人讲的是交际，我们不理他，是不懂礼节，那反让洋人笑话了。"

李四奶奶笑道："这话算我明白了。你说的是两件事，还有一件事呢？"尚太大道："还有一件事吗？还是要麻烦西洋人的事情。李先生是义赈会会员了，最好再请他邀一位西洋会员，同到凤公馆去一趟，说是会里推两位代表来敦请八奶奶帮忙。八爷知道有名门闺秀配戏，在台上当小姐也好，当夫人也好，绝不会让唱戏的男人占了便宜去，第一层是大可放心。再又看到洋人自己前来促驾，不给面子，也要给这回面子。我虽不敢说是前朝军师诸葛亮，先知五百年，可是我这一猜，总有个八九不离十。"李四奶奶向玉玲道："八奶奶，您对这个计议同意不同意。"

玉玲笑道："要说大家过一回戏瘾的话，怎么把这事弄成功，我全不反对。可是……"说着，笑了一笑。尚太太道："为什么不说？"玉玲笑道："也没有别的，透着太费事一点儿就是了。"尚太太笑道："这可难了。你们做太太的人，想在社会上出点儿风头，又怕老爷手心里翻不过，现在可以在老爷子心翻着筋斗出去吧，又嫌费着力量。"

那个在被邀请的吴太太是最有名能驾驭丈夫的人，听到尚太太说出一句怕老爷的话，她不免认为奇耻大辱，突然由座椅上站了起来，两手同时向大家摇着，高声笑道："好啦，好啦！别讨论了，就是这样办好了。我想李四奶奶把话传给李先生，大概没有问题，我们尽等着您的啦。这第一个爆竹可别打湿了引线，就让它放不响。"李四奶奶笑道："我这个命令往远处不行，自己这大门以内，大概还没有什么问题。"尚太太道："既是四奶奶可以负责办到，这话我就不必多说，多说了就成了八奶奶那份褒贬，透着费大了劲。现在议到正事，今天来，是八奶奶出名请客。我的馋虫可由嗓子眼里要爬出来了，在哪里吃饭呢？"

主人家钱太太始终是在一旁陪坐的，这就笑道："昨晚上接着八奶奶的电话，可晚一点儿。今天早上，才告诉厨子，叫他预备菜。对不起，鱼翅是来不及浸上，凑合着只预备了一些不占时候的菜。"尚太太道："你家里这个川菜厨子就很好，真弄几样西南口味，我们也愿吃，倒不一定要吃什么鱼翅燕窝。"钱太太笑道："替别人做东，我这厨子的手艺还勉强可以出手。可是八奶奶公馆，家常就是川味。

所以他们倒用河南厨子、扬州厨子，我们是预备卖力不讨好，硬挑了这副重担子。要不，八奶奶给面子，借我地方请客，我拒绝了不干，透着太不知道好歹了。八奶奶，您说是吗？"玉玲笑道："我们这样好的朋友，你倒说出这样的话来，我不知道你是骂我还是损我？回头吃饭的时候，我要罚酒三大杯。"钱太太笑道："虽然你说是笑话，可是我总要说是真情。你想，我们这些熟人里面，哪一家的排场比得了你们家。"

玉玲先是点点头，然后叹口气道："钱太太说的这话，在一年以前我是承认的，可是到了现在，情形大不相同了。一所大公馆，改成了许多小公馆，第一是房子不多，哪家也容不了多少人。我从前自己名下，连车夫厨子统算在内，不到十个人。于今老太太住在一处，大公馆里的事，也有许多移到这里来接头，然而我们还用的是这些人。所以实在的情形说，我们也只是外面绷着这一份场面，内里可减省得不得了。"

尚太太点点头道："这话也是。虽然你们家银行里有的是存款。靠收几个利息，要比上大将军在的日子，一进几百万，当然要差劲。可是这话就说回来了，靠着凤府上这一份门面，不能歇了锣鼓，八爷还得出来做点儿事情。既要做事情，少不了交际，像这样在义赈会举办的游艺会里帮帮忙，也不会白卖这份气力。晚上回去，您和八爷谈谈。看看我这话有没有几分理由？"玉玲道："我也是这样想。要不，我唱了半辈子戏，难道还没有过足瘾吗？"

钱太太笑道："得啦！正话已经谈过了，我们该说说今天的功课。"玉玲笑道："这么些个人，打麻将当然是不成。我今天只带了七百块钱来，除给厨子的钱而外，我只有六百块钱赌，输光了了事，可不开支票。我们玩玩小扑克吧。"尚太太笑道："好，就是小扑克。只要你伸手，不怕你不开支票。"这一些男女仆人听了打扑克，当然十分高兴，立刻去抬桌子移板凳。玉玲想要这一群女朋友捧自己一回场，当然是很高兴地来赌。她虽说是输了六百元现款就不再赌，可是那位李四奶奶，在扑克桌上就赢了她五百多元，这一次聚会，连给酒席钱和输的，共是一千二百元，在她这种有面子的人，当然不会欠账，结果还是开了支票回家。

回来时，已是晚间一点多钟。凤八吃过晚饭，正躺在床上开始过瘾。他见玉玲带着很高兴的样子走进房来，便笑道："怎么样？你那些女朋友都很捧场吗？"玉玲缓缓脱了长衣，只穿大红缎滚白边的紧身袄儿。女仆拧着热气腾腾的手巾把子，双手递给她。她擦了一把脸，然后在床上横躺下来，笑道："你说怪不怪？这件事，大家都知道了。而且吴太太、郁太太得着消息，说是义赈会也要约她们出来。果然如此……"她信口说了出来，觉得下面一句话不大妥当，便突然停住了。因小丫头子并没有在床沿边烧烟，便将烟盘子里烟签和烟膏盒子拿了起来，笑道："我给你烧两个烟泡子吧。"凤八道："还早呢，不忙。我倒很要紧问你两句话。你说果然如此。怎么样？你一定要出台吗？"玉玲笑道："我唱戏还没有唱够吗？我是说义赈会还真把这几位女票友太看得起了，好像没有我们出来，这一场义赈游艺会就开不成。"凤八道："吴太太怎么说？她们干不干呢？"玉玲道："那还用问吗？她们都是瞧我怎么办？而且她们也是刚听着消息，还没有接到邀请的信。这个时候她就说预备怎么样，到了人家不邀请她，那面子可丢得更大。"凤八笑道："这样说，你凤八奶奶面子可大了，老早就是被人家邀请着的。"

玉玲正把烟签子顶了个大烟泡子在烟灯上烧着，听了这话，便将烟泡子送到凤八鼻子尖上，让他嗅嗅，因道："凤八奶奶有什么面子，还不都是瞧着凤八爷的吗？譬如说，就让我真的上台，人家也只知道是凤八奶奶，并不知道赵玉玲。那外国朋友也只记你凤八爷一笔账，等你凤八爷要做官了，要借外债了，他帮你凤八爷的忙，可不会帮我赵玉玲的忙。"凤八道："你这话让报馆里听去了，在报上一登，透着不像话。做官的人要认识外国人，全为的是借外债。"玉玲道："我一个唱戏的女孩子，知道什么借外债不借外债，还不是到您凤府上来，才长了这些见识。"凤八笑道："我也并不说你这话错了。不过说我们同外国人初初有点儿来往，就犯着这个借债的

248

大毛病，透着咱们有了这么个身份，还要靠外国人发财呢。"玉玲道："你这话，我有点儿不大赞成。去年袁大总统要做皇帝，他就说是他的外国顾问这样说，中国没有皇帝国事就办不好。所以他就要做皇帝了。大总统还得拿外国人做招牌呢。"说着拿起烟枪来，给凤八在烟斗上按上了个烟泡子，然后手捧了烟枪对着灯火烧起来。

凤八手捧了烟枪，对火吸着她上的这一袋烟泡子，烟斗上唏里呼噜一阵响，由他将这筒烟吸完。玉玲知道他的脾气，等他吸完了，放下了烟枪，立刻把烟盘旁边的小茶壶递到他手上去。他嘴对了茶壶嘴，吸上了一口茶，然后笑道："你这又有点儿高比。不过我们真要在政界上活动活动的话，认得两个外国人，却也不妨。"

玉玲把凤八的话，听到了这里，觉得已经够了，说多了，徒然引着自己露出痕迹来。便笑道："别提了，这话尽放在心上干什么？我另有一件事和你商量。下个月北方就很冷了，我想到上海去住几个月，咱们一块儿走好吗？"她忽然把问题移到另一件事上去，在他两口子本身上，也相当重要。凤八果然为这事的重要性所吸引，将香港、上海的生活谈了一晚，将游艺会的事丢到了一边。次日刚有两个应酬，也把这事混忘记了。到了第三天下午两点钟，正是凤八起床未久，还不曾出门的时候，义赈会却来了个电话，说是会里的西人贝尔先生和一位李先生要同来拜访，问凤八先生在不在公馆。听差听了这个电话，有外国人来拜访，这是件新鲜事儿，便放住传话机，问凤八如何回话。凤八也觉这是有面子的事情，我凤八都有外国人闻名拜访了，不可过拂人家的好意，就叫听差转告诉那方面，今日下午不出门，随时可以来谈谈。

这电话通过之后，半小时内，这两位贵宾就坐着汽车到了凤公馆。而在楼下客厅里相见。这位贝尔先生在中国多年，竟说得一口很好的北京话。他和凤八握手坐下之后，他倒是开门见山地先说明了来意，因道："我们很冒昧地要打扰凤先生一下，请做个十来分钟的谈话，可以吗？"凤八笑道："欢迎之至，有什么见教呢？"贝尔道："上次我们会里有一封信送过来，八爷想是收到了。"凤八道：

"抱歉得很！收到的。只因要考量考量这件事，所以耽误下来，直到现在没有回信。"贝尔道："正为此事，我们会里又特派兄弟和这位李先生过来拜访。有一点儿意思，我们在信上不能够说明，应当口头报告一下。第一是敝会想惊动社会一下，不能不邀几位名门闺秀帮忙。必然如此，我们和人写捐，才让人不好推辞。那就是说，连凤八奶奶都上台演了，你们出几个钱还有什么话说呢。第二层呢，我们事后想到，凤八奶奶出台，绝不能找戏子配戏。因此现在又邀请了几位闺秀参加。这样，比较合适点儿。"说着，望那并坐的李先生。

李先生接着笑道："我们所请的是吴太太、郁太太，还有袁三小姐，八奶奶都认识的，正好配一出戏。这点儿意思，我想总应当转达给八爷才好。贝尔先生在交际界是很有地位的人，八爷当然知道。这次来拜访，实在有十分恳切的希望。"贝尔笑道："借了这个机会，我们也可以和凤先生交交朋友。"最后这句话，是凤八最能听得进耳的，便笑道："内人就欢喜唱个戏，本来就很高兴参加这场义举，所顾虑的，家中老太太面前，怕不容易通过，因为孝服未满，娱乐场所不便出头。"李先生道："若是平常消遣，当然可以顾虑。现在是赈济灾民的事，是场义举，那就另当别论了。"凤八点点头道："好！二位既是来了，总要免负等望，让兄弟到家母面前担点儿责任好了。"贝尔尊听他已经是答应了，便站起来和他握了一握手，连道着谢谢。尚太太下的一着棋子，便算完全达到了目的。

图书在版编目（CIP）数据

风雪之夜·赵玉玲本纪／张恨水著. — 北京：中国文史出版社，2018.5

（民国通俗小说典藏文库·张恨水卷）

ISBN 978-7-5205-0029-6

Ⅰ.①风… Ⅱ.①张… Ⅲ.①长篇小说-小说集-中国-现代 Ⅳ.①I246.5

中国版本图书馆 CIP 数据核字（2018）第 010541 号

责任编辑：卢祥秋

整　　理：澎　湃

出版发行：**中国文史出版社**

网　　址：http://www.chinawenshi.net

社　　址：北京市西城区太平桥大街 23 号　邮编：100811

电　　话：010-66173572　66168268　66192736（发行部）

传　　真：010-66192703

印　　装：廊坊市海涛印刷有限公司

经　　销：全国新华书店

开　　本：720×1020　1/16

印　　张：16.75　　字数：240 千字

版　　次：2018 年 5 月第 1 版

印　　次：2018 年 5 月第 1 次印刷

定　　价：49.80 元